Ullstein Werkausgaben

Ullstein Werkausgaben
Lektorat: Hanna Siehr

Ullstein Buch Nr. 37055
im Verlag Ullstein GmbH,
Frankfurt/M – Berlin

Beide Romane ungekürzt

Umschlagentwurf:
Theodor Bayer-Eynck
unter Verwendung eines Ausschnitts
aus dem Gemälde
»Boheme-Cafe«, 1909,
von Leo von Koenig,
Archiv für Kunst und Geschichte,
Göpel Berlin

Printed in Germany 1987
Druck und Verarbeitung:
Ebner Ulm
ISBN 3 548 37055 1

März 1987

CIP-Kurztitelaufnahme der Deutschen Bibliothek

Reventlow, Franziska Gräfin zu:
Von Paul zu Pedro. Herrn Dames Aufzeichnungen.
2 Romane
Franziska zu Reventlow.
Hrsg. von Else Reventlow. –
Frankfurt/M; Berlin: Ullstein, 1987.
(Ullstein-Buch; Nr. 37055:
Ullstein-Werkausgaben)
ISBN 3-548-37055-1

NE: Reventlow, Franziska Gräfin zu [Sammlung]; GT

Franziska zu Reventlow

Von Paul zu Pedro
Herrn Dames Aufzeichnungen

Zwei Romane

Herausgegeben
von Else Reventlow

Ullstein Werkausgaben

Inhalt

Von Paul zu Pedro

Amouresken

I

Ja, nun sind Sie wieder fort, lieber Freund – Sie fehlen mir sehr, und ich denke mit einiger Wehmut an unser Beisammensein, vor allem an unsere ›Teegespräche‹ zurück.

Es war doch recht hübsch, wenn wir uns aus Regen und Wind in den *Tea-room* flüchteten und jedesmal Angst hatten, ob unser Kaminplatz auch frei sein würde.

Wenn wir anderswo sitzen mußten, waren wir eigentlich immer melancholisch. Man wurde auf einmal gewahr, daß die Welt recht ungemütlich sein kann, und wurde selbst ungemütlich. Sie, lieber Doktor, in erster Linie – oh, Sie konnten sehr ungemütlich sein, wenn Sie anfingen, ›es‹ ernsthaft zu nehmen und mir die Seele aus dem Leibe herauszufragen.

Ich weiß schon – gescheite Männer können das manchmal nicht lassen, aber es ist eine üble Angewohnheit, und ich glaube, sie ist schuld daran, daß man so oft die Dummen vorzieht. Und das könnt Ihr dann wieder nicht begreifen.

Lieber Gott, ich denke ja auch manchmal nach, aber es ist immer ungemütlich. Und nun erst zu Zweien – davon bekommt man regelmäßig eine Art moralischen Kater. Sie dürfen mir jetzt auch brieflich nicht zu seriös werden und mich nicht wieder als ›Problem‹ behandeln – ich bin keines –, sonst prophezeie ich unserer Korrespondenz einen frühen Tod.

Einstweilen bin ich noch recht schreibselig aufgelegt, es

ist gar so fad, allein in einer fremden Stadt zu sitzen, wenn es regnet, ununterbrochen regnet.
Das vielbesprochene Abenteuer, dem ich mein Hiersein verdanke, ist zu Ende. Es lag ja schon in den letzten Zügen, als Sie herkamen. Sie waren wohl etwas mit schuld daran – er wurde mir so langweilig, er war auch wirklich und wahrhaftig langweilig, aber im Anfang habe ich es nicht so gemerkt.
Mit Ihnen konnte ich mich jedenfalls viel besser unterhalten. Wenn ich mit ›ihm‹ drei Stunden hier am Kamin sitzen sollte – du liebe Zeit – ich wäre einfach zersprungen. Ich habe ihn auch nie mit hergenommen, aus Pietät für Sie – in solchen Dingen bin ich sehr pietätvoll, Sie können ganz zufrieden sein.
Also, er ist fort – zu seiner Frau und seinen Kindern. Lächeln Sie nicht so niederträchtig, ich kann doch nichts dafür, daß alle möglichen Leute Frau und Kinder haben. Man darf schon froh sein, wenn sie sich nicht scheiden lassen wollen, um einem ›fürs Leben anzugehören‹.
Davor habe ich schon in frühen Jugendjahren einen nachhaltigen Schrecken bekommen. Da wollte einer mit mir durchgehen, der sechs Kinder hatte und natürlich auch eine Frau. Er sagte mir, ich sei eine Sphinx und er selbst ein Schurke – und das machte mir tiefen Eindruck – ich war noch so ganz dumm.
Die große Szene spielte sich in einem Büro ab, und ich hatte das Gefühl, man könne doch eigentlich nicht nein sagen, wenn es so dramatisch herginge. Die Sphinx wirkte wie eine Verpflichtung zu irgend etwas Ungeheuerlichem. – Aber schließlich löste ich mich in Tränen auf und sagte doch nein.

Wir sind uns nachher noch oft auf der Straße begegnet, haben aber nie wieder miteinander gesprochen. Er hat mich nur stumm und leidenschaftlich angesehen. Das war eigentlich recht guter Stil, er bekam dadurch eine Art Nimbus für mich, und ich verzieh ihm die sechs Kinder, die mich erst so entsetzt hatten.
Aber denken Sie nur, wenn ich damals Romantik und schauervolle Wirklichkeit verwechselt hätte, wie es mir leider späterhin noch manchmal passiert ist . . .
Nein, ich war meinem Abenteurer hier in der Regenstadt von Herzen dankbar, daß er nicht zum Schurken werden wollte und ruhig heimfuhr. Er hoffte allerdings auf Fortsetzung, aber ich bin nicht dafür. Fortsetzung mit verheirateten Männern ist überhaupt nichts Rechtes, ich hab' das Ausleihen niemals gerne gehabt. Es ist gerade so, wie wenn man sich von Freundinnen einen Mantel oder Pelz leiht – dann gefällt er mir, kleidet mich besonders gut, und ich ärgere mich, wenn ich ihn zurückgeben soll. Man kann es auch vergessen oder etwas daran ruinieren, und dann ärgert sich die Freundin. Es gibt immer leicht Unannehmlichkeiten für beide Teile.
Übrigens habe ich gar nicht erst versucht, ihm das zu erklären, es ist unpraktisch, sich mit dem *objet aimé* über diese Fragen zu unterhalten. Ich finde es viel hübscher, wenn er sich bei der Heimreise auf ein Wiedersehen freut.
Und Sie? – Sie können es sicher immer noch nicht begreifen, daß ich mich in ein *objet* verlieben kann, aus dem ich mir im Grunde gar nichts mache, mit dem man sich nach zwei, drei Stunden zu Tode langweilt und nie im Leben ein richtiges Teegespräch führen könnte.

Aber Sie dürfen eigentlich ganz damit einverstanden sein, ich meine, es hat sich doch immer alles aufs schönste ergänzt. Mir schien auch, daß Sie sich in Ihrer diesmaligen Rolle als ›Konversationsliebe‹ ganz wohl fühlten. Zu Ihnen flüchtete ich mich immer wieder, wenn er gar zu stumpfsinnig wurde. Nur, wenn wir einmal unseren richtigen Platz nicht bekamen und Sie, fern vom Kamin, zu tiefgründig waren – dann bekam ich wieder Sehnsucht nach ihm und stahl mich ans Telefon. Zum Beispiel, als Sie verlangten, ich sollte Hölderlins Hyperion lesen – oder wollen Sie immer noch nicht zugeben, daß Ihr Ansinnen deplaciert war? Im Süden und wenn man gerade romantisch aufgelegt ist – mit Vergnügen. Aber bei dem Regen und unter diesen Umständen – ich hab's ja versucht, aber das einzige, was mir Eindruck machte, war die Stelle: »Guter Junge! es regnet.« Und das gab meine Empfindungen so erschöpfend wieder, daß ich ganz glücklich war. Aber ich glaube, das haben weder Sie noch er begriffen.
Denken Sie darüber nach, lieber Freund, und leben Sie für heute recht wohl.

2

Ich fürchte, ich werde mich nie daran gewöhnen, meine Briefe zu datieren. Tue ich es einmal, weil ich denke, es müßte sein, so ist das Datum gewöhnlich falsch. Man weiß es gerade nicht, hat keine Lust erst nachzusehen und schreibt irgendein beliebiges hin, weil es doch ganz gleichgültig ist, ob mein Brief am dritten oder am zehnten November geschrieben wurde. Ich datiere eigentlich nur, wenn ich einen Brief verbummelt habe und meine Nachlässigkeit beschönigen will. Und dann schreibt man natürlich absichtlich ein falsches Datum. Ich halte das, wie so viele kleine Lügen, für eine liebenswürdige Rücksicht, durch die man anderen ein ärgerliches Gefühl erspart.

Bei den ersten Jugendlieben schrieb ich immer ein pathetisches Datum: sieben Uhr morgens – die Vögel zwitschern schon vor meinem Fenster; – ob sie wirklich zwitscherten, weiß ich heute nicht mehr zu sagen, aber es machte sich so hübsch. Oder: Mitternacht – meine Tante ist schon schlafen gegangen . . .

Soll ich das bei Ihnen auch so machen? Etwa: zwei Uhr früh – eben geht er die Treppe hinunter – die Stufen knarren, und es wäre mir sehr peinlich, wenn man ihn hörte.

Sie würden natürlich gleich alles mögliche wissen wollen: wer denn? – und wieso? – und was gefällt Ihnen nun schon wieder an diesem Menschen?

Ich hab's ja gleich gewußt, o Freund meiner Seele, als Ihr Brief kam. Gleich gewußt, daß Sie Ihr Steckenpferd – man könnte es allmählich wohl eher als Streitroß bezeichnen – wieder gehörig tummeln würden. Kann man Sie denn immer noch nicht davon kurieren? Sind wieder einmal alle Teegespräche und alle Demonstrationen am lebenden Objekt umsonst gewesen? Ich fürchte: Ja – Sie werden stets von neuem beklagen, daß gerade die Frauen, die man am meisten schätzt, so ›furchtbar wahllos‹ sind. – Und ich habe gar keine Lust, Ihnen immer wieder etwas vorzuleben, damit Sie zur Einsicht kommen. Ich müßte mich denn zur Abwechselung ein-

mal nach *Ihrem* Geschmack richten, und das – nein, das ist zuviel verlangt.
Übrigens behauptet fast jeder Mann, man sei wahllos. Der eine begreift nicht, daß man sich in einen Friseurtypus oder Tenor verlieben kann, und würde Naturburschen verzeihlicher finden. Der andere hat keine Auffassung dafür, daß exotischer Typ und gebrochenes Deutsch zu den unwiderstehlichen Attraktionen gehören.
Nun – das wenigstens haben Sie mir ja manchmal nachfühlen können. Aber für ›Paul‹ hatten Sie kein Verständnis – gar keines. Sie fanden es nicht recht der Mühe wert, daß ich seinetwegen hierher fuhr, daß Sie Ihr eigenes Reiseprogramm umstürzen und wir beide vierzehn Tage im Regen herumlaufen mußten. Es tut mir leid, aber ich muß bei dem Gedanken so lachen, daß meine Teenachbarn mich eben ganz erstaunt ansehen.
Ja, Paul – Paul war in diesem Fall nur ein Sammelname. Er hieß gar nicht Paul – er war es nur. Es gibt eine bestimmte Art von Erlebnis, das ich Paul nenne, aus dankbarer Erinnerung an seinen ersten Vertreter. Ich meinte auch, ich hätte Ihnen das schon einmal erklärt, aber Sie haben es anscheinend nicht ganz begriffen.
Paul ist eine Begebenheit, die immer von Zeit zu Zeit wiederkehrt. Nicht etwa, weil sie besonders tiefen Eindruck gemacht hätte – im Gegenteil, Paul ist immer etwas Lustiges, Belangloses, ohne Bedenken und ohne Konsequenzen. Aber er kommt immer wieder, wenn auch jedesmal in etwas veränderter Form und Gestalt.
Paul kann alles mögliche sein, verheiratet oder Junggeselle, Leutnant, Ingenieur, junger Arzt, Afrikareisender – es kommt auch vor, daß er gar keinen Beruf hat.

Manchmal ist er auch ›drüben‹ geboren, dann nennt er sich Pablo und rollt das R – vorausgesetzt, daß der Vorname stimmt, was merkwürdigerweise oft, aber natürlich nicht immer der Fall ist.
Man lernt ihn in Sommerfrischen, in Hotels und auf Reisen kennen; an einem festen Wohnort – nein, ich glaube kaum, höchstens wenn er sich vorübergehend dort aufhält. Zu Paul gehören immer Koffer und Kellner, irgendeine momentane und geräuschvolle Umgebung. Man erkennt ihn auf den ersten Blick, wenn er einem im Coupé gegenübersitzt oder in ein Hotel hereinkommt, weiß sofort: das ist Paul. Es dauert auch nie sehr lange, bis man sich kennt, duzt (mit Paul muß man sich duzen, es geht nicht anders) und ganz genau weiß, wie sich nun alles entwickeln wird. Ich habe mir auch angewöhnt, ihn immer so zu nennen. Wenn ich das erstemal sage: du, Paul – so ist er sehr erstaunt und fragt, mit wem ich ihn jetzt verwechselt habe. – Nun, mit Paul natürlich – und dann bleibt es dabei. Ich hüte mich wohl, ihn aufzuklären, daß es in Wirklichkeit gar keine Verwechslung ist. Er würde es nicht verstehen.
Paul ist auch selten eifersüchtig, wahrscheinlich, weil er sich seiner wechselvollen Vergänglichkeit dunkel bewußt ist. Er wird mir auch sicher niemals Vorwürfe über meine Wahllosigkeit machen.
Und Sie denken jetzt wohl: Gott sei Dank, daß ich nicht Paul bin. Sie haben nicht ganz unrecht – Paul wird in der Regel bald langweilig, und man entflieht in den *Tearoom*.

3

Gestern habe ich lebhaft an Sie denken müssen. O Regenstadt – o *Tea-room* – o Teegespräch!
Ich habe inzwischen verschiedene Leute kennengelernt, und diese verschiedenen Leute saßen gestern hier an unserer geheiligten Stätte zusammen und verrannten, verbohrten, verwickelten sich in ein endloses Gerede über Liebe, Erotik und was dazugehört.
Apropos – Erotik! ich kann das Wort bald nicht mehr hören. Schade, daß es kein anderes dafür gibt. Die allerunmöglichsten Leute führen es schon im Munde und schmücken ihre unsympathischen oder obskuren Erlebnisse damit. Es geht nicht mehr, wir sollten es uns abgewöhnen – ja, aber im Teegespräch müssen wir es wohl *faute de mieux* einstweilen noch beibehalten, da hört es ja auch niemand.
Was wollte ich Ihnen denn erzählen? – Daß diese Leute wieder einmal das Wesen aller Dinge endgültig feststellten, alles schön sortierten, in Schachteln taten und Etiketten daraufklebten, nach meinem Gefühl aber immer in die falsche Schachtel und mit falscher Etikette. Liebe und Erotik zum Beispiel kamen in denselben Karton. Ich brauchte nur bis Paul zu denken – oder, wenn es Ihnen lieber ist, an Sie, um das unbillig zu finden.
Ach, mein Gott, wenn alles immer Liebe oder auch nur etwas Ähnliches sein sollte, wo käme man da hin? Jedesmal Seligkeit, wenn es anfängt, ›Konflikte‹, während es dauert, und große Tragik, wenn es zu Ende geht – so etwa schienen diese Gerechten es sich vorzustellen – nein, das möchte wirklich zu weit führen.

Die Frau wolle doch wenigstens die Illusion haben, daß sie liebt, wenn sie einem Manne angehört – meinte jemand, und die anderen stimmten ihm bei.

Das ist hart, sehr hart. Schon das diktatorische: *die* Frau, *der* Mann. Wer sind diese Frau und dieser Mann?

Warum wohl überhaupt diese Sucht, diese schöne Vielfältigkeit des Lebens und all seiner Möglichkeiten abzuleugnen oder wenigstens nach Kräften einzuschränken? Wie Kellner – es gibt solche –, die gerne die große Speisekarte wegstecken, damit man das bequeme, aber unausstehliche Menü wählen soll.

›Man‹ tut doch schließlich in erster Linie, was einen freut, und weil es einen freut. Und das ist natürlich jedesmal etwas anderes. Es kann wohl manchmal Liebe und ›große Leidenschaft‹ sein, aber ein andermal – viele, viele andere Male ist es nur Pläsier, Abenteuer, Situation, Höflichkeit – Moment – Langeweile und alles mögliche. Jede einzelne Spielart hat ihre besonderen Reize, und das Ensemble aller dieser Reize dürfte man wohl Erotik nennen.

Es kommt ›der Frau‹ auch gar nicht in den Sinn, sich immer einzureden, daß es Liebe ist, im Gegenteil, das wäre ihr manchmal nur peinlich, und sie ist recht froh, daß es sich anders verhält. Man braucht doch auch Erholung vom Ernst des Lebens.

Und Liebe? Unter Liebe verstehe ich – nun, eine seriöse Dauersache. Aber Sie dürfen mir diesen Begriff nicht zu optimistisch auffassen. Dauersache ist alles, was – sagen wir, was monatelang dauert – seriöse Dauersache, wenn es viele Monate sind; über ein Jahr – dann wird es schon Verhängnis mit einem Stich ins Ewige. Natürlich gibt es auch Dauersachen mit Unterbrechung und viele andere Variationen.

Damit war meine gestrige Gesellschaft durchaus nicht einverstanden, und man versuchte mich mit vielen Fragen in die Enge zu treiben. Aber dann mache ich mir's bequem und verstumme. Ich habe überhaupt nicht viel Sinn für theoretische Fragen, außer, wenn es mich momentan reizt, zu widersprechen. Das ganze Gerede ist so überflüssig, es sollte wenigstens Konversation bleiben – wie mit Ihnen. Dann hat es seinen Reiz.

Und wie angenehm, daß man als Frau keine Logik zu haben braucht! Denken Sie, wenn ich all meine mühsam erworbene Lebensweisheit in Schachteln ordnen sollte – ach nein, ich werfe lieber alles durcheinander in eine Schublade und hole gelegentlich heraus, was mir – oder anderen Spaß macht.

Im Anschluß an das Liebesproblem kamen natürlich auch die ›wertvollen Menschen‹ aufs Tapet – also Wasser auf Ihre Mühle – die wertvolle Frau, die so oft und unbegreiflicherweise ihr Gefühl an unwürdige Objekte verschwendet, und der wertvolle Mann, der ungeliebt beiseite steht, ja und so weiter, die ganze Litanei.

Teuerster Doktor, gerade damit haben Sie mir ja auch so oft, so oft zugesetzt. Und ich habe mich so redlich bemüht, Ihnen plausibel zu machen, daß innerer Wert gar nichts mit erotischer Attraktion zu tun hat. Wenn mir jemand gefällt, frage ich doch den Teufel danach, wie es mit seinem inneren Wert bestellt ist. Kommt beides zufällig zusammen – *tant mieux*. Dann ist es natürlich auch etwas anderes als die bloße Aventiure, die keine Fortsetzungen verträgt, weil der Partner einem als

Mensch ganz gleichgültig ist und man nichts mehr mit ihm anzufangen weiß.
Geht es um Ernstliches, so muß allerdings irgend etwas dasein, was für mich persönlich Wert hat, mir erfreulich, wohltuend, unentbehrlich erscheint oder mir imponiert, kurz, was ich haben möchte. An denen, die man liebt, will man wohl irgend etwas schätzen, manchmal schätzt man sie auch in Bausch und Bogen, oder bildet sich's wenigstens eine Zeitlang ein.
Ja, das ist dann Liebe, solange die Attraktion dauert; und wenn sie aufhört, so ist es unangenehm, weil man sich wirklich gerne hat.
Ich halte schon deshalb nichts davon, daß man sich allzu intensiv zusammenlebt und dann in bitterem Leid auf Nimmerwiedersehen auseinandergeht. Bei jeder besseren amourösen Angelegenheit sollten Anfang und Ende überhaupt nicht so scharf umrissen sein.
Ja, ich habe bei dieser angeregten Abendunterhaltung mein stilles Vergnügen gehabt, und wenn ich meine eigenen Amouren Revue passieren lasse, die tragischen und die heiteren, seriöse Dauersachen und flüchtige Minnehändel – wie sie sich nacheinander, nebeneinander und durcheinander abspielten, so fügt sich für mein Empfinden alles ganz von selbst zur schönsten Harmonie zusammen. Auch wenn – *cher ami*, das gilt Ihnen mit – andere Leute so oft etwas daran auszusetzen haben.

4

Ganz richtig, das ist sonderbar – gerade wir bösen, unbeständigen Menschenkinder werden oft so ungemein ernsthaft geliebt, wie man nur unbescholtene junge Mädchen und ›anständige‹ Frauen lieben sollte. Zumeist wohl von den ›dummen Jungen‹, und das ist sehr hübsch – ich habe große Sympathie für sie – manchmal aber auch von ganz intelligenten Männern mit innerem Wert, und damit ist dann nicht so leicht fertig zu werden. Besonders, wenn sie uns zwingen wollen, Tiefen zu offenbaren, über die wir gar nicht verfügen.

Am schlimmsten ist der Typus ›Retter‹ – und glauben Sie mir, man darf sich noch so weit und noch so lange auf der schiefen Ebene befinden, es tauchen immer wieder Männer auf, die uns durch wahre Liebe retten wollen.

Vielleicht darf man das nicht so verallgemeinern, ich kann ja nur aus eigener Erfahrung reden und mache möglicherweise einen ganz besonders rettungsbedürftigen oder geeigneten Eindruck. Wie auch die geistlichen Erzieher meiner frühen Jugend immer noch einen guten Kern in mir entdeckten und die Hoffnung nie ganz aufgaben.

Der Retter meint es gut und aufrichtig, schon das ist schwer zu ertragen. Und er leidet durch die Bank an unheilbarer Selbstüberschätzung, hält sich eben für den, der imstande sei, unser zerflattertes Liebesleben einzufangen und auf einen Hauptpunkt, nämlich auf sich selbst zu konzentrieren. Er findet, es sei ein Jammer, daß wir uns zeitlebens so weggeworfen haben, an so viele, die es nicht wert waren (darin würden Sie sich also

ganz gut mit ihm verstehen) – ja, wenn wir nur einmal an den Rechten gekommen wären – wie anders, Gretchen! Der Retter hält sich – das liegt auf der Hand – für den, der es selbst jetzt noch vermöchte, das Wunder zu vollbringen. Dabei ist er trotz allem: wie schade um diese Frau – merkwürdig tolerant gegen unsere Vergangenheit, empfindet sie mehr als Verirrung: ihr ist viel vergeben, denn sie hat viel geliebt. Sie hat keinen Halt in sich selbst und keinen an anderen gehabt, hat sich von ihrem Temperament hinreißen lassen, und das haben die schlechten Männer sich zunutze gemacht.
Ja, er läßt es an Verständnis nicht fehlen und ist überzeugt, man habe jeden, dem man sich ›hingegeben‹, glühend und tief geliebt, aber er war es natürlich in den seltensten Fällen wert. Der Retter sagt gerne: ›armes Kind‹ und streicht einem dabei die Haare aus der Stirn – eine unausstehliche Angewohnheit, man darf nie vergessen, ein Taschenkämmchen mitzunehmen.
Manchmal bietet er auch pekuniäre Hilfe an, aber mit dem Gefühl, daß für ›sie‹ doch eigentlich etwas Degradierendes darin liegt und es ihr sehr peinlich sein müsse (ach, Doktor, es ist ihr durchaus nicht peinlich, sie tut nur manchmal so – aus guter Erziehung).
Die Bekanntschaft mit dem Retter ist natürlich immer ein Mißgriff und entspringt aus momentaner Sentimentalität oder einer unangenehmen Situation, die durch ihn behoben wird – oder, wenn man sich gerade mit jemand anders gezankt hat. Man fällt ihm bei irgendeiner Gelegenheit in die Arme.
Der Retter will kein Philister sein – Gott bewahre. Er verwirft auch die illegitimen Liebesfreuden an sich durchaus nicht, faßt sie nur viel zu ernst auf und sucht

ihnen eine ethische Weihe zu verleihen. Er betrachtet jede Schäferstunde als Anlaß zu ernsten Gesprächen und zu heillosem Ausfragen – besonders in bezug auf Zahlen und Daten (und man rechnet doch so ungerne und sagt nie die Wahrheit – der Retter würde sie auch nicht vertragen).

Trotz der schlagendsten Gegenbeweise hält er an dem Dogma von der monogamen Veranlagung der Frau fest.

Er ist unbequem und nimmt es übel, wenn man nicht viel Zeit für ihn übrig hat. So schlägt er gerne mehrtägige Ausflüge vor, damit man einmal wirklich etwas voneinander hat und alles Trübe und Schwere von sich abschütteln kann – in Klammern: weil man draußen in Gottes freier Natur sicherer ist, daß die geliebte Frau nicht so oft alten Bekannten begegnet, oder daß es plötzlich klingelt und alle möglichen Leute zum Tee kommen, von denen man nicht recht weiß, warum und wieso?

Ach Gott, und ich finde amouröse Ausflüge überhaupt eine unglückliche Erfindung – ich kann sie nicht ausstehen, vor allem nicht mit Rettern oder mit wertvollen Menschen. Höchstens mit Paul – oder vielleicht mit Ihnen – pardon, pardon, daß ich Sie schon wieder mit Paul zusammenstelle und so oft auf seine Vorzüge zurückkomme. Es geschieht wirklich nicht aus Bosheit, aber ich lebe immer noch mit einem Fuß in der jüngsten Vergangenheit, in der schönen Zeit unseres Dreiecks.

Mit dem Retter dauert es übrigens meist nicht lange. Er wünscht selbstredend eine seriöse Dauersache, und man lehnt tragisch ab: zu spät – man kennt sich selbst zu gut – leider – es bringt niemandem Glück, mich zu lieben

– besser, man geht seinen dornenvollen Pfad alleine weiter, bis es ein Ende mit Schrecken nimmt. Oft wünscht der Retter sich ein Kind – gerade von dieser Frau – ich weiß nicht warum, vielleicht weil sie dann in seinen Augen ›ganz anders dastehen würde‹ – und er nimmt es übel, wenn sie lieber darauf verzichtet.
In diesem Fall würde er sie als Ehrenmann selbstverständlich heiraten, sie dürfte auch um des Kindes willen nicht nein sagen. Einer von meinen Rettern wollte mich auch ohne Kind heiraten; er war verlobt, als wir uns kennenlernten, und löste dann seine Verlobung auf. Stellen Sie sich meinen Schrecken vor, als er mir das freudestrahlend mitteilte – wir trafen uns im Bahnhof, um aufs Land zu fahren – ich war geradezu entsetzt. Gott sei Dank wurde er daraufhin an mir irre, und ich fuhr nicht mit ihm aufs Land, sondern ohne ihn nach Hause. Daher stammt wohl auch meine Idiosynkrasie vor Ausflügen. Diese Art Menschen wollen ja auch immer ein ›volles Glück‹, wenn sie heiraten, und das hätte er an meiner Seite schwerlich gefunden. Die Idee vom ›vollen Glück‹ hat für mich immer etwas so Trostloses, Bedrückendes. Es klingt so peinlich definitiv, als ob dann alles vorbei wäre, wie wenn man sich schon bei Lebzeiten seinen Sarg bestellt.
Nur als Backfisch habe ich auch eine Zeitlang davon geträumt: Eines schönen Tages wird man heiraten, und dann ist man glücklich, die Sache ist erledigt. Aber dann wieder – ich erinnere mich deutlich an einen Ball im Elternhause, wo ich zum erstenmal mittanzen durfte und meine Gefühle in großer Verwirrung waren. Ich war vierzehn Jahre alt, die Tänzer behandelten mich wie eine erwachsene Dame, nannten mich Sie und sagten

mir schöne Sachen. Und in drei von ihnen war ich zum Sterben verliebt. Ich sehe sie noch vor mir, alle drei waren sehr elegant und trugen die modernsten Stehkragen – ich weiß nicht, warum gerade die Kragen mir so viel Eindruck machten. Zwei waren brünett und einer blond. Die beiden Brünetten gefielen mir beinah noch besser, aber ich liebte auch den Blonden. Und ich weiß noch so gut, wie ich damals dachte, daß man doch immer nur einen Mann heiraten könnte; wenn man nun aber dreie liebt – was dann? Die Frage hat mir viel Kopfzerbrechen gemacht. – Übrigens trugen sie alle drei Zwikker – ich hätte mich dazumal nie in einen Mann ohne Zwicker verliebt, er wäre mir nicht ganz vollständig vorgekommen.

Sehen Sie, all diese armen Leute mit dem vollen Glück werden doch nur einmal wirklich glücklich, und wir werden und sind es so oft. Daß wir es nicht ewig bleiben – nun, daran glaube ich auch bei den anderen nicht recht. Der Rausch verfliegt, und was dann? – Die Räusche verfliegen auch, aber es kommen neue.

Mein lieber Freund, der Retter ist ein unlustiges Thema – er fällt auf die Nerven, auch wenn man nur von ihm spricht. Er wirkt wie eine schwüle Atmosphäre, der man so bald wie möglich wieder entrinnen möchte.

Also – ich entrinne hiermit Ihnen, den Rettern und dem Briefschreiben. Hätte ich doch immer einen so guten Vorwand, wenn ich nicht mehr schreiben mag.

5

Ich bitte Sie, liebster Doktor, schelten Sie nicht schon wieder über meine Zerstreutheit – gerade Sie haben verhältnismäßig wenig darunter zu leiden gehabt, ich verwechsele Sie schon längst nicht mehr mit anderen Bekannten – ich weiß immer, wer Sie sind und wie wir miteinander stehen.
Sie können beim besten Willen nicht begreifen, daß ich Frau N . . ., mit der wir einen so netten Abend verlebten, nicht wiedererkannte? Damen erkenne ich fast nie wieder, sie sehen doch jedesmal anders aus – andere Toiletten, andere Hüte, andere Begleiter . . .
Und der nette Abend hat Ihnen anscheinend mehr Eindruck gemacht als mir. Du liebe Zeit, ich habe mehr als einmal Leute nicht wiedererkannt, mit denen ich noch viel nettere Abende verlebt hatte – und die es mir tödlich übelnahmen.
Ihr Brief gefällt mir überhaupt nicht sehr, er klingt etwas trübselig und verstimmt. Und ich bin gerade so guter Laune, so ohne jeden Grund seelenvergnügt. Das ist bei mir ja öfters der Fall, und ich weiß schon, daß es manche Mitmenschen geradezu irritiert. Sie nehmen Ärgernis daran, daß man ohne Anlaß glücklich ist, um so mehr, wenn man infolge aller möglichen Lebensumstände Grund genug hätte, sich unglücklich oder wenigstens unbehaglich zu fühlen.
Aber sei dem, wie es will – ich kann diese schwarze Stimmung bei Ihnen nicht ausstehen – mich macht es wiederum nervös, wenn ich jemand ohne schwerwiegende Veranlassung Trübsal blasen sehe. Und ich habe den edlen Vorsatz, Sie ein wenig zu trösten.

Wären Sie hier, dann könnte ich Ihnen doch wenigstens die Falten von der Stirn streichen oder – *je vous donnerais une de ces heures, qu'un homme n'oublie jamais.* (Diese hübsche Wendung ist leider ein Plagiat, ich habe sie irgendwo gelesen.) Aber Sie sind nicht da und grollen nur irgendwo in der Ferne, weil ich Frau N . . . gegenüber einen so heillosen *faux pas* begangen habe. – Schade, daß Sie nicht dabei waren, wie ich sie im Vorbeigehen leutselig auf die Schulter tippte: ja, Lily, wie kommen Sie denn hierher? – Doktor R . . . ist schon fort! Das Gesicht, mit dem sie sich da umdrehte, werde ich nie vergessen.
Es ist auch ein Kreuz, daß sie ganz genau weiß, um wen es sich handelt, und jetzt natürlich glaubt, ›jene Person‹ sei mit Ihnen hiergewesen. Was tun? Soll ich ihr einen Besuch machen und Ihre Schuldlosigkeit dartun? Ich fürchte, es würde nur das Gegenteil erreicht und Frau N . . . möchte unsere Beziehungen falsch einschätzen. Armer Freund, da habe ich Ihnen einen rechten Henkersdienst erwiesen, und ich trachte doch immer nur danach, Sie glücklich zu machen.
Soll ich Ihnen als Balsam für diese Wunde von einer Frau erzählen, die manchmal noch viel zerstreuter war, als – nun, als ich bei der Begegnung mit Frau N . . .? Sie behauptete und behauptet immer noch, es sei eine Art Neurose. Ihr Gedächtnis in bezug auf Persönlichkeiten und Begebnisse sei zeitweilig überbürdet worden und habe dadurch gelitten. Sie geriet denn auch manchmal in eine Art somnambulen Zustand, verwechselte alles und alle – Situationen, Personalien, Erlebnisse, Namen, Gesichter – und schuf sich und anderen manches Herzeleid. Eben diese Dame reiste viel herum und, wie

es nun einmal zum Reisen gehört, mit verschiedenen Begleitern und unter verschiedenen Namen. Dabei geschah es des öfteren, daß sie den gegenwärtigen Zustand mit irgendeinem früheren verwechselte, zum Beispiel von Bukarest nach Konstantinopel telegraphierte: Komme mir bis Salzburg entgegen – und einen Namen darunter, den der Betreffende noch nie gehört hatte. Oder wenn sie mit Sir John auf dem Starnberger See eine Segelpartie machte, sagte sie plötzlich aus tiefem Sinnen heraus: »Du – Hans, wie das Mykalegebirge heute klar ist – wir sollten doch morgen einmal nach Smyrna hinüberfahren.« (Worauf Sir John antwortete: *Very well*, aber ich wollte lieber morgen früh in Norwegen Supper essen.)

Zu ihrem Leidwesen besaßen nicht alle ihre Freunde so viel liebenswürdige Anpassungsfähigkeit. So hatte sie einmal eine ungewöhnlich dauerhafte und in jeder Beziehung erfreuliche Liaison, auf die sie sehr viel Wert legte. Es wurde sogar ernstlich erwogen, ob man sich nicht heiraten solle. Der Mann war wohlhabend, sympathisch und viel auf Reisen – und sie befand sich gerade in einer jener inneren Krisen, wo man sich nach Ruhe und nach einer ›Basis‹ sehnt. Aber ein unglücklicher Zufall, wie sie es nannte, gab der Sache eine andere Wendung.

Der Betreffende war einige Monate verreist gewesen, und als sie zum erstenmal wieder einen Abend mit ihm verbrachte, ging sie, nicht ohne innere Bewegung, durch sämtliche Räume seiner Wohnung und feierte Wiedersehen mit allen vertrauten Gegenständen. Dabei blieb sie plötzlich in der offenen Tür zum Schlafzimmer stehen, betrachtete nachdenklich das breite englische Messingbett und sagte: »Du – die Seide an dem Bett war doch immer rot – warum hast du es jetzt in Grün machen lassen? Und wo ist der Kranich geblieben?«

Ja, und dann konnte sie zuerst nicht begreifen, warum diese harmlose Äußerung ihn so verstimmte – die Seide war immer grün gewesen und grün geblieben, aber es gab genau dasselbe Bett in Rot, und das stand in der Wohnung eines ihrer gemeinsamen Bekannten. Und darüber am Plafond hing ein ausgestopfter Kranich mit ausgebreiteten Flügeln, der sich langsam drehte, wenn das Zimmer stark geheizt war. Der gemeinsame Bekannte hatte eben einen sonderbaren Geschmack – und der ausgestopfte Kranich über seinem roten Bett war schuld daran, daß unsere zerstreute Freundin wieder einmal nicht dazu kam, ihr Dasein auf eine feste Basis zu stellen.

So etwas ist Schicksal. – Der Mann meinte nachher, sie sei doch wohl nicht zur Ehe prädestiniert, denn sie würde bei jeder Gelegenheit wieder Grün mit Rot und stilisierte Ampeln mit Kranichen verwechseln.

Ja, ja – Zerstreutheit *in amore* soll eine bedenkliche Sache sein.

Trotzdem haben Sie, lieber Doktor, noch unlängst eben diese Eigenschaft bei einer Dame Ihrer Bekanntschaft als reizvollen Zug bezeichnet und verschiedene liebenswürdige Bosheiten darüber gesagt. Unter anderem wollten Sie öfters und mit Vergnügen beobachtet haben, wie sie den ganzen Abend irgendein langweiliges oder unausstehliches *vis-à-vis* aus reiner Gedankenlosigkeit überaus seelenvoll ansah. Das unausstehliche *vis-à-vis* glaubte schon eine ganze Welt von Empfindung in ihr geweckt zu haben, aber sie hatte nur an jemand anders gedacht und war höchst erstaunt, wenn es Konsequenzen daraus ziehen wollte.

Sie haben mir auch erzählt, wie Sie diese Ihre Freundin eines Abends abholten – sie stand vor einem Schrank und suchte endlos nach ihren Handschuhen. Sie halfen ihr suchen, und dabei kam es zu einigen liebenswürdigen Annäherungen Ihrerseits, die sie gelassen annahm und erwiderte. Sie – der Doktor R . . . – dachten: endlich! Denn der Fall war konversationsweise schon mehrmals zwischen Ihnen beiden erörtert worden.

Sie fühlten sich dann nachher etwas enttäuscht, als Ihre Freundin Sie bei Tisch seelenvoll ansah und sagte: »Nehmen Sie es nicht übel, aber ich muß jetzt die ganze Zeit darüber nachdenken, ob ich Ihnen nicht schon einmal an diesem Schrank einen Kuß gegeben habe, als ich meine Handschuhe nicht finden konnte – ja, nein – richtig – da hab' ich ja den Schleier gesucht und . . .«

Armer Doktor, an dem Abend fanden Sie den amourösen Somnambulismus, wie Sie es nannten, gar nicht ›reizvoll‹ und malten ihr mit einiger Bitterkeit aus, wie es in noch intimeren Situationen wirken möchte, wenn die geliebte Frau plötzlich sagt: Hören Sie – wir haben uns doch schon früher – ja, nein – Pardon, damals kannte ich Sie ja noch gar nicht.

Leben Sie wohl – es ist spät, und wenn ich noch weiterschreibe, könnte ich vielleicht zu indiskret werden.

6

Dankend quittiert, *cher ami.*
Ihre Niederträchtigkeiten sind mir viel lieber als Ihre sentimentalen Anwandlungen.
Lassen wir Frau N . . . begraben sein, wenn Sie es verschmerzen können.
Und mein Ruf . . . nein, wissen Sie – in diesem Punkt muß ich Sie doch wohl etwas enttäuschen. Ich stehe gar nicht so sehr über diesen Dingen, wie Sie meinen.
Manchmal finde ich es verzweifelt unbequem, einen schlechten Ruf zu haben. Wäre ich noch einmal achtzehn Jahre alt, so würde ich die Sache anders angreifen, mich entweder ganz in die Tiefe begeben oder darauf schauen, gesellschaftlich durchaus oben zu bleiben. Der Mittelweg ist in diesem Fall an Freuden vielleicht reicher, aber jedenfalls bei weitem der unbequemste. Die Leute wissen so oft nicht, für was sie einen nehmen sollen.
Und der schlechte Ruf verpflichtet. Man kann sich so vieles nicht leisten, was eine unbescholtene Frau ruhig tun darf.
Jedes männliche Wesen, mit dem man über die Straße oder ins Restaurant geht, wird einem aufgerechnet. Sind es zufällig vier oder fünf an einem Tag, so werden alle vier oder fünf gebucht.
Folglich ist es peinlich, wenn man mit einem alten Professor oder mit drei grünen Jungen gesehen wird, oder wenn ein Jugendfreund in Velvethosen uns anspricht.
Man dürfte sich nur mit solchen sehen lassen, die einem stehen oder die man sich gerne nachsagen läßt.
Bedenken Sie nur, wie viele Schwierigkeiten sich daraus

ergeben und was für komplizierte Schiebungen manchmal notwendig sind. Es gab eine Zeit – zu meinem Leidwesen muß ich es erwähnen – wo ich mich in einer solchen Lebensekstase, in einem so fortgesetzten Herzenstumult befand, daß ich wenig oder gar keinen Blick für dergleichen Äußerlichkeiten hatte. Es wird mir in der Erinnerung wirklich schwer, mich da hineinzudenken, aber ich weiß es als historische Tatsache. Und dazumal habe ich wohl mein Renommee schon so übel zugerichtet, daß es sich nie wieder ganz erholt hat.
Das war dumm, ungeheuer dumm, und ich würde heute jedem blutjungen Mädel, das leben und kompromittieren verwechselt, aufs dringendste raten, seinen Ruf zu wahren, bis es in dieser oder jener Welt – ich meine in Lebekreisen oder in der Gesellschaft – eine feste Position hat. Die Ausnahmestellung zwischen beiden Welten ist vom Übel, außer wenn sie ungemein glänzend finanziert ist.
Und Sie? – fragt mein Freund, der Doktor. – *Cher ami*, Anwesende sind immer ausgenommen. Ich weiß in jeder Blüte den Honig zu finden und lasse das Gift wohlweislich darin. So habe ich auch gar keine Neigung, unter diesen Kalamitäten zu leiden, sie sind mir höchstens lästig und machen mich gelegentlich nervös.
Nehmen wir an, ich kenne einen wirklich reizenden Menschen, mit dem ich mich sehr gerne unterhalte, aber er trägt Künstlerhüte oder einen unmöglichen Kragen – läßt es sich auch nicht abgewöhnen, denn er befindet sich ganz wohl dabei. Es würde mir sicher Vergnügen machen, einen Abend mit ihm zusammen im Café zu sitzen – mein Ruf verbietet es mir. Der Schlapphut würde sofort zu meinen Intimen gerechnet, und das

lasse ich nicht gerne auf mir sitzen. Auch wenn es ein noch so wertvoller Mensch ist, lieber Doktor.
In M . . . gab es in alten Zeiten ein verschwiegenes und entlegenes Weinrestaurant, das ich zu solchen Zwecken kultivierte. Ich will Ihnen die Adresse gern verraten und auch, daß ich manche meiner männlichen Bekannten dort getroffen habe – wenn sie mit der Toilette oder der sozialen Rangstufe ihrer Begleiterinnen nicht ganz einverstanden waren. Man wechselte dann einen stummen Blick, verstand und ignorierte sich. Und die, mit denen ich hinging, pflegten sich über meine Vorliebe für dieses mesquine Lokal zu wundern. Eben diese Leute, die keinen Wert auf ihr Äußeres legen, gehen mit Vorliebe in elegante Restaurants, um zu zeigen, daß auch sie zu leben verstehen.
Oder man muß in solchem Fall den bösen Schein durch irgendeinen starken Gegensatz korrigieren.
Erinnern Sie sich noch an den deprimierten Jüngling, den ich mir vergangenes Jahr an die Sohlen geheftet hatte, wie Sie so hübsch zu sagen pflegten? Er war zum Verzagen langweilig, aber unwiderstehlich, absolut unwiderstehlich elegant.
Als ich ihn gerade kennengelernt hatte und noch nicht unterzubringen wußte, fanden Lily – Ihre Lily – und ich zufällig ein Inserat in der Zeitung, das uns frappierte. Es lautete: Elegante Begleitdogge zu verkaufen – oder zu kaufen gesucht, das weiß ich nicht mehr.
Nach diesem Inserat wurde der Jüngling dann benannt und eingereiht.
Bei mir war gerade *saison morte*, ich hatte eine Herzensangelegenheit, die mich sehr in Anspruch nahm und in jeder Beziehung ganz nach Wunsch war, bis auf

eine pathologische Vorliebe für farbenfrohe Krawatten. Ich machte es mir zur Lebensaufgabe, ihn davon zu heilen. Wie oft, ach, wie oft saßen wir stundenlang im Laden und ließen uns Krawatten, immer nur Krawatten vorlegen. Ich bot all meinen Einfluß auf, aber selbst wenn nach schwerem Kampf eine annähernd glückliche Wahl zustande gekommen war, so entdeckte er sicher im letzten Moment noch irgendein furchtbares Blau, Gelb oder Violett, das er durchaus haben mußte. Ich habe ihn wirklich geliebt, aber die farbenfrohen Krawatten kosteten mich meine Seelenruhe. Auf die Länge war es geradezu aufreibend. Meine einzige Erholung war die elegante Begleitdogge, denn man konnte überall und ohne Hemmungsgefühle mit ihr hingehen. Sie war immer vorhanden – immer melancholisch und immer *tip top* wanderte sie unentwegt mit langen Schritten und müder Haltung neben mir durch Straßen und Restaurants.

Gesprochen haben wir – der Jüngling und ich – oft stundenlang kein Wort, oder er schüttete mir sein wundes Herz aus, und ich hörte zu. Er hatte eine larmoyante Stimme und eine larmoyante Seele. Niemals konnte er die Frau finden, die er suchte, und wenn er sie einmal fand, wie zum Beispiel mich, so hatte sie gerade eine seriöse Dauersache mit farbenfrohen Krawatten. Darüber konnte er, wenn wir zusammen waren, endlos fortjammern, immer in derselben Tonlage. Unter anderen Umständen wäre mir das vielleicht schrecklich auf die Nerven gefallen, aber so wie alles lag, erholte ich mich, während er friedlich fortlamentierte, von allen stürmischen Gefühlen und von den Krawattenhalluzinationen, die mich sonst verfolgten.

Manchmal mußte ich ihn auch an Lily ausleihen, wenn sie irgendwo besonderen Eindruck machen wollte, wie bei ihren Theateragenten oder beim Schneider. Die arme Lily war damals gerade etwas reduziert und brauchte in jeder Beziehung Kredit.

Aber sie mißbrauchte meine Großmut – sie telegraphierte dann auch noch späterhin, ich glaube aus Königsberg oder Stettin: »Schäbige Bande hier – bitte auf eine Woche Begleitdogge schicken.« Das war zuviel, und ich antwortete: »Unmöglich – brauche Dogge selbst.« – Und unsere Freundschaft bekam darüber einen argen Riß.

Ich hätte ihr ja gerne den Gefallen getan, aber eine ganze Woche – es war undenkbar, wir waren uns zu unentbehrlich. Er konnte nicht mehr ohne unglückliche Liebe leben. Lily eignete sich nicht dafür, sie hätte ihn vielleicht glücklich gemacht, und meine Neigung zu dem Krawattenmann wäre vorzeitig in Trümmer gegangen, wenn die elegante Begleitdogge nicht mehr an meiner Seite wandelte.

Aber über diesen schönen Erinnerungen vergesse ich ganz, worüber ich Sie denn eigentlich aufklären wollte. Ja, richtig, ich wollte Ihnen auseinandersetzen, wie sehr der schlechte Ruf zur Korrektheit verpflichtet.

Manchmal stellt er auch in der entgegengesetzten Richtung Anforderungen, die ebenso lästig sind.

Man nimmt es uns förmlich übel, wenn wir uns zu ordentlich benehmen, ärgert sich, daß wir so durchaus salonfähig sind und die Hoffnung auf ganz besondere Sensationen nicht erfüllen. – Gehörst du einmal zum Zirkus, so spring durch Reifen und schlage Purzelbäume – ja, aber wir haben manchmal gar keine Lust,

wir wollen zur Abwechslung auch einmal Zuschauer sein, in der Loge sitzen und Konversation machen.
Hier und da ist es wirklich ein großes Vergnügen, nur langweilig und korrekt zu sein.
Darüber ließe sich noch vieles sagen, aber ein andermal . . .

7

Ihr Brief – mein lieber Freund, wer wollte noch behaupten, daß wir keine Ideale haben? Zuviel, immer noch zuviel! Ihre ›Beziehung‹ zu Yvonne – Yvonne, die es gar nicht gibt – und vielleicht gibt es sie doch und Sie begegnen ihr eines Tages auf der Treppe.
Und der fremde Mann? – Er hat eine starke Familienähnlichkeit mit Yvonne, aber es geht mir besser als Ihnen – es gibt ihn – und ich bin ihm schon öfters auf der Treppe begegnet.
O bitte, kommen Sie mir nicht wieder mit der Frau vom Meer – ich kenne das – sowie man den fremden Mann erwähnt. Aber ich habe keine Sympathie für die Dame, sie hat es wirklich nicht verstanden. Der richtige fremde Mann verträgt kein Pathos – und wie kann man nur mit dem Gedanken umgehen, ihm zu folgen – ihn womöglich gar zu heiraten. Und auf der anderen Seite – ihn ganz laufen zu lassen, um mit einem alten Landarzt glücklich zu werden? Das ist mindestens ebenso unverzeihlich.
Überhaupt – der fremde Mann muß in erster Linie ein Gentleman sein, sehr elegant, sehr *comme il faut* und

mit dem ›infamen Charme‹ – aber doch um Gottes willen nicht ein Schiffskapitän mit Zuchthaustendenzen. Es wäre deshalb eigentlich richtiger zu sagen: der fremde Herr.

Und er darf niemals zur Beziehung werden, muß in der Versenkung verschwinden, ehe das in Betracht kommen könnte. Er tut es auch, sonst ist er eben nicht echt gewesen.

Etwas davon liegt wohl im ersten Anfang jedes Minnehandels – es ist ja immer schade, wenn man sich erst kennen- oder gar lieben und schätzen lernt. Aber der ganz große Reiz ist das Erlebnis mit einem Fremden.

Ich sitze abends im Lesezimmer eines Hotels. – Er auch, aber an einem anderen Tisch. – Ich schreibe. – Er liest. – Er schaut hier und da herüber – ich auch. – Ich weiß gleich, daß er es ist – er hat den infamen Charme. – Gott sei Dank, er ist echt, denn er spricht mich nicht an. Er weiß auch, daß ich es bin.

Eigentlich warte ich auf jemand anders und weiß nicht recht, wie es werden soll. Aber er weiß es ganz genau und liest ruhig weiter.

Endlich ruft man mich ans Telefon. Er, der andere, auf den ich warte, kann heute nicht mehr kommen.

»Was willst du denn heute abend anfangen?« – »Oh, ich gehe schlafen.« – »Also dann auf morgen.« – Abläuten . . .

Der fremde Herr legt seine Zeitung weg, ganz langsam, ganz ruhig. – Ich gehe zum Lift – er auch. Das Hotel ist sehr groß, hat sehr viele Stockwerke, ist sehr überfüllt. – Wir sind beide stehengeblieben, stehen uns gegenüber. – Er ist sehr hoch, sieht mir von oben herunter in die Augen. – Der Lift gleitet, hält an jeder Etage und

Zwischenetage, denn der Boy ist verschlafen und scheint zu meinen, daß überall jemand aussteigt. – Wir haben auch das Gefühl, daß der kleine Raum immer leerer wird, immer einsamer. – Unsere Augen lassen sich nicht los – der fremde Herr sagt kein Wort, beugt sich langsam zu mir herunter – wir sehen uns immer noch in die Augen – unsere Lippen ›finden sich‹. – Der Lift geht durch eine ganze Ewigkeit. – Kein Wort wird gesprochen – der Lift hält.

Und ich mache hier eine Pause, lieber Freund.

Der Herr im Lift ist der Idealfall – der erfüllte Traum. Nicht immer sind die Götter so neidlos. Manchmal lernt man ihn auch kennen, sieht sich wieder, dann ist natürlich alles entwertet. Hat man einmal mit dem fremden Mann gefrühstückt, so ist der Zauber gebrochen. Dann wird es ein ganz gewöhnliches Erlebnis.

Aber ich will Ihnen noch von einer sehr merkwürdigen Ausnahme erzählen – von einer jahrelangen Beziehung, die immer der fremde Mann blieb. Jahrelang – ja, da horchen Sie auf – es waren sogar ziemlich viele Jahre, es hat auch eigentlich nie einen bestimmten Anfang gehabt und hat nie ein definitives Ende genommen.

Wie und wo wir uns zum erstenmal sahen, gehört nicht hierher – seien Sie nicht zu neugierig; wenn ich eine uralte Dame mit weißen Haaren bin, erzähle ich es Ihnen vielleicht einmal, jetzt sicher nicht. Aber die damaligen Umstände brachten es mit sich, daß er mich nie bei Tage aufsuchen konnte. Auf die Länge ließ sich das natürlich nicht vermeiden, aber dann machte es auch keinen Eindruck mehr, daß er einen Namen und eine Position im Leben hatte. Er blieb der fremde Mann. Es war zur Tradition geworden, daß wir jede nähere persönliche Bekanntschaft, jedes Übergreifen unserer Beziehungen auf unser sonstiges Dasein vermieden. Und ich muß sagen, daß wir es wirklich verstanden, diese Tradition zu kultivieren. Unser Verkehr blieb immer zeremoniell, unpersönlich und voller Distanz. Wir haben uns nie auch nur für einen Moment geduzt, sind nie zusammen ausgegangen oder dergleichen. Trafen wir uns doch einmal, im Theater oder bei ähnlichen Gelegenheiten, so grüßten wir uns aus der Ferne. War es nicht zu vermeiden, so ließ er sich mir auch vorstellen, und wir wechselten einige höfliche Redensarten.

Er hatte immer meine Adresse und meine Schlüssel, bei jedem Wechsel meiner Wohnung oder meiner Lebenslage verfehlte ich nicht, ihm diese beiden Dinge zuzustellen. (Sie können sich wohl denken, daß seine Schlüsselsammlung mit der Zeit beträchtlich angewachsen ist.)

Er meldete sein Erscheinen durch ein Billett oder Telegramm – dann war ich immer für ihn zu Hause. Und darin bewies er seine wahrhaft antike Seelengröße: wie und wo er mich auch im Lauf der Zeiten aufgesucht und gefunden hat, ob in einer eigenen Wohnung, im Hotel oder einer gänzlich improvisierten Umgebung – er verzog nie eine Miene, wunderte sich nie, fragte nie – erschien zu den spätesten und unwahrscheinlichsten Stunden – immer korrekt, immer fremder Herr. Und ging ebenso wieder fort, ehe der graue Alltag das Leben wieder wahrscheinlich machte.

Manchmal kam er auch erst gegen Morgen, wenn ich längst schlief, stand auf einmal mit dem Zylinder in der Hand da – das schätzte ich ganz besonders. – Oder ich glaubte nur von ihm geträumt zu haben und fand dann beim Aufwachen Blumen, die nur von ihm sein konnten – er brachte immer Blumen mit. Solche Erinnerungen liebe ich sehr – auch noch manche andere – wenn wir in der Morgendämmerung am Fenster Kaffee tranken und uns korrekt und gebildet unterhielten. Wenn er dann die Straße entlang ging, sah ich ihm nach, und es hatte so viel Reiz, gar keine greifbare Vorstellung von seinem Leben zu haben, keine Ahnung von seiner Umgebung, nicht zu wissen, mit was für Menschen er verkehrt und wie er mit ihnen ist.

Andere Frauen – das hat mich eigentlich nie interessiert. Ich habe späterhin aus verschiedenen Andeutungen kombiniert, daß er eine ›himmlische Liebe‹ hatte, eine sehr unglückliche. Bei anderen Männern habe ich das manchmal etwas dumm gefunden, aber bei ihm hatte es viel Charme und gab eine düstere Nuance, die ihm gut stand.

Übrigens verloren wir uns zeitweise ganz aus den Augen, er machte öfters lange Reisen, und ich war ja immer viel unterwegs. Ich habe dann auch kaum an ihn gedacht – ob er an mich dachte, weiß ich nicht. Aber wenn wir uns beide nach M . . . zurückfanden, war wieder alles wie vorher. Nur gehörte es unverbrüchlich zu unserer Tradition, daß wir in der Silvesternacht zusammenkamen, denn der 31. Dezember war der Ausgangspunkt unserer Beziehungen gewesen. Mit oder ohne Verabredung, ich wußte, daß er dann kommen würde; und meine sonstigen Bekannten haben sich immer gewundert, warum ich bei jeder Neujahrsfeier geheimnisvoll vom Schauplatz verschwand, sobald es zwölf Uhr geschlagen hatte.

Doch am Ende die ›große Leidenschaft‹, die Sie in meinem Dasein so schmerzlich vermissen und die immer noch entdeckt werden soll? – Gott bewahre, gerade zur Zeit der glücklichsten und intensivsten Lieben schätze ich ihn am meisten und hatte förmlich Sehnsucht nach ihm, wenn ich ihn lange nicht sah. Und war er zeitweilig nicht vorhanden, so wurde ich auch gegen die anderen kühler.

Töricht genug von den anderen, daß sie samt und sonders eine starke Abneigung gegen den ›großen Unbekannten‹ hatten und nie begreifen wollten, daß Eifersucht in diesem Fall ganz sinnlos war.

Ja, lieber Freund, der fremde Mann ist ein inhaltsschweres Kapitel in meinem Leben und eines, das ich immer gerne wieder lese – aber nicht alle dürfen dabei mit ins Buch sehen wie Sie. Wenn Sie es doch nur einmal anerkennen wollten, wie sehr ich Sie verwöhne.

8

Also auch Sie, Brutus – neigen zu eifersüchtigen Betrachtungen, wenn Sie des fremden Mannes gedenken. Wie dumm von Ihnen – Verzeihung für das harte Wort, aber ich bin so daran gewöhnt, daß Sie immer intelligent sind.

Vielleicht kann ich auch darüber nicht mitreden, ich habe kein oder sehr wenig Organ für Eifersucht – das ist mir schon häufig wie ein schwerer Defekt vorgehalten worden.

»Dann haben Sie noch nie wirklich geliebt« – wie oft habe ich das zu hören bekommen – und nichts darauf geantwortet. *A quoi bon?* – Das weiß doch nur Gott allein.

Richtiger gesagt wäre wohl: nie lange genug geliebt.

Für mich dauert jede Liebe, auch die ganz ernsthafte, nur so lange, wie ich eben die stärkste Attraktion für den in Frage kommenden Mann bin. Dann hört sie ganz von selbst auf. Und daß er meine Hauptattraktion war, ist immer schon vorher zu Ende gewesen. Auch habe ich nie das Verlangen gehabt, einen Menschen ganz zu ›besitzen‹ oder ihn über Gebühr festzuhalten. Dazu ist das Leben zu kurz. Und wer mich festhalten wollte – es kam hier und da vor – ist niemals sehr zufrieden mit dem Erfolg gewesen.

Meine Unbeständigkeit ist also eigentlich ein schöner und altruistischer Zug, es macht mir gar kein Vergnügen, anderen Leiden zu verursachen.

Ebensowenig gereicht es mir zur Freude, wenn man mich mit Eifersucht plagt, ich habe nie recht begriffen, warum die Menschheit diese unangenehmen Emotionen so kultiviert. – Treue ist vielleicht eine besondere Begabung, ein Talent. Wie kann man Talent von jemand verlangen, der es nicht hat? Aber ich meine, es läßt sich durch Takt und Diskretion ersetzen.

Es ist doch jedesmal etwas anderes, was uns zu den verschiedenen Menschen hinzieht: der fremde Mann ist tiefe Sensation ohne Gemütsbeteiligung – ein anderer geht ans Herz und weckt wahres Gefühl – ein junger Knabe lockt uns zu einem romantischen Frühlingserlebnis – dann gibt es wieder jemand, mit dem man sich nur amüsiert, oder es läuft zufällig und geschwind irgendein heiteres Abenteuer über den Weg . . . Doktor, ich kann Ihnen beim besten Willen nicht alle die vielen bunten Möglichkeiten an den Fingern herzählen, aber Sie werden zugeben, daß sie sich schwerlich in einem einzelnen Menschen beisammenfinden. Und im Leben lassen sie sich auch nicht so hübsch der Reihe nach anordnen. Es gerät immer alles durcheinander.

Sie haben mir einmal einen Vortrag über ›typische Erlebnisse‹ gehalten. Ich glaube, der andere, die anderen sind von jeher mein typisches Erlebnis gewesen. Und deshalb kam ich nie dazu, einem treu zu bleiben. Schon allein der fremde Mann hat es auch in den stabilsten Zeiten unmöglich gemacht.

Ein harmloses Beispiel:

A . . . holt mich ab, zu irgendeiner Unternehmung. B . . ., der mich auch abholen will, kommt dazu. Wir gehen also alle drei miteinander. Zu merken: ich stehe beiden noch ganz unbescholten gegenüber. – In bezug auf A . . . habe ich meine Vermutungen – er lädt mich denn auch auf übermorgen ein, aber es interessiert mich einstweilen noch nicht besonders. B . . . begleitet mich heim – ich habe gar keine Vorahnungen, aber es folgt *›une de ces heures‹* und so weiter . . . und dann natürlich auch eine Verabredung auf übermorgen.

Der Abend mit A . . . geht in Szene und endigt schicksalsvoll, wir verlieben uns heftig und auf Dauersache. Ich fühle auch gar kein Verlangen, ihn gleich von vornherein zu hintergehen, aber ich habe B . . . auch sehr gerne und würde es ungerecht finden, ihn nun umgehend wieder zu versetzen. Wie peinlich außerdem, ihm beim ersten Rendezvous zu sagen: ich habe mich gestern in A . . . verliebt – leben Sie wohl!

Am meisten Kopfzerbrechen hat mir die Frage gemacht, welcher von ihnen nun eigentlich der andere war.

Und das ist immerhin noch ein einfacher Fall, die Sache kann auch komplizierter liegen.
Nein, guter Freund, es ist, weiß Gott, nicht immer leicht, seinen ›erotischen Verpflichtungen‹ nachzukommen. Monogamie und Treue sind sicher eine große Vereinfachung des ›Problems‹.
Sie möchten wissen, was es mit der irdischen und himmlischen Liebe für eine Bewandtnis hat. Es ist eine häufige Erscheinung – ich kenne mehr als einen Mann, in dessen Liebesleben diese sinnige und zweckmäßige Zweiteilung eine Rolle spielt. Ob sie auch bei Frauen vorkommt, weiß ich nicht. Von Frauen weiß man überhaupt sehr wenig, wenn man selber eine ist.
Die himmlische ist natürlich ein ›Wesen‹, das weit über allen anderen steht und das er aus irgendwelchen Gründen nicht in realere Sphären hinabziehen kann oder will – so etwa, was man eine Lichtgestalt nennt. Es gehört dazu, daß sie für ihn und sein irdisches Treiben die nötige Auffassung hat, er darf schuldbeladen zu ihr kommen und fühlt sich durch ihr Verstehen entsühnt. Das haben ja manche Männer gern.
Die irdische ist – nun, einfach eine Frau, mit der man intim liiert ist. Vor allem muß sie einer Bedingung entsprechen: sie darf ihn nicht ganz für sich haben wollen und nicht neugierig auf die himmlische sein.
Es ist auch überflüssig, denn er ist manchmal innerlich zerrissen, und dann erzählt er aus eigenem Antrieb von ihr. Man tut am besten, ergriffen zu schweigen.
Die irdische Liebe kann natürlich wechseln, die himmlische bleibt im allgemeinen dieselbe. Ich bin, soweit ich mich erinnern kann, immer nur die irdische gewesen.
Man hat mir erzählt, daß die irdische manchmal sehr

böse wird, weil die andere ihm in seelischer Beziehung mehr bedeutet. Ach du liebe Zeit, seelische Eifersucht ist nun vollends nicht meine Sache. Man lasse doch seine Seele unvermählt! – Im Gegenteil, man denkt nicht ohne Vergnügen, die himmlische hätte allen Grund eifersüchtig zu sein. Sie ist es auch gewiß.

Die himmlische Liebe ist meistens eine verheiratete Frau. Entweder ist sie mit ihrem Mann nicht glücklich geworden und hat dann erst den anderen kennengelernt. Oder sie kannten und liebten sich schon vorher, und aus einem oder dem anderen zwingenden Grunde hat sie ihn nicht geheiratet. Die beste Konstellation ist, wenn sie sich erst zu spät darüber klar wurden, daß sie für einander geschaffen waren – überhaupt irgendein unseliges: zu spät, das nun seinen Schatten auf beider Leben wirft.

Manchmal – seltener – ist es auch ein junges Mädchen, das er später einmal heiraten will.

Die mit der himmlischen Liebe sind also eigentlich die monogamen Männer oder solche, die es werden möchten.

Sie vertiefen sich mit großem Interesse in das Leben der unmonogamen Frau und zittern in dem Gedanken, die himmlische Liebe könne auch einmal ähnlich empfinden.

Teurer Freund, ich renommiere gerne damit, daß man mich niemals versetzt hat, aber bei dieser Gelegenheit fällt mir aufs Herz, daß mein blanker Schild doch wohl einen Flecken aufzuweisen hat. Einmal – ja, einmal hat eine himmlische Liebe mich zu Fall gebracht. Sie war zu stark, und er fühlte sich dem Zwiespalt nicht mehr gewachsen, konnte mir nicht länger angehören, weil er

immer an diese Frau dachte, die ihm nie angehören würde.
Das teilte er mir sehr betrübt mit, und für mein einfaches Gemüt war es entschieden zu kompliziert. Ich gab mir alle Mühe, es tragisch zu nehmen, denn ich hatte ihn sehr gern, aber ich empfand im Grunde doch nur etwas Ähnliches wie: Guter Junge! es regnet! – Und als ich ihn nach einiger Zeit wiedersah, konnte ich ihn nicht mehr ausstehen, er fiel mir nur noch auf die Nerven. – Halten Sie es für möglich, daß das am Ende doch Eifersucht war?

9

Mir geht es ebenso, lieber Doktor – weder Ihnen noch mir selbst weiß ich das Rätsel zu lösen, warum ich so lange in der Regenstadt hängengeblieben bin.
Ich konnte mich einfach nicht wieder fortfinden. Das passiert mir eben hier und da. – Es war so von Herzen langweilig, immer dieselben grauen Straßen, dieselben beschaulichen Nachmittagsstunden in ›unserem‹ *Tearoom* vor dem Kamin – immer dieselben Menschen – nein, das stimmt nicht ganz, es waren auch manchmal andere. Aber gerade in all dieser grauen Langeweile lag etwas, wovon ich mich nicht trennen konnte – etwas von Abgeschiedenheit und Klosterfrieden.
Ja, das war es wohl – ich habe es so oft bedauert, daß es nicht mehr Mode ist, von Zeit zu Zeit ins Kloster zu gehen und eine Retraite zu machen wie in früheren Zeiten. Denken Sie, wie schön es sein muß, wenn man

müde vom sündigen Welttreiben, tief verschleiert und in tiefes Schwarz gekleidet, aus dem Wagen steigt, an der Klosterpforte läutet und von einer milden Äbtissin empfangen wird – um ein paar Wochen gründlich auszuschlafen.

Die Regenstadt war so eine Art Retraite für mich – wenigstens in den letzten Wochen. Aber jetzt hat sie lange genug gedauert – ich bekomme manchmal sentimentalische Anwandlungen.

So verfolgt mich dieser Tage ein Vers – in meiner Backfischzeit schrieb ein Onkel, den ich sehr liebte, ihn mir ins Stammbuch:

Stehe aufrecht an dem Steuer –
Mit dem Schiff laß spielen Wind und Wellen –
Wind und Wellen nicht mit deinem Herzen –

und darunter: einer, der dich kennt.

Mir scheint, der Onkel hat mich doch nicht sehr gut gekannt, sonst hätte er sich die Mahnung wohl von vornherein sparen können. – Wind und Wellen haben seit damals ganz erheblich sowohl mit dem Schiff als auch mit dem Herzen gespielt – und das Steuer – ich fürchte, es war überhaupt eine überflüssige Einrichtung, ich habe nie versucht, es in Tätigkeit zu setzen.

Auch jetzt schwanke ich wieder einmal, wohin die Fahrt gehen soll. Manchmal hatte ich schon beinahe Lust, in die heimischen Gefilde zurückzukehren. Natürlich vor allem, um Sie durch meine Nähe zu beglücken. Aber Sie wissen ja, ich habe die schlechte Gewohnheit, bei jeder Abreise meine jeweilige Daseinsform aufs gründlichste aufzulösen, und muß mich dann bei der Rückkehr von neuem ›etablieren‹. Dazu bin ich jetzt nicht aufgelegt – absolut nicht.

Wissen Sie auch, Doktor, daß es verschiedene Heimwehs gibt? Eines nach der wirklichen Heimat, vorausgesetzt, daß man eine gehabt hat – das ist recht zwecklos und gibt sich auch mit der Zeit. Dann ein Gewohnheitsheimweh, nach dem Ort oder den Orten, wo man länger gelebt hat. Und schließlich ein ganz starkes nach der Fremde, nach Eisenbahnen, Dampfschiffen, fremden Sprachen, Koffern und Hotels.
Ich weiß, wenn das alles wieder um mich ist, fühle ich mich zu Hause, und zu Hause ohne alle Sentimentalität.
Kurz, lieber Freund, dahin steht jetzt mein Verlangen. Die bekannte innere Stimme rät mir dringend ab, es wieder mit einem Wohnort zu versuchen. Wohnorte eignen sich doch nie recht für mich, und ich eigne mich nicht für die Wohnorte, es gibt also nur Konflikte.
Ich glaube, mir kommt alles im Leben immer zu provisorisch vor, und ich nehme es dann auch zu sehr in diesem Sinne. Vielleicht bin ich selbst eben nur provisorisch gedacht, nur ›entworfen‹. Es will mir manchmal so scheinen.
Aber es ist wirklich zum Gottserbarmen, was ich da heute zusammenschreibe, und es wird besser sein, ich höre auf.
Machen Sie sich deshalb um meinen Gemütszustand keine Sorge, es ist wohl nur die lange Retraite und der Abschied von der nassen Stadt, was mich so nachdenklich stimmt.
Und trösten Sie sich, lieber Freund, daß ich einstweilen noch nicht auf der Bildfläche erscheine – vielleicht finden Sie inzwischen Yvonne – und wenn Sie gar nichts finden – kommen Sie mir nach.

10

Nun bin ich fort – die Regenstadt liegt in weiter Ferne, die Klosterpforte hat sich hinter mir geschlossen, bis zur nächsten Retraite – die Äbtissin . . . die Abtissin war sehr liebenswürdig und hofft – machen wir drei Kreuze hinter ihre Hoffnungen.
Bahnhöfe und Hotelzimmer – ich bin sehr glücklich. Ein unschätzbares Gefühl: nicht hier und nicht da, sondern einfach *fort* zu sein.

Daß ich den ersten Brief aus Venedig schreibe – Kopfschütteln Ihrerseits – Venedig? – Was wollen Sie, mein Freund; wieder einmal Schicksal, wieder einmal typisches Erlebnis.
Nein, ich wollte auch gar nicht hierher, aber wenn ich nach Italien gehe, will ich regelmäßig nicht nach Venedig und komme regelmäßig doch hin. Erinnern Sie sich noch an das letzte Mal, als ich unerwartet und reisefertig zu Ihnen hinaufkam und Ihnen kundtat, ich müsse auf zwei Tage nach Brindisi fahren? Es handelte sich um ein längstersehntes Wiedersehen, und das ließ sich durchaus nicht anders arrangieren als eben in Brindisi. Es sollte auch sonst niemand darum wissen, aber an der Bahn traf ich einen entfernten Bekannten, der in denselben Zug stieg. Tags zuvor hatte ich ihm mit vieler Mühe vorgeschwindelt, ich wollte nach Berlin fahren. – Nun fuhren wir zusammen bis Verona, und es half mir nichts – zur Strafe für den Schwindel mußte ich ihm versprechen: auf der Rückreise einen Tag Venedig.
An diese Reise denke ich heute noch mit Vergnügen. Italien und ich flogen so einander vorbei, es hat mir

noch nie so gut gefallen. Den Tag im Coupé, die Nacht im Schlafwagen – ein paar Stunden Rom, ein paar in Neapel, vierundzwanzig Stunden in dem gottverlassenen Brindisi – gerade genug für Wiedersehen und Abschied. Dann wieder Eisenbahn, Eisenbahn – übernächtig, glücklich und etwas wehmütig – irgendwann um Mitternacht in Venedig – auf dem Kanal, auf dem Markusplatz, im Hotel – mit dem entfernten Bekannten.

Genau sechs Tage nach der Abfahrt saß ich wieder bei Ihnen und hab' Ihnen zur Strafe recht wenig erzählt. Denn Sie mokierten sich weidlich über meinen Ritt ins romantische Land und hatten allerlei schwarze Verdächtigungen. Daß ich wirklich aus alter Treue – in der alten Treue bin ich immer stärker gewesen als in der neuen – in Brindisi war, daran glauben Sie ja noch heute nicht.

Und diesmal geschieht Ihnen ganz recht, daß es nicht viel zu erzählen gibt – es ist kaum der Rede wert – nur die harmlose Geschichte vom roten Faden, die Ihre Sensationslust hoffentlich etwas enttäuscht.

Die Geschichte vom roten Faden handelt nämlich nur von einem Erlebnis, das nie zustande kam.

Ich muß etwas ausholen, denn die Anfänge der Begebenheit liegen schon um einige Jahre zurück, aber ich will es so kurz wie möglich machen.

Wir waren damals, was man einen animierten Kreis nennt, und S . . ., der Held meiner Geschichte, gehörte mit zu diesem Kreise. Ein Freund von ihm war mein sehr guter Freund, mit dem ich gerade auf Reisen gehen wollte. Man war noch mitten in den Flitterwochen. Wir brauchten volle zwei Monate, um endlich fortzukommen, derweil lebten und wohnten wir zwischen unzähligen Koffern, die immer wieder aus- und eingepackt wurden, zwischen Flinten, Sattelzeug und wissenschaftlichen Apparaten, die uns alle begleiten sollten, und feierten unaufhörlich Abschiedsfeste, denn jeder Tag konnte der letzte sein. Es war eine beständige Konfusion von Wohnungen, Hausschlüsseln und improvisierten Nachtquartieren, woraus sich viele schwierige und heitere Situationen und eine angenehm sündhafte Atmosphäre ergaben. Wir – S . . . und ich – waren uns von Anfang an sympathisch und flirteten weidlich miteinander; aber ganz in Ehren, der Sachlage angemessen. Man blinzelte sich gewissermaßen zu: jetzt nicht, aber vielleicht später einmal.

Und dieses: später einmal – bildet den Inhalt der ganzen Historie. Ich ging auf Reisen und kam wieder zurück, man sah sich wieder, und inzwischen war verschiedenes anders geworden. S . . . und ich setzten uns ins Einvernehmen, daß jetzt der Moment gekommen sein dürfte. – Aber es sollte nicht sein. Ich weiß nicht, wie oft wir schon beisammen saßen und trauliche Zwiesprache pflogen – jedesmal gab es eine gänzlich unvorhergesehene Unterbrechung. Wir gaben uns Rendezvous, duzten uns auch einmal schon acht Tage lang – immer wieder kam etwas dazwischen. Wir hatten schließlich das Gefühl, als ob das Schicksal – meines oder seines – uns durch Detektive überwachen ließe, die pünktlich im gegebenen Moment uns die Hand auf die Schulter legten: bis hierher und nicht weiter.

Ich erinnere mich vor allem an einen Abend, wo er siegesfroh bei mir zum Souper erschien. Wir waren beide etwas verlegen und dachten: . . . ja . . . nun . . . Aber es klingelte, und eine Freundin kam – ebenfalls mit Souperabsichten. Das wäre ja an sich noch nicht so schlimm gewesen – wir soupierten also zu dreien mit vieler Heiterkeit. S . . . wollte sie dann heimbegleiten – ein Blick: ich komme wieder . . .

Fünf Minuten später kamen alle beide die Treppe wieder herauf – der Schlüssel war in der Haustür abgebrochen. Es gab also wieder einmal Nachtquartier in der Mehrzahl, das die ironische Vorsehung schon so oft über uns verhängt hatte. Gute Miene und böses Spiel, denn die räumlichen Verhältnisse ermöglichten wohl eine pikante Situation zu dreien, verwehrten aber jedes *tête-à-tête*. Nie vergesse ich den schmerzlichen Zug um seine Lippen, als er morgens beim Abschied sagte: ich möchte wissen, in welcher Konstellation wir das nächste Mal übernachten werden.

Aber es blieb bei dieser letzten, denn ich verreiste bald darauf und er verlobte sich – heiratete – war recht unglücklich in seiner Ehe und ließ sich wieder scheiden. Unsere Wege trennten sich, kreuzten sich hier und da wieder, wir blieben immer irgendwie in freundschaftlichem Kontakt, und es bildete sich allmählich die Tradition heraus, daß S . . . in angemessenen Zwischenräumen bei mir anfragte, ob mein Herz und meine Hand – sei es auch nur die Linke – zurzeit verfügbar sei.

Aber jedesmal, wenn er in zierlichen Redewendungen seinen Antrag stellte, waren Herz und Hand schon anderweitig in Anspruch genommen. – »Warum kommen Sie gerade jetzt? – Dienstag vor vierzehn Tagen . . .«

Und war bei mir eine Vakanz, die ich gern vergeben hätte, so war er gerade in Spanien, um irgendeinen alten Meister zu entdecken, oder ging ernstlich damit um, ein junges Mädchen aus guter Familie zu heiraten. Das letztemal, als wir uns zufällig in Berlin trafen, meinte er förmlich erbittert: es sei allmählich höchste Zeit, daß diese Angelegenheit, die sich nun schon so lange wie ein *roter Faden* durch unser beider Leben ziehe, einmal ausgetragen würde. Von jetzt an sei es an mir, den Wink zu geben. Wir haben dann ausgemacht, daß ich ihm, wenn der geeignete Zeitpunkt käme, einen roten Faden zuschicken sollte.

Zwei oder drei Monate später lag der rote Faden bereit – es war sogar eine schöne, dicke seidene Schnur – er lag schon kuvertiert in meinem Schreibtisch, und es war nur Bummelei, daß ich ihn noch nicht abgeschickt hatte – da bekam ich wieder eine Verlobungsanzeige von Freund S . . .

Am Vorabend seiner Hochzeit habe ich ihm den roten Faden in die Hand gedrückt, und wir haben beide heiter und herbstlich dazu gelächelt.

Letzten Winter hörte ich, daß er noch einmal wieder von der Ehe Abschied nehmen wollte – ja, und vor ungefähr acht Tagen kam ein Brief aus Venedig – in dem Brief lag meine rote Seidenschnur . . .

Voilà – Freund und Doktor, das Weitere werden Sie nie erfahren – machen Sie sich keine Hoffnung. Bedenken Sie, daß die Lösung ja in jedem Fall banal ausfallen muß.

Legt die Vorsehung wieder ihr Veto ein, so wird es langweilig. Drückt sie aber diesmal ein Auge zu, so verliert die Geschichte vom roten Faden erst recht ihren Reiz.

11

Falsch geraten – ich bin in Rom, und S . . . ist nach Norwegen gefahren.
Ein hoffnungsloser Fall – der arme Kerl strebt im Grunde seines Herzens doch nur danach, wieder zu heiraten. Für seine Bekannten ist ein Trost dabei: er ist immer am nettesten, wenn er eben eine Scheidung hinter sich hat. Das wirkt auf seinen inneren Menschen wie eine Art Wiedergeburt – aber es ist halt doch etwas umständlich.
Nun beschäftigt er sich neuerdings mit Rassentheorie und meint, an seinen bisherigen Fehl-Ehen sei vor allem die schlechte Rasse seiner Gefährtinnen schuld gewesen. Ja, und deshalb will er jetzt die reinrassigen nordischen Frauen näher studieren.
Wir saßen den letzten venezianischen Nachmittag am Markusplatz beim Eiskaffee und erwogen voller Wehmut, was geschehen wäre, wenn wir beiden uns doch damals am Anfang unserer Bekanntschaft geheiratet hätten. Vielleicht wollte die Vorsehung nur darauf hinaus und hat unserer illegalen Neigung deshalb so viele Steine in den Weg gelegt, wer kann es sagen? Und wäre ich jetzt seine geschiedene Frau – rechnete er mit Bedauern aus –, so verfügte er doch wenigstens über eine kleine Rente, während er unter den obwaltenden Verhältnissen leider herzlich wenig für mich tun könnte. Kurz, er zeigte sich recht besorgt um meine finanzielle Gegenwart und Zukunft, gab mir viele gute Ratschläge und machte mich noch telegraphisch mit einem seiner vielen und merkwürdigen Auslandsfreunde bekannt, der gerade in Rom ist und mich denn auch mit fürstli-

chen Ehren empfangen hat. Man nennt ihn einfachheitshalber den Sizilianer, weil er meist in Sizilien lebt und seine Nationalität etwas verwickelt ist. Er ist in Madagaskar geboren, aber ich glaube, aus spanischer Familie, also immerhin reizvoll international – gebrochenes Deutsch – nun, man wird ja sehen.
Ich gestehe Ihnen offen, manches von dem, was S . . . mir sagte, ist mir wirklich zu Herzen gegangen. Er erklärte es für geradezu unverantwortlich, daß ich immer noch keine ernstlichen Schritte getan, um mich zu rangieren.
Er hat recht, und ich habe es mir ja selbst ja auch schon hundertmal gesagt – und Sie – und verschiedene andere.
Ein schwieriger Punkt – ich kann das Gerede von Problemen sonst nicht ausstehen – es sind ja fast nie welche – aber diese Sache erkenne ich an, als Problem, als alles, was Sie nur wollen.
Ganz sicher: es ist immer empörend für eine Frau, wenn das äußere Dasein sich nicht angenehm und schmerzlos abwickelt. Einmal hat ja doch jede – jede den angeborenen Hang zu Wohlleben und Bequemlichkeit, auch wenn sie's nicht wahrhaben will oder sich's nicht leisten kann. Und dann tut es auch der Eitelkeit weh: Frau in Geldschwierigkeiten ist immer wie ein Bild, das schlecht gerahmt ist und am unrechten Platz hängt.
Teurer Doktor, da wir nun doch einmal von mir reden – seit ich aus meinem wertvollen alten Familienrahmen entfernt wurde, hat mir wohl keiner mehr gepaßt. Mancher war recht gut, mancher wieder sehr mittelmäßig, und es gab auch Zeiten, wo das Bild nur mit Reißnägeln an die Wand geheftet war.

Ja, ja – und wie S . . . mir auch wieder vorhielt – ich hätte alle möglichen Chancen haben können. Aber was wollen Sie? – die legitimen? Gott soll mich bewahren – und er hat mich bewahrt. Wenn ich eine gute Partie machen konnte, hatte ich immer gerade keine Lust zu heiraten, und das eine Mal, wo ich dann doch heiratete, wurde der Mann erst eine gute Partie, als ich schon wieder über alle Berge war (Sie wissen ja, wie lange meine Ehe gedauert hat). Jetzt hat er eine glänzende Stellung, und ich hätte sie auch. Aber was täte ich damit? Ach, und der Mann liebte mich – in der Ehe könnte ich das auf die Länge nicht aushalten. Höchstens eine Distanzehe mit sehr viel Geld, so daß jeder seinen eigenen Flügel bewohnte, seinen eigenen Train und seinen Verkehr für sich hätte. Zu den Mahlzeiten träfe man sich in großer Toilette und mit vielem Zeremoniell, will er mich außerdem noch sehen, so läßt er sich durch seinen Kammerdiener melden: Der gnädige Herr läßt fragen, ob sein Besuch heute abend angenehm wäre? – Der gnädige Herr ist immer willkommen.

Habe ich Gäste, die sich für ihn eignen, so lade ich ihn ein. Seine Stellung als Hausherr wird dann natürlich betont, er dürfte nie kompromittiert werden – kompromittierter Ehemann ist geschmacklos und unmöglich. Und hat er Besuch, so mache ich auf Wunsch in seinen Räumen die Honneurs.

Das wäre die einzige Möglichkeit, auf die ich heiraten möchte – schade, schade, daß Sie nicht Geld genug haben, wir könnten es vielleicht versuchen. – Ich habe auch sicher in einem früheren Leben schon eine solche Ehe geführt, mir kommen alle Details so durchaus vertraut vor, auch die Art der Beziehungen und das Wesen des

Eheherrn. Aber kehren wir zu unseren *moutons* zurück – die illegitimen Chancen? – sehen Sie, unsere Freunde denken im allgemeinen, wir täten uns so leicht damit – man brauchte nur zu wollen, so hätte man, was man wollte.

Nein, ich glaube, auf diesem Gebiet spielt der Zufall uns so willkürlich mit wie auf keinem anderen. Männer, die uns finanzieren wollen, gibt es genug, aber solche, die angenehm und dauernd finanzieren, dabei sympathisch oder wenigstens erträglich sind, nicht zuviel persönliche Ansprüche stellen und uns nicht plagen – ich fürchte, die muß man mehr oder weniger als seltenen Glücksfall betrachten. Meine besten Utilitätsbeziehungen oder die es werden wollten, waren fast immer Leute, die ich von vornherein oder nach kurzer Zeit nicht mehr ausstehen mochte. In günstigeren Fällen standen sie gerade erst im Begriff reich zu werden – man hätte warten und ausdauern müssen – oder sie hatten eben ihr Vermögen verloren. (Ich hoffe, Sie werden endlich einsehen, daß ich eigentlich doch ungemein wählerisch bin.)

Wie oft habe ich mir gesagt: liebes Kind, es muß nun einmal sein . . . der Ernst des Lebens . . . Schulaufgaben müssen gemacht werden, sonst gibt es kein Dessert . . . Aber ich habe weder als Kind noch später den nötigen Eifer für meine Schulaufgaben gehabt, es war immer etwas anderes da, was mich gerade mehr lockte.

Wenn man auf diesem Wege Karriere machen will und nicht ganz besonderen Dusel hat, muß man vor allem eiserne Nerven und eiserne Ausdauer haben. Und, wie beim Theater, möglichst früh anfangen, damit die Schattenseiten des Metiers zur Gewohnheit werden. Hat man sich erst daran gewöhnt zu tun und zu lassen,

was man eben gerne tun und lassen möchte, ja, dann ist man zu verwöhnt. *L'art pour l'art* ist sicher schöner, erfreulicher, aber unrentabel.
Nerven und Ausdauer, also im Grunde etwa dieselben Qualitäten wie für die Ehe. Stellen Sie sich eine Dauersache mit Finanzhintergrund vor – auf einmal hat man keine Lust mehr, möchte ich ihn eine Zeitlang nicht mehr sehen – aber er kommt unweigerlich zwei Abende in der Woche, will einen womöglich zwischendurch noch sehen. Oder es gefällt einem plötzlich jemand anders – finanzielle Dauersachen sind noch eifersüchtiger als der verheiratete Gatte. Manchmal lieben sie uns auch wirklich – sogar die Seele.
Und verschiedene *à tempo* – sehr unbequem! Sobald die Männer Geld hergeben, sind sie viel scharfsichtiger und wissen besser Bescheid über Einkaufspreise: Jeder ahnt den anderen: Woher die indische Decke? – oder der Pelz oder sonst irgend etwas.
Man müßte denn schon eine offizielle Persönlichkeit sein – nur so oder mit Nebenberuf – etwas Tanzendes, Singendes, Springendes. Das schwächt die Eifersucht ab, weil man damit renommieren kann: die Soundso? Aha – kenne ich auch!
Und ein Beruf, wäre er auch noch so lustig – wir wissen es beide, lieber Doktor – selbst wenn der Himmel mir die schönsten Talente in die Wiege gelegt hätte, die Ausdauer ist nun einmal vergessen worden, und ohne die geht es in keiner Branche.
Übrigens habe ich immer wieder die Beobachtung gemacht, daß die Mädchen, die aus unteren Schichten heraufkommen, viel energischer und zielbewußter danach streben, Karriere zu machen. Sie wollen um jeden Preis

nach oben kommen und reüssieren deshalb auch viel eher. Wir anderen – ich zum Beispiel, bin sehr verwöhnt aufgewachsen, die äußeren Annehmlichkeiten waren einfach da und erschienen mir nie als etwas Außerordentliches. Das bleibt im Gefühl – hätte ich von heute auf morgen Haus und Hof, Equipage, Dienerschaft und so weiter – es würde mir nur selbstverständlich vorkommen. Ist es nicht vorhanden, so empfinde ich das eigentlich wieder nur als einen provisorischen unangenehmen Zustand. Hat man den Zug verpaßt, so muß man halt auf irgendeiner mesquinen kleinen Station warten, aber man identifiziert sich deshalb noch nicht mit ihr.

Ich fürchte überhaupt, die gute Erziehung, das Aufwachsen in einer erstklassigen Umgebung (sehen Sie, wie ich mich in die Brust werfe) beeinträchtigt die Entwicklung der praktischen und kaufmännischen Instinkte sehr stark. Man empfindet es immer als widersinnig, daß die Existenzfrage sich nicht ganz von selbst erledigt. Ich bin überzeugt, daß keiner meiner näheren Standesgenossen imstande ist, einen Kursbericht zu verstehen; kommt er einmal auf den Gedanken zu spekulieren, so läßt er es eben durch seinen Bankier machen. Und als Frau – sollte man zumindest einen Impresario haben, dann wäre es schon eine andere Sache. Aber dieses Amt übernimmt wieder kein Mann, der etwas auf sich hält. – Man müßte – man sollte – ich weiß schon, mein Lieber, Sie haben Ihre Freude daran, wenn ich auf dem Diwan liege und aus tiefster Seele sage: man sollte eigentlich . . . und doch um keinen Preis aufstehen würde, um das, was man ›eigentlich sollte‹, in Angriff zu nehmen . . .

12

Nicht so ungeduldig, mein Freund – ich weiß sehr wohl, daß es sich gehört, Briefe fertig zu schreiben, aber ›das Leben nahm mir die Feder aus der Hand‹, und ich war seither nicht in Teestimmung. So hab' ich ihn als Fragment abgeschickt, um Sie nicht länger warten zu lassen; und ich denke, für ein Fragment war er lang genug. Heute würde ich nun wohl schwerlich den Faden wiederfinden, wenn Sie ihn mir nicht so liebenswürdig zugereicht hätten. Das ›Thema‹ scheint Sie beinah mehr zu interessieren als mich selbst, ich möchte wissen warum. Es sieht fast so aus, als könnten Sie die Zeit nicht erwarten, wo Sie an meiner Seite Viere lang fahren werden. Es wäre auch sicher sehr hübsch, aber einstweilen gefällt es mir noch ganz gut, hier und da in ein fremdes Auto einzusteigen und so weit mitzufahren, wie ich gerade Lust habe. Ist keines da, so läuft man zu Fuß und flucht oder amüsiert sich darüber – je nachdem.
Gott ja – das berühmte Thema – teurer Doktor, bitte, verwechseln Sie den Mangel an kaufmännischem Talent nicht wieder mit innerem Wert. Nein, ich habe innerlich nichts, gar nichts gegen das ›Verkaufen‹ einzuwenden, weder für andere noch für mich. Nur müßten die Bedingungen angenehm und annehmbar sein. Und das ist selten, ach, so selten der Fall, vielleicht verfolgt auch gerade mich ein besonderer Unstern.
Erschrecken Sie nicht, ich möchte sogar gelassen aussprechen, daß für mein Gefühl der Handel in seiner direktesten Form immer noch die beste Möglichkeit wäre und eigentlich auch die anständigste. Ein fremder Herr (schon die Fremdheit . . . Sie wissen ja . . .), der spurlos

wieder in der Versenkung verschwindet – was für eine Ersparnis an Nervenkraft gegenüber dem festen Utilitätsverhältnis, das vorsichtig gehandhabt und geduldig ertragen werden muß. Aber auf diesem Gebiet ist ja leider alles so mangelhaft organisiert, so gesellschaftlich unmöglich gemacht ... verlassen wir es lieber ...

Der Sizilianer ist gerade zur rechten Zeit aufgetaucht, und sein Auto ist gut. Warum ist er Ihnen nicht ›ganz geheuer‹? Ein ›Rasta‹, mit dem ich arg hereinfallen werde, meinen Sie – sicher ist er ein Rasta, aber das ist ja gerade sein Hauptcharme, ich habe immer ein Faible dafür gehabt. Und vermutlich fällt er eher mit mir herein, denn er scheint es wenigstens bisher bitter ernst zu nehmen. Und ich weiß nicht recht, was ich mit seinem Herzen anfangen soll.

Es kann ein Dilemma sein, ob man jemand glücklich oder unglücklich machen soll. Manche haben mehr davon, wenn sie unglücklich sind – sie wollen gerne alle Tiefen der Leidenschaft durchmessen – und sind dann auch traitabler. In diesem Falle bin ich mir noch nicht klar darüber.

Pedro – so heißt er – ist in seinem ganzen Wesen etwas ungestüm, und wenn er zu glücklich ist, werde ich einen schweren Stand haben. Aber die direkte Werbung steht noch aus – ich finde diesen Zwischenzustand sehr reizvoll und möchte ihn noch eine Zeitlang festhalten. Er umwandelt mich einstweilen auf Freiersfüßen und demonstriert mir vor, wie angenehm das Leben sich an seiner Seite leben läßt.

Wenn ich zum Frühstück komme, sitzt er schon da, eine Blume im Knopfloch, dieselbe Blume als Strauß an meinem Platz – etwas ungeduldig, denn ich komme immer eine Stunde zu spät, und sein Chauffeur tyrannisiert ihn.

Madame . . . – Handkuß – *ces fleurs . . .* dann kommt, was die Blumen des heutigen Tages mir sagen sollen. Darin ist er erfinderisch. Gott, muß es anstrengend sein, sich jeden Morgen etwas anderes auszudenken!

Dann fahren wir in die Umgegend oder treiben uns in der Stadt herum, er macht die Honneurs, jagt mich durch Altertum, Renaissance und römisches Volksleben der Gegenwart – immer mit demselben Feuer, der Beredsamkeit des Südländers und vielen Gesten. Er findet mich blasiert (sagen Sie mir bitte – bin ich es wirklich?), wenn ich nicht über jede alte Kaiserbüste und jede Osteria, wo ein paar Arbeiter Wein trinken und Musik machen, in Ekstase gerate. Ich kann mir nun einmal nicht helfen, es kommt mir ganz selbstverständlich vor, daß in Rom alles römisch oder in Griechenland alles griechisch ist, und daß es eben daselbst früher alte Römer und alte Griechen gegeben hat. Warum muß man das so aufregend finden? Und macht mir irgend etwas besonderen Eindruck, warum soll ich dann eine Rede darüber halten?

Unterbrechung . . . drei Tage später . . .

Nein, ich glaube, man darf diesen Mann nicht unbedingt glücklich machen, er ist zu erdrückend intensiv. Den ganzen Tag über habe ich das Gefühl, als ob ich mit dem Vesuv spazierenginge.

Der letzte Montag, an dem ich dieses Handschreiben begann, war der Vorabend großer Ereignisse. Soll ich Ihnen ›alles‹ erzählen? – Nein, ich erzähle nie alles, und Sie verdienen noch Strafe für den Rasta und für Ihre

Zweifel – also bekommen Sie heute nur einen Auszug . . .
Ein Situationsbild . . . wir sitzen spät abends am Kolosseum. Ich habe eine glühende Schilderung der Gladiatorenkämpfe ohne Zucken über mich ergehen lassen. Der Chauffeur wandert grollend in irgendeinem Stockwerk des ›*immortale Amfiteatro*‹ auf und ab, er haßt diese Art von Unternehmungen, er haßt überhaupt die Romantik seines Herrn, haßt mich. – Ich leide darunter, ich kann es durchaus nicht vertragen, wenn ein männliches Wesen mich mit Abneigung betrachtet, sei es auch nur ein Eisenbahnschaffner oder ein Chauffeur.
Wir haben das Altertum verlassen, unser Gespräch dreht sich jetzt um andere Dinge – um Liebe. Wenn man zu zweien im Dunkeln sitzt, ist es wohl immer das Nächstliegende. Wir sprechen alle Abende um diese Zeit über Liebe, auch wenn wir im Restaurant sitzen, und die persönliche Nuance wird von Abend zu Abend stärker betont.
Er geht allmählich in einen Hymnus auf die Frauen über – im allgemeinen – im besonderen – die Frauen im Süden – die aus dem Norden – die blonden – die eine blonde Frau, mit der man eben jetzt in Rom unvergeßliche Frühlingstage verlebt. Etwas zuviel echtes Gefühl – das kann unter Umständen leise beklemmend wirken. Mit seinem Rastatum ist es doch nicht weit her. Aber er spricht ein entzückendes Durcheinander von Deutsch, Französisch, Italienisch – das hab' ich so gern, mein Herz schlägt doch etwas für ihn . . . meine Hand ruht zwischen seinen beiden Händen . . . sehr gute Hände mit schönen Nägeln und einem breiten, sonderbaren Ring.

Es scheint also, daß wir einig sind ... aber auf einmal wird er sehr merkwürdig ... schweigt ... verfinstert sich ... Stumm, gewaltsam drückt er mir die Hand, beide Hände, steht auf, pfeift dem Chauffeur. Wir steigen ein und fahren langsam, sehr langsam noch ein Stück aus der Stadt hinaus.

Ganz plötzlich, ganz unvorhergesehen, kniet er neben mir – vor mir ist nicht Platz genug – beinah beschwörend: »Ich bin ein schlechter Mensch ... schlecht ... sehr schlecht.«

Ich: »... ???«

Ja, er ist verlobt – dort in Sizilien, und doch – und Rom – und eine blonde Frau ...

Ich atme auf. Wenn's weiter nichts ist ...

Die Blumen am nächsten Morgen waren viele dunkelrote Rosen, und er ist sehr glücklich – eben etwas zu glücklich.

13

Armer Freund, Sie haben es in letzter Zeit schlecht gehabt – Fragmente, Ansichtskarten und leere Versprechungen, aber heute abend bin ich nur für Sie vorhanden und gedenke es wieder gutzumachen.

Zuerst will ich Ihnen danken, daß Sie mir Ihren Segen nicht weiter vorenthalten und sich so liebenswürdig mit dem ›Rasta‹ ausgesöhnt haben. Wer weiß, ob Sie ihn nicht demnächst unter die Wertvollen einreihen.

Auch in meinen Augen hat er immer mehr gewonnen. Es hängt viel davon ab, wie ein Mann die ersten Schritte gestaltet, und das hat er sehr hübsch gemacht, erst allmählich und diskret, dann dramatisch und flammend. Wie angenehm, daß man als Frau dieser Mühe überhoben ist – es muß gar nicht so leicht sein, den rechten Ton zu finden, und einige fangen es denn auch recht dumm an – so der Siegertypus, der beim ersten leisen Zeichen von Wohlwollen mit einer großen Gebärde die Tür schließt: Nun bist du mein!

Überhaupt haben manche einen feststehenden Trick. Ich weiß einen älteren Herrn – wenn der zufällig mit einer Frau allein im Zimmer ist, setzt er seinen Zwicker auf, sieht sich vielsagend um und bemerkt: Ist das nicht eine wahnsinnig komische Situation! – (Durch Freundinnen habe ich erfahren, daß er es jedesmal so macht.) Ob das wirksam ist? Ich weiß nicht – auf mich hat es keinen verführerischen Eindruck gemacht. Ich wußte nur zu antworten: ja, es sei wirklich zum Totlachen – und da schwieg er betroffen und enttäuscht. Vielleicht lag es auch daran, daß ich ältere Herren überhaupt nicht besonders schätze.

Aber ich habe Ihnen heute noch viel zu erzählen ...

Die Hauptbegebenheit – also hören Sie: ich sitze neulich unten in der Halle und warte auf den Chauffeur, der mich abholen soll, warte schon lange und schlafe beinah ein. Jeden Augenblick gehen Leute vorüber, und dann bleibt jemand hinter mir stehen – ein wohlbekanntes: *How are you?* – Sir John mit einem jugendlichen Begleiter – und im gleichen Augenblick der haßerfüllte Chauffeur, um zu melden, daß sein Herr mich draußen erwartet. Nur gerade Zeit zu einem ungeheuren Händeschütteln, Vorstellung des Begleiters und einer raschen Verabredung, dann stürzte ich meinen Verpflich-

tungen nach und hörte nur noch ein etwas verwundertes: *O I say!* hinter mir herklingen.
Wir trafen uns denn auch nächster Tage, in einem *Tea-room* natürlich. Keine Wehmut, mein Freund, wenn Sie hier wären – nein, doch nicht – es würde jetzt kein gutes Dreieck geben.
Also, mit Sir John im *Tea-room*, seinen neulichen Gefährten hatte er mitgebracht. Der junge Mann ist Dichter, zeigt aber keine äußeren Symptome seines bedenklichen Handwerks, verhielt sich sehr schweigsam, sehr erzogen, sehr diskret, während wir einem lebhaften Austausch frönten. Dieses Wiedersehen war beiderseitig ein großes Fest.
Sir John, der Vielgenannte, den Sie ja leider nie kennengelernt haben, ist wohl der Mann, mit dem ich mich von allen am besten verstehe. Ich muß wieder einmal etwas indiskret sein, um Ihnen das zu erläutern. Es besteht zwischen uns ein: *on revient toujours* – wirkliche Freundschaft mit amourösen Intervallen, die immer ohne Tragik, ohne Konflikte und Bitternis verlaufen sind.
Er hat sehr vielfältige Beziehungen zu Frauen und kultiviert jede einzelne wie ein Gärtner seine Pflanzen, jede bekommt ihr besonderes Terrain und ihre besondere Pflege. Für jede ist er der aufmerksamste und angenehmste Galan und suggeriert durchaus das Gefühl, daß er im Moment nur für sie da ist. Unmöglich, ihm übelzunehmen, wenn er sagt: Sie müssen sich unbedingt für heute abend frei machen, denn übermorgen treffe ich eine Frau, die ich sehr liebe, aber es ist eine etwas tragische Sache, und ich werde dann ein paar Tage Melancholie haben. Ebenso wird er dieser Frau sagen, sie

müsse einen Tag warten, denn er wolle vorher noch mit einer anderen sehr vergnügt sein.
Er erzählt viel von seinen Amouren, taktvoll und aus wirklich tiefem Interesse, denkt über jede einzelne sehr ernsthaft nach, hat auch gerne, wenn man ihm erzählt, und denkt ebenso ernst darüber nach.
Die sizilianische Angelegenheit erfüllte ihn mit innigem Vergnügen, als hätte ich ihm einen großen persönlichen Gefallen erwiesen. Nun, mich freut sie ja auch, besonders seit die beiden hier sind. Man hat manchmal sehr gerne jemand zum Miterleben. Die allzu ausführliche Zweisamkeit fing gerade an, mich etwas zu ermüden, und was ich hier sonst *en passant* kennengelernt habe, war nichts Rechtes. Italiener haben immer die gleiche Feurigkeit, ob es ein Offizier, ein höflicher Kutscher oder ein Priester ist.
Nun kann ich wenigstens, sooft es geht, mit Vergnügen ausreißen, meinem Amante habe ich mit einiger Mühe plausibel gemacht, daß ich manchmal allein sein müßte, um römische Eindrücke in mich aufzunehmen. Nur mußte man vorsichtig sein, und das ist immer eine Pein für mich. – Aber wie Sie sehen, bin ich diesmal sehr darauf bedacht, meine Chancen zu wahren – ich habe Grund, aus allerlei explosiven Äußerungen zu schließen, daß sie nicht schlecht sind, trotz der Braut in Sizilien, derer er manchmal – nach beiden Seiten hin – mit Reue und Bedauern gedenkt.
Letzte Woche war ich mit Sir John und seinem Schützling in den Katakomben; Sir John wollte dort irgendwelche Studien machen und betrieb sie mit seiner englischen Gründlichkeit, während der Dichter und ich draußen in der Sonne saßen und uns unterhielten.

Sir John hat uns beide vorsorglich gewarnt, wir sollten nicht miteinander in *love* fallen; mich: er sei noch gar so jung und grün – und ihn: ich dürfe mir die berühmten Chancen nicht durch eine überflüssige Amourette verderben.

Das Spiel ist ungefährlich, ich würde mich schwerlich mehr in einen Dichter verlieben. In früheren Zeiten ist es schon vorgekommen, aber es war immer sehr anstrengend. Man mußte so viel posieren, sonst wird der Dichter ernüchtert – muß ihn immer im Rausch erhalten, denn ein richtiger Dichter will eben Rausch – Purpur – Gold – und so weiter. Für das alles hat man aufzukommen, muß immer auf dem Sockel stehen. Eine Zeitlang ging das auch – nein, eigentlich ging es doch wohl nicht, es war immer viel Schwindel dabei. Nur gefiel es einem, auch einmal pathetisch genommen zu werden. Aber dann verlangte man doch wieder herunter, sehnte sich wie Nebukadnezar danach, mit den Tieren des Feldes Gras zu fressen. Das können die Dichter nicht leiden. Und dann sollte man Seele haben, möglichst viel Seele. Ich hatte auch einmal so etwas, oder man hielt es dafür. Ich glaube, es war nur, wenn ich mich aus irgendeinem Grunde nicht wohl in meiner Haut fühlte. Das halten die Mitmenschen ja gerne für ein Kennzeichen von intensivem Seelenleben.

Gott, es muß ja auch nicht immer ein professioneller Dichter sein, aber Sie können sich schon denken, welche Art Leute ich meine.

Der Knabe, mit dem ich hier über alten Gräbern wandle, scheint übrigens nicht zu dieser Sorte zu gehören. Ich interviewte ihn recht gründlich darüber, und er wurde ganz unglücklich. Er habe nun einmal Talent und das Schreiben mache ihm Freude, während er sich mit einem bürgerlichen Beruf schwer abfinden würde. Aber Dichter – ja, es sei eine peinliche Bezeichnung, das fände er selbst, und es wäre ja trostlos, wenn die Frauen einem deshalb davonliefen.

»Oh, ich bin Ihnen noch nicht davongelaufen – und wie war's denn mit den anderen?«

»Ach, die Frauen, die ich bis jetzt – geliebt habe, waren eigentlich alle schrecklich . . .«

»Das ist ein melancholisches Bekenntnis – armer Dichter!«

»Und wenn mir eine wirklich gefiel, hat Sir John jedesmal gesagt, sie sei nichts für mich.«

»Sie richten sich also immer danach, was er Ihnen sagt?«

»Gott, er hat mich doch entdeckt und meine Eltern überzeugt, daß ich Talent habe. Ich brauche jetzt nicht mehr zu studieren, und sie haben mich ihm gewissermaßen anvertraut. Da muß ich mich doch etwas nach seinen Ratschlägen richten. Zum Beispiel, als Sie . . .«

Pause.

»Aha, es geht also auch auf mich?«

Der Dichter, verlegen, aber dann mutig:

»Ja – auch auf Sie . . .«

»Bitte, etwas Näheres darüber, das macht mich neugierig.«

»Ich weiß nicht, ob es nicht indiskret ist . . .«

»Dichter sind immer indiskret – meint John, daß ich Ihr jugendliches Gemüt . . .«

»O nein, im Gegenteil. Ihr Umgang wäre sehr gut für mich. Aber Sie sind doch – pardon, es klingt so . . .«

»Nur weiter.«

»Also, er sagte, ich sollte mir keine Illusionen machen, Sie seien sozusagen in festen Händen . . .«
Ich mußte so lachen, daß er ganz bestürzt war:
»Ist es am Ende nicht wahr?«
»Doch, es ist wahr, das heißt – ich bin eigentlich nie in sehr festen Händen . . .«
Er sieht mich etwas verwundert an:
»Wieso? Ich dachte, Sie liebten ihn?«
»Wen? Sir John oder den Rasta?«
Ein rascher Blick – das war etwas unvorsichtig von mir, nun wird er anfangen Rätsel zu raten.
Dann kam Sir John, und wir konnten das lehrreiche Gespräch nicht fortsetzen.
Und meinen Brief werde ich heute auch nicht mehr fortsetzen, ich erzähle Ihnen doch nur dummes Zeug.

14

Mir ist in den letzten Tagen, wenn ich mich mit dem Dichter unterhielt, etwas aufgefallen, nämlich, daß man doch immer eine ganze Menge verschiedener Ansichten über ein und dieselbe Sache hat. Sie hängen ganz davon ab, mit wem man gerade spricht. Man dreht einen Gegenstand um, beguckt ihn von allen Seiten, stellt ihn auf den Kopf – jedesmal sieht er anders aus. Dann legt man ihn weg: o genug, gehen wir lieber ins Café. Ergo: man hat überhaupt keine Ansichten, und es ist auch sicher überflüssig.
Aber glauben Sie deshalb bitte nicht, daß unsere Gespräche sich immer um Ansichten drehen. Der Dichter

ist, wie ich schon ahnend voraussah, sehr wißbegierig geworden, und wir rätselraten miteinander wie bei einem Gesellschaftsspiel. Ich erzähle ihm Schwänke aus meinem Leben und gehe um das allzu Persönliche möglichst herum. Zum Beispiel, die ersehnte Aufklärung über Sir John wird ihm beharrlich vorenthalten – ob es einmal war – wann es war, und wie wir jetzt zueinander stehen. Ich fühle, daß ihn dies alles brennend interessiert, er möchte doch ›das Leben kennenlernen‹. Aber ich habe immer das Prinzip gehabt, daß jeder Mann so wenig wie möglich von dem anderen wissen soll – für alle Eventualitäten.

Mit dem Sizilianer liegt es anders, die ganze Sache ist zu offiziell. Ich habe das eigentlich nicht gern, es ist immer etwas *mauvais genre*. Aber hier in Rom, mit dem vulkanischen Pedro, dem Auto und dem Chauffeur war es einfach nicht zu vermeiden. – Das alles und vieles andere hab' ich dem Dichter mit vieler Mühe auseinandergesetzt, und er gibt sich ebensoviel Mühe, es zu erfassen. Man sieht ihm manchmal förmlich an, wie sein unerfahrenes Gehirn arbeitet.

»Darf ich ganz offen reden?« fragte er neulich, als wir von dem Rasta und von den Chancen sprachen.

Ja, er durfte.

»Aber ich muß etwas sehr Freches sagen . . .«

»Ich bitte darum!«

»Ja – Sie leben doch eigentlich wie . . . eine . . .«

»Ganz falsch, lieber Dichter, ich lebe nur ein Privatleben, und es schaut viel zu wenig dabei heraus.«

»Und Ihr Sizilianer?«

»Ist eine zufällige Verbindung von angenehm und nützlich.«

»Aber Sie lieben ihn doch nicht wirklich?«
»Wie man es nehmen will.«
»Und Sir John? Als ich Sie gestern abend bei ihm traf . . .«
»Junger Mann, seinen Sie vorsichtig – das ist noch gar kein Beweis.«
»So . . .? . . . Aber Sie geben doch zu, daß Sie mehrere auf einmal lieben können?«
»Und . . .?«
»Es wundert mich, daß Sie bei dieser Veranlagung, oder wie man es nennen soll, eben nicht . . .«
»Eine . . . eine geworden sind?«
»Ja, ungefähr das wollte ich sagen. – Sie sind böse?«
»Nein, ich bin diese Frage gewöhnt – aber Sie sind noch so dumm: werden, das ist leicht gesagt. Denken Sie an Ihr einstiges Studium, Sie hatten auch keine Lust etwas zu werden und wollten lieber Verse machen, die nichts einbringen.«
»Herrgott, das ist doch etwas anderes.«
»O nein, ganz dasselbe. Aber zu jedem Beruf gehören ausgesprochene Fähigkeiten und Glück, wenn es etwas Richtiges werden soll.«
»Nun, was das Glück betrifft . . .«
»Nein, ich habe nur in der Liebe Glück, im Spiel versagt es.«
»Was versteht man eigentlich unter Glück in der Liebe?«
»O . . . ich denke, daß man oft geliebt wird und immer den bekommt, den man haben will.«
»Haben Sie nie eine unglückliche Liebe gehabt?«
»Nein. Sie liegt mir auch nicht, und ich kann sie mir beim besten Willen nicht vorstellen.«

»Lieber Gott, Sie müssen doch ungeheuer zufrieden mit Ihrem Schicksal sein.«
»Sicher, ich bin ganz verliebt in mein Schicksal. In dieser Beziehung benahm es sich tadellos, aber dafür habe ich in anderen Dingen unerhörtes Pech.«
»Wieso?«
»Ich empfinde es beispielsweise als Schikane, daß ich nicht in Geld und Luxus schwimme.«
»Aber, teure Frau, dafür haben Sie doch in Ihrem Empfindungsleben den unerhörtesten Luxus getrieben . . .«
»Ach, Sie sind und bleiben ein Dichter – es war auch alles sehr schön, aber ich fange an, mich nach Seelenschmerzen und einem Bankkonto zu sehnen.«
»Und der Rasta macht Ihnen keine Seelenschmerzen?«
»Nein, das ist es ja gerade – deshalb bin ich auch so besorgt um das Bankkonto. Man wird abergläubisch.«
»Wissen Sie, ich glaube, Sie haben zuviel Persönlichkeit, um auf diesem Wege . . .«
»Lieber einziger Dichter, mit ›Persönlichkeit‹ können Sie mich die Wände hinaufjagen. Ich breche jeden Verkehr mit Ihnen ab, wenn Sie das noch einmal sagen.«
»Aber warum denn?«
»Weil es die ärgste Geschmacklosigkeit ist, die man einer Frau sagen kann – eine Redensart, die nur Reformmänner in den Mund nehmen. Merken Sie sich das.«
»Ich will's gewiß nicht wieder tun, aber dann nennen Sie mich, bitte, auch nicht mehr Dichter, das ist sicher ebenso kränkend.«
»Schön, also Bobby – oder ist das Sir Johns Privilegium? Bobby klingt ganz hübsch – verzogen und aus guter Familie . . .«

Der Dichter küßt mir die Hand. – Pause.
»Darf ich noch etwas fragen?«
»Bitte ...«
»Warum sind Sie nicht irgend etwas anderes geworden? Sie haben doch so viele Fähigkeiten?«
»Ich hab's versucht, Bobby, aber es ist immer dieselbe Geschichte. Theater zum Beispiel – der bloße Gedanke, daß ich irgendwohin gehen muß, wenn ich gerade keine Lust habe, macht mich krank. Beruf ist etwas, woran man stirbt.«
Bobby denkt nach.
»Warum schreiben Sie nicht? Sie haben doch so viel erlebt und können gut erzählen.«
»Daran habe ich auch schon gedacht, aber es hat so viel peinlichen Beigeschmack – eine schreibende Frau – schrecklich. Denken Sie nur, alle Leute, die man nicht kennt, taxieren einen auf geistige Interessen und dergleichen. Sonst hätte es vielleicht etwas für sich: man brauchte nur eine Füllfeder und einen guten Diwan – nein, ich müßte auch einen Kompagnon haben, sonst wäre es doch wieder langweilig und anstrengend.«
»Der Kompagnon steht zur Verfügung.«
»Wenn alle Stränge reißen, werde ich Sie beim Wort nehmen, Bobby. Aber jetzt müssen Sie mich heimbegleiten. Pedro wartet.«
»Immer Pedro! Und wann sehe ich Sie wieder?«
»Wenn Pedro nicht auf mich wartet.«
Und darauf muß ich auch Sie heute vertrösten, lieber Doktor. Pedro wartet immer – es ist, weiß Gott, auch das ein hartes Brot!

Das war Montag – erst heute komme ich dazu weiterzuschreiben. Ich hoffe, Sie gewöhnen sich allmählich daran.

Eben habe ich die ganze Gesellschaft spazieren geschickt. Die ganze Gesellschaft? – Ja, wir sind neuerdings zum Ensemble geworden. Es ist ein ganz wohltuender Zustand. Wie ich Ihnen schon einmal sagte – ich fing in der letzten Zeit an, mich mit meinem Vesuv beträchtlich zu langweilen.

Er war eben zu glücklich, und solch ein wolkenloses Glück in beständigem *tête-à-tête*, das geht nicht auf die Länge.

Durch meine Seitensprünge zu den beiden anderen wurde es denn auch vorübergehend verdüstert. Der Vesuv grollte über meine häufigen Abwesenheiten und wurde mißtrauisch, als ich neulich schon wieder für einen Nachmittag Urlaub nahm – diesmal um alte Bekannte zu treffen. Die bisherigen Vorwände waren schon etwas zu fadenscheinig. Er grollte, und der Chauffeur beglückte mein Herz zum erstenmal durch einen wohlwollenden Blick.

Bei Sir John war eine kleine Gesellschaft, und der Nachmittag dehnte sich ziemlich aus – bis zwei Uhr nachts. Als ich in mein Hotel zurückkam, wanderte der Sizilianer vor der Tür auf und ab – allein – zu Fuß – zornig und dramatisch. Es erfolgte eine animierte Zwiesprache, und ich benutzte den nächsten Tag, um beleidigt von der Bildfläche zu verschwinden und mit Johns Gesellschaft, die noch vollzählig beisammen war, in die Campagna zu flüchten.

Als ich diesmal nach Hause kam, fand ich ihn wieder vor, aber blaß und melancholisch. Der Chauffeur dagegen stand mit gütiger Miene an der Haustür. Beide hatten wohl gedacht, ich sei endgültig verschwunden.

Wir versöhnten uns wieder, und ich habe alles, was sich für seine Ohren eignete, gestanden. Daraufhin eine neue Kalamität, er wollte meine Freunde kennenlernen.

Ich liebe es gar nicht, meine verschiedenen Bekannten miteinander zu vermählen. Sie passen doch nie zusammen, und in diesem Fall schien es mir etwas riskiert. So wand ich mich anfänglich darum herum und verhandelte mit sämtlichen Beteiligten. Aber ich wurde überstimmt, der Sizilianer ermattete mich mit seiner Eifersucht, Sir John suchte meine Eitelkeit zu reizen, er meinte, ich wolle den *›remarkable Rasta‹* nur nicht herzeigen – und der Dichter brannte natürlich auf Einblicke in die Lebewelt.

Ich brachte sie also zusammen, und Pedro lud die beiden mit wilder Gastlichkeit ein. Er gab ein fürstliches Souper in seiner Wohnung und gewann ihre Herzen im Sturm. Ich selbst fand ihn an dem Abend so reizend, daß ich mich ganz neu in ihn verliebte. Es gibt Männer, in die man nur richtig verliebt ist, wenn noch andere dabei sind.

Sir John strahlte vor innerem Pläsier, und der Dichter war so begeistert, daß er um keinen Preis mehr nach Hause gehen wollte. Man behielt ihn also da, bis zum nächsten Abend, wo wir alle Johns Gäste waren. Und so ging es ein paar Tage fort.

Lieber Doktor, ich bin noch zu schläfrig, daß ich es bis auf weiteres vorziehe, Ihnen Lebewohl und gute Nacht zu sagen.

15

Ihren Brief habe ich hier vorgefunden, o nein, ich bin nicht für immer entschlafen – seit meinem letzten Brief aus Rom. Aber ich will gerne glauben, daß er etwas übernächtig ausgefallen ist.

Ich hatte auch wirklich die besten Absichten, Sie auf dem laufenden zu halten, aber das Laufende lief mit mir davon, und ich bin etwas außer Atem gekommen.

Man kann nicht immer im Zusammenhang bleiben, liebster Freund, das Leben selbst ist gar so unzusammenhängend.

Momentan – aber wir wollen lieber erst die Ereignisse nachholen. Gott, ich habe es mir so angewöhnt, nur noch per wir zu sprechen. Das kommt davon, wenn man als Ensemble lebt. Manchmal muß ich mich förmlich erst darauf besinnen, daß ich auch noch ein Einzelwesen bin.

Also – wie schon mein Telegramm Ihnen meldete – Bobby hat es aufgegeben und war sehr neugierig – wir sind umgezogen, nach Neapel.

Pedro bekam fortwährend Telegramme, woraus man schließen konnte, daß etwas nicht in Ordnung war, er hat sonst sehr wenig Korrespondenz. Und der Chauffeur war wieder ungewöhnlich finster.

Ich war sehr nett mit ihm – mit Pedro – diskrete Teilnahme bei völliger Ahnungslosigkeit, und er schloß mir dann auch sein Herz auf.

In erster Linie Geld-, in zweiter Linie Brautverlegenheiten. Man wünscht, daß er sie heiratet. Das war ja eigentlich vorauszusehen, aber er scheint es sich nicht genügend klargemacht zu haben. Wir haben in den letzten Wochen wohl alle etwas vergessen, um was es sich handelt. Lieber Doktor, das ist immer der glücklichste Zustand, und ›wir‹ waren auch wirklich alle sehr glücklich.

Weiter: die Braut ist seine Cousine, folglich ihr Vater sein Onkel, und von diesem Onkel scheint er pekuniär ziemlich abhängig zu sein. Das Nähere hab' ich natürlich vergessen, ich höre nie zu, wenn man mir ›Näheres‹ auseinandersetzt, und das ist manchmal verhängnisvoll.

Er, Pedro, treibt sich nun schon lange in Europa herum, und die Art, wie er das tut, scheint dem Onkel nicht mehr zu gefallen.

Summa: der Onkel macht bedenkliche Anstalten ihn ›einzukassieren‹ (auch ein typisches Erlebnis, daß ›er‹ von meiner Seite weg einkassiert wird).

Pedro hat erst gerast, er wolle jetzt nicht heim, auf keinen Fall, dann bedrückte ihn wieder seine doppelte Verworfenheit – gegen sie und gegen mich.

O meine Chancen – es war schon die Rede davon, daß er mich in Rom oder Neapel etablieren wollte. Ich sollte immer irgendwie ›da sein‹, auch wenn er eine Zeitlang nach Hause müßte. Ich weiß ja selbst noch nicht recht, ob das sehr mein Fall wäre, aber es hat ja auch wieder etwas Verlockendes. Apathische Dauersache mit lebhafteren Momenten – ich hab' ihn doch wirklich ganz gern.

Übrigens scheint es, daß wir in Rom beträchtliche Schulden gemacht haben. Ich riet deshalb zum Umzug nach Neapel, das heißt, die römische Wohnung sollte er behalten, Chauffeur und Auto zur Beruhigung der Ge-

müter noch eine Zeitlang dort lassen und dann von hier aus einen Besuch in Sizilien machen.
Meine Ratschläge in solchen Angelegenheiten sind immer gut. Wieder einmal muß ich hervorheben, daß ich viel Sinn dafür habe, jede Lebenslage tunlichst harmonisch zu gestalten. Sie fanden deshalb auch dieses Mal Anklang und bewährten sich. Man hat uns ganz ruhig ziehen lassen, und der Chauffeur ist uns inzwischen schon nachgekommen.
Sir John und sein Schützling sind natürlich auch mit – was Gott so schön zusammenfügte, keiner von uns hätte den Mut gehabt, es zu trennen.
Wir haben unsere Namen hier etwas abgeändert – wie Sie auch aus meinem Telegramm schon ersehen haben – und gelten für eine Art Familie. Die Zusammenstellung erforderte einiges Kopfzerbrechen, aber wir haben doch eine halbwegs befriedigende Lösung gefunden. Wir sind nämlich aus Versehen in einem sehr braven deutschen Hotel abgestiegen und hatten keine Lust noch einmal zu wechseln.
Pedros Abreise hat sich noch etwas hingezogen. Man konnte sich nicht gleich zur Trennung entschließen und wollte sich erst über verschiedene Punkte mit dem Onkel schriftlich verständigen.
Dann ist er abgefahren, und alles Weitere bleibt eben abzuwarten. Die beiden anderen leisten mir dabei aufs angenehmste Gesellschaft, im Hotel sind allerhand ganz nette Leute, und wir kommen uns sehr respektabel vor. Mit dem Dichter muß ich mich vor der Öffentlichkeit duzen, wir haben ihn für meinen Stiefsohn ausgegeben. Sein Ursprung verträgt zwar eigentlich keine nähere Beleuchtung, denn Pedro sieht kaum alt genug aus, daß

er für eine Jugendsünde von ihm gelten könnte. Aber Stiefsohn klingt so überzeugend. Und Sir John ist einfach ›ein Schwager‹.

Bobby kann mich nicht recht begreifen, daß ich Pedro habe fahren lassen.

Aber was wäre, wenn ich ihn festgehalten hätte? Brouilliert er sich mit seinen Leuten, so wird er sehr auf dem trocknen sitzen und ich mit. Liebe in einer Hütte wäre mit diesem Mann sicher ein unglückliches Unternehmen.

»Aber wenn sie ihn nun festhält?«

»Ja, da kann man nichts machen.«

»Und was soll dann aus Ihnen werden?« (Wenn wir allein sind, nennen wir uns meistens wieder Sie.)

»Das steht bei Gott, Bobby. Es haben sich schon klügere Leute als Sie manchmal den Kopf darüber zerbrochen, was aus mir werden soll.«

»Wissen Sie, daß Ihr Fatalismus für andere geradezu aufreizend ist?«

»Ja, das habe ich schon manchmal gehört. Aber ich habe es längst aufgegeben, die Vorsehung beeinflussen zu wollen.«

»In Rom hatten Sie doch noch die Absicht, ihn um jeden Preis festzuhalten?«

»Wir sind jetzt in Neapel, Bobby, und ich denke, Sie wollen auf Sir Johns ausdrücklichen Wunsch Lebensweisheit von mir lernen.«

»Ach, es ist, weiß Gott, ein bitteres Los, Ihr Stiefsohn zu sein, und Ihre Lebensweisheit . . .«

»Ist tiefer, als Sie in Ihrem Unverstand meinen. Hören Sie also weiter, Bobby – wenn man eine Sache mit Begeisterung und Kraftaufwand betrieben hat, ist es eigentlich immer eine Erleichterung, wenn sie nicht zustande kommt. Ich bin nie glücklicher als in dem Moment, wo ich müßig und bewundernd meine Werke untergehen sehe. Dann kann doch wieder etwas Neues kommen.«

»Und wenn nun etwas viel Schlechteres kommt?«

»Ich bin abergläubisch, lieber Bobby – aus Erfahrung. Es gibt Glückserien und Pechserien. Ich zähle sie, und es hat immer gestimmt, mit kleinen Schwankungen. Die Pechserie geht höchstens bis neun, die Glückserie ist kürzer, bis vier oder fünf – Pedro ist gerade auf der Grenze . . .«

»Nein, bitte, hören Sie auf – eine Frau von Ihrer Intelligenz und solche mittelalterliche . . .«

»Intelligente Frau ist wieder eine Beleidigung – Sie Dichter . . .«

»Sir John sagt es auch – und es sei erstaunlich, daß Sie trotzdem immer nur Dummheiten im Kopf hätten . . .«

»Das ist ein tröstlicher Zusatz, Gott segne ihn dafür, Gehen wir jetzt spazieren, Bobby, die Lektion ist für heute zu Ende.«

Wir gingen spazieren und erwogen Zukunftsfragen. Bobby will von hier auf eine griechische Insel gehen und möchte, daß ich mitkäme. Wenn es hier schiefgeht – ja, wenn . . . Die griechische Insel ist ein beliebtes Thema.

Sir John war aus, Pedro ist fort, und es war eine wundervolle Mainacht. Wir waren beide etwas sentimental aufgelegt, gingen immer wieder auf und ab durch die Straßen. Es war schon beinahe Morgen.

»Nein, Bobby . . . Sie sind mein Stiefsohn, das streift die antike Tragödie . . .«

Wir kamen an eine Straßenecke, an der Mauer steht mit Kreide ein großes deutliches: Ja geschrieben – auf deutsch. Das ist sehr merkwürdig, wir bleiben stehen und wundern uns darüber.
»Vielleicht gilt es uns . . .? Aber Sie halten ja nichts vom Aberglauben, Bobby . . .??«
»O doch!«
Ja, lieber Freund – der arme Bobby ist nun auch abergläubisch geworden . . .

16

Ich denke ja nach, Doktor, ich denke nach, ich habe noch nie so viel nachgedacht wie jetzt. Alles vereinigt sich, um mich nachdenklich zu stimmen. Ihr Brief und etliche längere Gespräche mit Sir John – es besteht eher die Gefahr, daß ich vor lauter Nachdenken tiefsinnig werde, als daß ich irgendeine große Kopflosigkeit begehe – wie Sie zu fürchten scheinen.
Lieber Freund, Sie sind ein Engel an Einsicht und Verstand, aber Sir John hat das ›Problem‹ meiner Seele doch besser erraten als Sie. Es geht entschieden eine Wandlung mit mir vor, denn, wie Sie sehen, fange ich jetzt auch schon an, mich damit zu beschäftigen.
Es war so heiß in der letzten Zeit, und wir sind träge und geschwätzig aufgelegt. Nachmittags bin ich gewöhnlich allein bei Sir John: ich auf dem Sofa, er in einem tiefen bequemen Sessel, zwischen uns ein kleiner Tisch mit Kaffee und Zigaretten. So hielten wir es auch früher schon, in seiner Wohnung – in L . . . – nur daß

er dann immer in seinem Klubsessel saß – ich betone *seinem*, denn zwischen dem Klubsessel und ihm bestand eine ganz besondere Zusammengehörigkeit.
Also beinah wie mit Ihnen – nein, ich bin Ihnen sehr treu, es ist ganz anders, und eine Kaffeezwiesprache ist durchaus verschieden vom Teegespräch.
Nur eine entfernte Ähnlichkeit – Sir John vertieft sich manchmal mit großem Ernst in meinen Charakter und will ihn um jeden Preis ergründen. Das ist im allgemeinen etwas langweilig, ich interessiere mich wenig für meinen Charakter. Er geht doch schließlich nur die anderen an, und es bleibt immer zweifelhaft, ob man überhaupt einen hat.
Aber um sich die Zeit zu vertreiben, ist es hier und da ein dankbares Thema.
Nun, und an einem solchen Nachmittage hat Sir John neulich festgestellt, die Grundnote meines Wesens sei Faulheit, eine ganz namenlose Faulheit, wie er sie in diesem Grade noch bei niemandem beobachtet habe. Faulheit, wenn ich überhaupt etwas tue oder unternehme, denn es geschehe immer nur, um etwas anderes nicht zu tun – Faulheit, die Art, wie ich es anstelle, nämlich ungestüm und ungeduldig, um es so bald wie möglich wieder hinter mir zu haben. Und vollends sei ich unfähig, irgendeine Sache zu Ende zu führen, sei es eine Reise – denn ich reise nie dahin, wohin ich ursprünglich wollte (das ist wohl wahr) – eine Ehe, eine Chancensache oder so etwas wie einen Beruf. O ja, John ging streng mit mir ins Gericht – er behauptete, wenn einmal alles glücklich soweit sei, dann ließe ich es liegen und machte mich erleichtert aus dem Staube (auch das mußte ich zugeben). Und lieber ließe ich die unangenehmsten

Konsequenzen über mich ergehen – andere Leute hielten das irrtümlich für Seelenstärke –, als daß ich mich rechtzeitig aufraffte, um sie zu vermeiden. Ja, aus lauter Energielosigkeit legte ich manchmal eine auffallende Energie an den Tag.
Er teilte mir das alles mit wie ein Forscher, der jahrelang an einer wichtigen Entdeckung gearbeitet hat und nun endlich das Resultat veröffentlichen kann.
Es war geradezu eine rednerische Leistung – ich kann sie leider nur unvollkommen nachstammeln.
Und der Erfolg? – Ich war zuerst verblüfft, aber dann fiel es mir wie Schuppen von den Augen: er hat recht. Ich muß Ihnen gestehen, mein Freund, ich fühlte mich noch nie so verstanden. Mir war zumut wie einem Patienten, dem man endlich die richtige Diagnose stellt, die sich mit seinen eigenen ›unterbewußten‹ Empfindungen und Ahnungen deckt.
Liebster Doktor, ich habe eingesehen, daß ich zeit meines Lebens bis zu diesem Nachmittag eine unverstandene Frau gewesen bin. Und Sie müssen zugeben, es liegt ein Stück Tragik darin, immer wieder für energisch, temperamentvoll, aufgeweckt und so weiter zu gelten, wenn man eigentlich nur faul ist.
Daß ich es nie zu etwas bringe, was man eine gesicherte Existenz nennen könnte, daß ich immer ein Bild ohne Rahmen bleibe – das Rätsel, an dem wir, meine Freunde und ich, so oft vergebens herumrieten: Sir John hat es gelöst, er hat mich entdeckt wie Bobbys Talent. Ja, wirklich, ich fühle mich jetzt endlich entdeckt, verstanden, gerechtfertigt.

Und das Laufende? Von Pedro kommen viele Briefe – ungeduldig, vulkanisch, todunglücklich – er weiß nicht, was er tun und was werden soll. Ich weiß es auch nicht, aber ich bin nicht unglücklich.
Sir John sagt, es sei mein Unglück, daß ich immer so glücklich bin. Oh, Sir John ist ein großer Weiser . . .

17

Heute morgen wollte ich gerade anfangen Ihnen zu schreiben, da setzte sich ein liebenswürdiger alter Herr, den wir bei Tisch kennengelernt haben, zu mir und fragte mich im Vertrauen, ob der Dichter wirklich mein Stiefsohn sei.
Ich dachte an meinen Brief und war zerstreut, so habe ich recht dumm geantwortet: er sähe mir doch entschieden ähnlich. Der alte Herr warf mir einen prüfenden Blick zu und meinte: ja, ja, möglich, daß eine gewisse Ähnlichkeit – und das sei immerhin ein seltsames Phänomen. Überhaupt, die Mischung von angelsächsischem, romanischem und ausgesprochen nordischem Typus, wie sie anscheinend in meiner Familie herrsche, wäre wirklich interessant.
Diese kleine Ansprache lenkte meine Gedanken allmählich von Ihnen ab, teurer Freund, und ich begriff, daß man uns doch wohl durchschaut (o weh – wenn Pedro noch lange fortbleibt, möchte die Situation am Ende doch peinlich werden), und daß der ehrwürdige Greis mir eine zarte Warnung geben wollte.
Mein Brief blieb liegen, ich frühstückte mit dem alten

Herrn, und wir haben uns ganz gut unterhalten. Er ist witzig und amüsant, wußte mir mit väterlicher Güte allerlei Geständnisse zu entlocken und erinnerte sich mit sichtlichem Vergnügen an die galanten Faiblessen seiner Jugend.

Sie wissen, ältere Herren, die noch in Betracht kommen, sind nicht mein Fall, aber die noch älteren, die nicht mehr in Betracht kommen, können manchmal sehr reizend sein. Und ich habe heute gedacht, solche wirklich charmante alte Leute sind eigentlich ein Element, das in ›unseren Kreisen‹ ganz fehlt. Wir wurzellosen Existenzen haben alle nur so einen dunklen, verschwommenen Begriff von Eltern und Senioren, die uns übelwollen. Wo noch welche vorhanden sind, bleiben sie ganz im Hintergrund, werden gefürchtet oder sorgfältig vor uns behütet. Man kennt immer nur Altersgenossen oder Jüngere. Kommt man dann einmal, so wie heute, zufällig mit jemand viel, viel älterem in Berührung, so wirkt er beinah wie ein seltenes, etwas unwahrscheinliches Naturspiel auf uns.

Kann man wirklich so alt sein, so ganz *hors concours*, und immer noch Freude am Leben haben und Interesse für alles?

Barmherzigkeit: Und einmal werden wir uns doch wohl auch an den Gedanken gewöhnen müssen, selbst alt zu werden – wie wird das gehen, wie soll man es machen?

Krankheit, Alter und Tod erscheinen mir immer als die drei Unmöglichkeiten des Lebens, alles andere geht irgendwie von selbst, aber mit Unmöglichkeiten muß man sich zu arrangieren versuchen.

Kranksein – das läßt sich vielleicht noch bedingungsweise ausnehmen. Unter angenehmen Verhältnissen

kann es möglich, manchmal sogar ganz lustig sein – gute Freunde, viele Blumen, sympathische Ärzte und das große Gegenpläsier, wieder gesund zu werden.
Aber die beiden anderen? Der Tod – warum hat man wohl so viel Angst davor? Ich habe sie auch, aber dann denke ich wieder, es ist vielleicht ganz überflüssig, wir wissen doch noch gar nicht, ob es unangenehm sein wird. Es mag verdreht sein, aber ich ertappe mich sogar bei dem Gedanken: das Leben ist so schön, obwohl so viel dagegen eingewandt wird – am Ende ist das Sterben auch gar nicht so übel. Schlimmstenfalls ist es eine Exekution, die nicht lange dauert.
Und das Alter – alt werden? Gott, wenn man durchaus nicht mag, es kann einen ja niemand zwingen, länger zu leben, als man will.
Aber da liegt ein böses Dilemma, es ist so viel hübscher, jung zu sterben, aber um wirklich großen Charme zu haben, müßte es schon sehr früh sein. Andererseits aber möchte man möglichst viel leben und unverhältnismäßig lange jung bleiben.
Schenkt uns nun der gütige Himmel diese ausdauernde Jugend, so wird es sehr schwer sein, den richtigen Zeitpunkt zu finden. Sehen Sie – wenn ich sterbe, möchte ich gerne noch so aussehen wie jetzt, aber ich habe doch vorläufig gar keine Lust, mich schon in die Unterwelt zu begeben. Ach, das ist wirklich schon wieder ein Problem und *a very disagreeable one*, wie Sir John sagt.
Wir saßen kürzlich alle drei bei ihm auf dem Sofa, der vorwitzige Bobby zupfte seinem Mentor drei graue Haare aus und sagte: »Meister, wir werden alt.« Mehr als die drei fanden wir nicht, und John lachte. Aber mir wurde doch ganz kalt, und ich dachte: wenn ich nun

einmal dasitze und neben mir ein junger Dichter, der mir drei graue Haare auszupft! (Nun, in dem Nebenumstand könnte ja noch etwas Tröstliches liegen.)
Übrigens glaube ich gar nicht unbedingt daran, daß das ›erste graue Haar, die erste Falte‹ ein so überwältigender Eindruck ist. Eher noch der Abschied von der allerersten Jugend, von der verwegenen Sicherheit, in jedem Zustand und jeder Verfassung – ob verweint, verkatert, übernächtig oder ausgeschlafen – immer gut auszusehen, immer auf der Höhe zu sein. Man denkt auch in diesem Stadium viel mehr über die Schrecken des Älterwerdens nach. Schon beim Abschied von Hängezopf und kurzen Kleidern meint man, nun sei die Hauptsache bald vorbei, und mit zwanzig Jahren, man hätte jetzt kaum mehr Zeit vor sich. Später dann merkt man, daß es noch recht lange dauert und wie dehnbar und geräumig das Leben in Wirklichkeit ist.
Aber, bitte, sagen Sie mir nicht wieder: Sie bleiben immer jung – es ist zwar angenehm zu hören, aber die Frauen mit der ewigen Jugend halte ich doch für einen Bluff. Es kann mich ganz nervös machen, wenn immer wieder die unselige Ninon de Lenclos herbeizitiert wird. Ich bekomme dann das Gefühl: o Gott, nein, so alt möchte ich gar nicht werden. Ich pfeife darauf, daß meine Stiefsöhne – oder waren es richtige? – sich in mich verlieben, wenn ich siebzig bin. Das ist ja doch nichts Rechtes mehr.
Ich möchte gern wissen, ob man sich überhaupt genieren wird, alt zu sein? Vor den anderen vielleicht nicht, sie sind ja daran gewöhnt, daß es alte Leute gibt, und finden nichts Auffälliges daran. Aber vor sich selbst – denken Sie nur, als alte Dame aufzustehen und sich im

Spiegel zu sehen: guten Morgen – o Gott, aber du bist ja alt – was willst du denn noch? Ja, besonders in der Früh muß es deprimierend sein, im Laufe des Tages wird man sich wohl irgendwie in seine Rolle hineinleben.

Ich stelle mir bei allen Lebenslagen, die mir peinlich sind, gerne vor, daß ich nur eine Rolle spiele, eben jetzt diese oder jene spielen muß, die mir nicht recht liegt. Zum Beispiel bei unangenehmen Auseinandersetzungen: du bist ja nur auf der Bühne – o weh, der Souffleur ist nicht da – besinne dich rasch, was man in dieser Szene ungefähr zu sagen hat. Oder wenn man morgens aufwacht – ja, was ist denn eigentlich? Dies und jenes, alle möglichen Unannehmlichkeiten. Schön, ich habe also eine Frau zu spielen, die in Geldschwierigkeiten ist und nichts anzuziehen hat. Undankbar, aber vielleicht läßt sich etwas daraus machen. Bitte auf die Bühne ...

Lieber Freund und Doktor – es ist schlecht, mit mir zu diskutieren, denn es fällt immer wieder so aus: das ist schlimm – sehr schlimm – ja – nein, es ist eigentlich doch nicht so schlimm.

So muß ich denn schließlich auch feststellen, daß der Gedanke an die Vergänglichkeit alles Irdischen mich im großen und ganzen nicht sehr bedrückt, höchstens wenn ich gerade meinen ›verfluchten Tag‹ habe.

Ich denke vielmehr, wenn es erst einmal soweit ist, wird man schon damit fertig werden. Wird man alt, so treibt man sich noch eine Weile als Zuschauer auf der Welt herum, braucht sich wenigstens nicht mehr zu Taten aufzuraffen. Und die Erinnerungen, die im Alter eine so bedeutende Rolle spielen sollen? Nun, bei allen guten Dingen wird man sich freuen, daß sie da waren, und bei den schlechten, daß sie vorbei sind. Die beste Vorsorge fürs Alter ist jedenfalls, daß man sich jetzt nichts entgehen läßt, was Freude macht, so intensiv wie möglich lebt. Dann wird man dermaleinst die nötige Müdigkeit haben und kein Bedauern, daß die Zeit um ist. Für all die Leute mit verfehltem Leben, versäumter Jugend, überhaupt mit vielen Unterlassungssünden – für die muß es schrecklich sein, alt zu werden.

Nein, wenn ich mich überhaupt darauf einlasse, mein eigenes Alter mitzuerleben (was mir noch sehr fraglich ist) – in dieser Beziehung habe ich mir wenig vorzuwerfen und werde mit mildem Lächeln sagen können: es ist genug, Herr!

Und dann will ich wenigstens eine dankbare Rolle spielen, eine sehr angenehme alte Dame sein mit möglichst wenig Falten und möglichst weißem Haar – und einen reizenden Salon haben mit einem Kaminfeuer. Um den Kamin versammeln sich abends die alten Freunde, müde galante alte Herren mit Krückstöcken, und man unterhält sich von einstigen Faiblessen.

Denken Sie nur, was wir uns dann alles erzählen werden – alles, was jetzt noch verschwiegen bleibt. In sentimentalen Stunden reden wir vielleicht auch wieder von Yvonne und dem fremden Mann – und, wenn Sie boshaft aufgelegt sind, von Paul. Ja, dann wird das Teegespräch erst seine höchste Blüte erreichen.

Danken wir Gott, daß es noch nicht soweit ist . . .

O Freund, o Doktor – das war eine schicksalsvolle Woche, und ich flüchte mich wie einst in der Regenstadt zu Ihnen, um mein müdes Haupt – nein, das geht nicht – um Ihnen mein Herz – nein, das geht auch nicht – also, einfach um Ihnen zu schreiben.

Mir ist zumut wie nach einer Kinematographenvorstellung, an der ich stark beteiligt war – also hören Sie: Sonntag: Eilbrief aus Sizilien und drei Telegramme – er fragt, ob ich mit ihm durchbrennen will – nach Amerika natürlich. Man brennt ja immer nach Amerika durch.

Ich weiß nicht, ob ich will. Wir beratschlagen den ganzen Tag. Erst mit Sir John unter vier Augen – dann mit Bobby unter vier Augen – dann John und Bobby miteinander und ich für mich alleine und mit dem liebenswürdigen Herrn bei einer Flasche Sekt. Wir zählen an den Knöpfen ab, Bobbys Knöpfe sagen nein, Johns Knöpfe sagen ja. Bobby findet mich herzlos, aber es freut ihn, Sir John meint, meine Energielosigkeit habe den Kulminationspunkt erreicht, und er weidet sich daran. Wir zanken uns, vertragen uns wieder, werden sentimental und fühlen, daß es unendlich hart wäre, wenn wir uns jetzt so plötzlich und endgültig trennen sollten.

Mit Pedro allein einer ungewissen Zukunft entgegegehen – der alte Herr rät mir entschieden ab. Wer weiß, ob er nicht als Kellner in Chicago endet – für ihn ist's doch sicher besser, er heiratet die Cousine.

Montag abend schicken wir ein unentschiedenes Telegramm ab. Nachher bin ich sehr traurig, es tut mir leid,

wenn ich ihn nun vielleicht nie wiedersehe. Bobby freut sich und wird schlecht behandelt.
Mittwoch: nicht etwa Pedro, sondern sein Onkel tritt auf. Man meldet mir, Signor Alfàro wünsche mich zu sprechen – derselbe Name – ich will die Treppe hinunter und in seine Arme stürzen – der liebenswürdige alte Herr erscheint und warnt mich.
Ich verstecke mich in Bobbys Zimmer, Sir John geht mit Fassung dem Onkel entgegen, entführt ihn in die Stadt und redet ernste Männerworte mit ihm. Der Onkel läßt sich überzeugen, daß ich nicht mehr hier wohne, und Sir John siedelt am Nachmittag in ein anderes Hotel über, damit wir einen sicheren Zufluchtsort für alle Fälle haben.
Abends ist der Sturm vorüber, und wir wollen bummeln gehen. Wir gehen schon seit Wochen jeden Abend bummeln. John wünscht eine Variation, ich soll mich in einen Knabenanzug stecken lassen, schon damit der Onkel mich nicht erkennt, wenn wir ihn zufällig treffen. Er könnte ja bei Pedro Bilder von mir gesehen haben. Sir John hat manchmal solche Einfälle.
Vorsorglich hat er eine ganze Auswahl von Anzügen kommen lassen, ich gehe also hinüber, sein Hotel liegt nur zwei Häuser weiter, wechsle bei ihm die Kleider, Bobby muß einen Friseur holen, der mich mit einer schwarzen Perücke und vieler Schminke in einen ganz sympathischen Knaben verwandelt. Ich habe mich selbst kaum wiedererkannt, als ich mich im Spiegel sah. John war außer sich vor Vergnügen und wollte uns nun in allerlei ›merkwürdige Lokale‹ führen.
Wir gingen also unter seiner Leitung in allerlei merkwürdige Lokale – davon erzähle ich Ihnen noch gele-

gentlich – und kamen erst in der Morgendämmerung heim.

Ich konnte zu dieser Stunde unmöglich in meine Behausung zurück, hätte mich wenigstens erst umziehen müssen, und die Rückverwandlung in meinen vorigen Zustand war ziemlich zeitraubend. So überließ John mir sein Schlafzimmer – er hat noch einen Salon daneben. Drüben in dem anderen Hotel sollte Bobby die Dehors wahren und uns Nachricht bringen, wenn der Onkel am Ende wiedererschienen wäre. Bei Tage konnte ich dann unauffällig wieder hinüberwechseln.

In heiterer Seelenruhe legte ich mich nieder und schlief bis sechs Uhr nachmittags.

Als ich aufwachte, stand Bobby vor meinem Bett.

»Um Gottes willen, Pedro ist da, und John ist ausgegangen . . .«

»Wo ist Pedro . . .?«, aber in dem Augenblick kam er selbst herein.

Lieber Doktor, ich war so verschlafen, daß ich mich überhaupt nicht besinnen konnte, wo ich war und was die beiden von mir wollten. Der Anzug von gestern abend hing noch über einem Stuhl, und meine Kleider waren drinnen im Salon. Ach, man sollte doch immer abends seine Tür zuschließen.

Ich muß zugeben, daß der Schein gegen mich sprach: Bobbys Anwesenheit – Johns Zimmer – der Knabenanzug – und es tat mir furchtbar leid, den armen Pedro so empfangen zu müssen.

Wie es sich dann weiter entwickelte? Immerhin noch ›harmonischer‹, als man hätte annehmen sollen. Wenn ich ein schlechtes Gewissen habe (schlechtes Gewissen

ist das Gefühl, einem anderen etwas Unangenehmes getan zu haben), kommen immer meine schönsten Herzenseigenschaften zum Vorschein. Ich hätte es nicht über mich gebracht, mich in Bösem von ihm zu trennen. Es war dieses Mal eine phantastisch schwere Aufgabe, aber sie ist gelöst worden.
Pedro und ich fuhren noch denselben Abend nach Amalfi und nahmen dort drei Tage lang Abschied.
Wir haben uns auf vorläufige Trennung geeinigt. Mit dem Durchbrennen wäre es ohne des Onkels Zustimmung doch eine untunliche Sache gewesen. Er sollte also mit dem Onkel, den Sir John inzwischen bändigte, nach Sizilien zurückfahren und ruhig heiraten.
Ich hoffe, Sie, teurer Doktor, werden nie wieder an meinem Altruismus zweifeln. Dieser Mann braucht entschieden eine Frau, die ihm immer treu ist, und ich habe ihm wohl oder übel auseinandersetzen müssen, daß mir das schwerfallen würde.
Wir gedenken uns zwar über kurz oder lang wiederzusehen, aber der Abschied ist uns doch recht schwer geworden. Es ist ein Elend – habe ich jemanden sicher und für immer, so wird es mir bald über, aber wenn ich ihn weggeben muß, reut es mich wieder.

Jetzt ist er fort. In mein Hotel bin ich nicht mehr zurück, sondern habe mich drüben einquartiert. Sie kennen meine Gewohnheit, nach jeder Katastrophe vor allem gründlich auszuschlafen – so habe ich mich auch diesmal gleich in mein Zimmer zurückgezogen und von Montag bis Donnerstag immer nur geschlafen. John und Bobby besuchten mich von Zeit zu Zeit und waren sehr besorgt um Wohlergehen und Seelenzustand. Sie

wußten eben noch nichts vom Katastrophenschlaf, und ich konnte sie erst darüber belehren, als er zu Ende war.
Und jetzt? Ja, das weiß ich noch nicht, jetzt muß ich mich erst wieder vom vielen Schlafen erholen . . .

19

Vorausgesehen – Sie tun sich leicht, lieber Freund. Wenn etwas geschieht oder geschehen ist, brauchen Sie nur den Epilog zu machen. Und Pedros Grabrede war allerdings eine Ihrer Glanzleistungen.
›Das Engagement war nicht für die Ewigkeit‹, das, ja, das konnte man wohl voraussehen. Und doch: wäre das Wiedersehen nicht so unglücklich inszeniert gewesen und der Onkel nicht so hartherzig, dann säßen wir jetzt vielleicht Hand in Hand auf einem Ozeandampfer. Ob ich nun mein wahres Lebensglück verscherzt habe oder ob es vielleicht ungeheuer gescheit war, selbiges zu verscherzen – wer kann das sagen? Die Trennung von John und Bobby hätte mir wahrscheinlich ebensosehr das Herz gebrochen. Pedro ›konnte‹ ich eigentlich doch nur im Ensemble, allein wäre ich ihm auf die Länge nicht gewachsen gewesen.
Unsere Koffer stehen schon halb gepackt, und dies ist voraussichtlich der letzte Brief, den ich Ihnen von hier aus schreibe. Die nächste Programmnummer wird heißen: ›Bobbys Insel‹.
Sir John will uns in Bälde nachkommen. Dann wollen wir den ganzen Sommer in der Sonne liegen und Bobby

zum mondänen Dichter erziehen. John hat ja sozusagen die Verantwortung übernommen, daß etwas aus ihm wird, und er meinte, für diesen Typus würde er sich am besten eignen.
Die beiden haben noch viel mit ihren Reisevorbereitungen zu tun und sind meist in der Stadt. Ich habe auf der Terrasse einen traumhaft bequemen Schaukelstuhl und verbringe diese letzten Tage in stiller Beschaulichkeit.
Dabei habe ich eine neue Erkenntnis gewonnen – wieder einmal, werden Sie sagen. Aber diese hat sehr viel Endgültiges.
Lieber Freund, ich bin mir darüber klargeworden, daß mein Leben nach einem umgekehrten Prinzip verläuft – oder ist es deutlicher so: das Prinzip meines Lebens ist, daß alles umgekehrt geht.
Sie haben Sir Johns Diagnose anerkannt: ich bin im Grunde faul und energielos und gerate doch so oft in Lebenslagen, die Energie erfordern, also muß ich meiner Bestimmung entgegengesetzt handeln. Das erweckt einen falschen Eindruck, der mich wiederum zu lauter umgekehrten Handlungen zwingt. Nicht wahr, das stimmt?
Ferner: ich habe so viel Anlage zu passivem Glück, und dabei sind meine ›Glücke‹ fast immer stürmisch und bewegt. Ich ›kann‹ keine Konflikte, und immer gibt es welche.
Vor allem aber: was ich auch tue, beginne und plane, unweigerlich kommt dabei das Gegenteil heraus. Das kann doch nicht nur Zufall sein. Unternehme ich etwas ungemein Nützliches und Wohlüberlegtes, so gibt es sicher den größten Unsinn. Tue ich aber gänzlich unzweckmäßige und unüberlegte Dinge, dann kommt et-

was Vernünftiges zustande. Kurz, ich ernte nie, was ich gesäet habe, sondern jedesmal ewas ganz Überraschendes.

Und die Moral: wem das Los so fällt wie mir, nämlich umgekehrt, der suche eben umgekehrt zu leben, immer von vornherein das Umgekehrte zu tun – dann muß es sich wieder ausgleichen.

Seit diese Erleuchtung über mich gekommen ist, bin ich sehr zufrieden. Ich begreife, daß in der Erkenntnis wirkliches Glück liegen kann. Alle weitere Gedankenarbeit überlasse ich Ihnen, es war schon eine bedeutende Leistung, Ihnen das alles so wohlgeordnet vorzutragen.

Und die praktische Anwendung – mein lieber, guter Freund? Wie Sie mir schreiben: es wäre sicher das beste, wenn ich jetzt zurückkäme, dorthin, wo ein getreues Herz für mich schlägt, und wenn ich nur wollte, auch eine sogenannte Existenz bereit wäre. Von diesem Herzen und dieser Existenz habe ich Ihnen ja in den Tagen der Regenstadt schon Näheres erzählt und . . .

Aber nein – ich werde von jetzt an nie mehr das tun, was sicher das Beste wäre und das Gescheiteste. Bobbys Insel ist gewiß das Dümmste, was ich tun kann – und ich wähle Bobbys Insel.

Sobald wir sie gefunden haben, schreibe ich Ihnen – wir wissen ja selbst noch nicht, wo sie liegt – und deshalb sage ich Ihnen heute mit einer gewissen Feierlichkeit Lebewohl und – *à tantôt* . . .

Herrn Dames Aufzeichnungen

oder
Begebenheiten
aus einem merkwürdigen
Stadtteil

Einführung

Ende Dezember 1911 deutete Franziska Reventlow von Ascona aus in einem Brief an den Privatgelehrten und Philosophen Paul Stern an, daß sie demnächst mit dem »Schwabinger Roman« beginnen werde. Sein Titel: »Herrn Dames Aufzeichnungen oder Begebenheiten aus einem merkwürdigen Stadtteil«. Im Juni 1912 läßt sie den Freund wissen: »Schwabing rückt vor« und bittet ihn, »ihr ein kleines Gespräch über schwarze und weiße Magie und etwas allgemein Orientierendes über Kreis und Meister zu machen«. Von jetzt an gibt Stern in einem lebhaften Briefwechsel ausführlich Auskunft über Begriffe und Sprache der kosmogonischen Kreise in Schwabing.

Bei diesen »Begebenheiten aus einem merkwürdigen Stadtteil« muß sich der Leser das Münchner Künstlerviertel nördlich des Siegestors Anfang dieses Jahrhunderts vorstellen. Den in die Literatur eingegangenen Namen dafür – Wahnmoching – erfand die Autorin in Zuammenarbeit mit ihrem damals 15jährigen Sohn Rolf: sie Wahn, er moching. Zentrum des Geschehens ist die Kaulbachstr. 63, das Eckhaus mit der großen Küche und den vielen Zimmern, das Franziska Reventlow 1904–1906 mit dem Schriftsteller Franz Hessel und dem Kunstgewerbler und Glasmaler Bogdan von Suchocki bewohnte.

Im Hintergrund steht Schwabings große Zeit. »Hier wurde leidenschaftlich über Kunst und Welt diskutiert.

Hier wurde gelebt und geliebt, hier feierte man bacchantische Feste, hier traf man neben unbekannten Genies Männer, deren Namen in der geistigen Welt Rang und Bedeutung hatten. Man gebärdete sich genial, verachtete alles Verstandesmäßige als spießbürgerlich und pries den kosmischen Rausch als Krone des Lebens und als Quell wahrer Kunst.«

Den eigentlichen Denkanstoß für den Roman gab das in Franziska Reventlows Tagebuch angedeutete Zerwürfnis unter den »Enormen«: Klages, Schuler, Wolfskehl, Stefan George. Im Winter 1903/1904 kam es zum definitiven Bruch, der von den Beteiligten blutig ernst genommen und überaus schmerzhaft empfunden wurde. Im Roman lösen diese geistigen Auseinandersetzungen bei Herrn Dame zwar höfliches, doch skeptisches Mitleid aus und erleichtern es dem Leser, in gleicher Distanziertheit zu reagieren.

In der Schilderung der Mehrzahl der Personen in dieser Beinahe-Tragikomödie hat die Autorin ihren Freundes- und Bekanntenkreis vor Augen gehabt. Man geht nicht fehl, wenn man wie folgt entziffert:

Herr Dame	= Herr Herr, eine blasse Figur, lediglich des Namens wegen herangezogen
Dr. Gerhard	= der Schriftsteller Franz Düllberg
Dr. Sendt	= der Privatgelehrte und Philosoph Paul Stern
Professor Hofmann	= der Dichter Karl Wohlfskehl
und seine Frau Lotte	und seine Frau Hannah

Heinz Kellermann	= der Schriftsteller Friedrich Huch
Delius, der Mann mit der Toga	= der Mysterienforscher Alfred Schuler
Orlonsky	= der Kunstgewerbler und Glasmaler Bogdan von Suchocki
Willy	= der Schriftsteller Franz Hessel
Adrian	= der Schriftsteller O. A. H. Schmitz
der Meister	= der Dichter Stefan George
Hallwig	= der Graphologe und Philosoph Ludwig Klages
Konstantin, der Sonnenknabe	= ein Neffe der Dichterin Ricarda Huch
Georg, der standhafte Zinnsoldat	= Rechtsanwalt Dr. Alfred Fries
Gardeleutnant	= der Vetter Franziska Reventlows, Victor von Levetzow
blonder Gutsbesitzer mit Pantherfell	= der Privatgelehrte und Paläontologe Albrecht Hentschel
Susanna	= Franziska Reventlow
Maria die Polin Jadwiga, die kappadozische Dame, der Rabbi von der deutschen Ostgrenze, der Herr mit der kultischen Krawatte	= Phantasiefiguren

Die Publikation wurde in der Öffentlichkeit freundlich, wenn auch mit leisem Lächeln über die Sorgen und Probleme der Schwabinger Bohème begrüßt. Intern dagegen fielen recht bitterböse Worte. Man sprach von Indiskretion, von Verrat, und Klages hat sich bis zu seinem Lebensende geweigert, das Buch zu lesen. Dieses Verhalten zeigt, welch zwingende Wirklichkeit für die so Reagierenden ihre Weltanschauung und ihr daraus resultierendes Lebensgefühl besaß und sie deshalb nur mit tiefer Verletztheit einem vermeintlichen Angriff begegnen konnten, den ein angeblich zu ihrem Kreis Gehörender auf ihre gesamte geistige Existenz unternommen hatte.

Ob die Leser der siebziger Jahre des zwanzigsten Jahrhunderts wohl mehr Amüsement über Kampf und Intrigen Wahnmochings empfinden werden? Franziska Reventlow hat sich davon distanziert, aber vorher interessiert beobachtend mitgespielt und mitgelitten.

Die Herausgeberin

Verehrter Freund und Gönner!

Sie wissen ja – Sie wissen genug darüber, wer ›Wir‹ sind – womit wir uns unterhalten und mit welchem Inhalt wir die uns zugemessenen Erdentage zu erfüllen suchen. Sie wissen auch, wie wir das Dasein je nachdem als ernste und schwerwiegende Sache – als heiteren Zeitvertreib, als absoluten Stumpfsinn oder auch als recht schlechten Scherz hinzunehmen, aufzufassen und zu gestalten pflegen.

Sie waren es, der von jeher das richtige Verständnis für unseren Plural hatte – für die große Vereinfachung und anderseits die ungeheure Bereicherung des Lebens, die wir ihm verdanken. Wie armselig, wie vereinzelt, wie prätentiös und peinlich unterstrichen steht das erzählende oder erlebende ›Ich‹ da – wie reich und stark dagegen das ›Wir‹.

Wir können in dem, was um uns ist, irgendwie aufgehen, untergehen – harmonisch damit verschmelzen. *Ich* springt immer wieder heraus, schnellt wieder empor, wie die kleinen Teufel in Holzschachteln, die man auf dem Jahrmarkt kauft. Immer strebt es nach Zusammenhängen – und findet sie nicht. *Wir* brauchen keinen Zusammenhang – wir sind selbst einer.

Die Sendung, die wir heute unserem Briefe beifügen, oder, richtiger, der Inhalt eben dieser Sendung ist wieder ein neuer Beweis dafür.

Denn dies alles, teurer Freund, den wir insgesamt gleich schätzen und verehren, gilt nur als Vorrede einer Vor-

rede, die jetzt beginnen und Ihnen zur Erläuterung beifolgender Dokumente dienen soll, das heißt zur Erläuterung des Umstandes, daß wir eben diese Dokumente in Ihre Hände legen und von Ihnen die Lösung manches Rätsels erhoffen.
Mit den Papieren hat es nun folgende Bewandtnis:
Es mag etwa dreiviertel Jahr her sein, daß wir gelegentlich einer Seereise einen jungen Menschen kennenlernten. Wir fanden ihn sehr liebenswürdig und unterhielten uns gerne mit ihm. Es dauerte allerdings einige Zeit, bis es so weit kam, denn er war zu Anfang ungemein zurückhaltend und schien schwere seelische Erschütterungen durchgemacht zu haben – aber davon später.
Der junge Mann hieß mit dem Nachnamen: Dame – also Herr Dame. Dieser Umstand mochte wohl einiges zu seiner reservierten Haltung beitragen und gehörte zu den vielen Hemmungen, über die er sich beklagte. Wenn er sich vorstellte oder vorstellen ließ, wurde er stets etwas unsicher und fügte jedesmal hinzu: »Dame, ja – ich heiße nämlich Dame.«
Wir fragten ihn einmal, weshalb er das täte – der Name sei doch nicht auffallender als viele andere, und er mache auf diese Weise eigentlich die Leute selbst erst aufmerksam, daß sich eine Seltsamkeit, sozusagen eine Art Naturspiel, daraus konstruieren lasse.
Er entgegnete trübe: Ja, das wisse er wohl, aber er könne nicht anders, und es gehöre nun einmal zu seiner Biographie. (Diese Bemerkung lernten wir erst später bei der Lektüre seiner Aufzeichnungen verstehen.)
Herr Dame war seinem Äußeren und seinem Wesen nach durchaus der Typus junger Mann aus guter Familie und von sorgfältiger Erziehung mit einer Beimischung

von mattem Lebemannstum – sehr matt und sehr äußerlich. Er wäre nie ohne einwandfreie Bügelfalte auf die Straße gegangen, auch wenn ihm das Herz noch so weh tat – und das Herz muß ihm wohl oft sehr weh getan haben. Die Grundnote seines Wesens war überhaupt eine gewisse betrübte Nachdenklichkeit oder nachdenkliche Trübsal, aber daneben liebte er Parfüms und schöne Taschentücher.

Als wir ihn kennenlernten, war er schweigsam und verstört; allmählich, besonders wenn wir in den warmen Nächten an Deck saßen, ging ihm immer das Herz auf, und er erzählte von sich selbst und von seiner Biographie – wie er längere Zeit unter eigentümlichen Menschen gelebt und eigentümliche Dinge mitangesehen und auch miterlebt habe. Schon von Haus aus habe er einen dunklen Trieb in sich gefühlt, das Leben zu begreifen, und da habe man ihn an jene Menschen gewiesen. Leider vergeblich, denn er konnte es nun erst recht nicht begreifen, sondern sei völlig verwirrt geworden und eben jetzt auf dem Wege, in fernen Ländern Heilung und Genesen zu suchen.

Den Ort, wo sich das alles begeben hat, wollte er nicht gerne näher bezeichnen – er sagte nur, es sei nicht eigentlich eine Stadt, sondern vielmehr ein Stadtteil gewesen, der auch in seinen Papieren oft und viel genannt wird. Wir konnten uns das nicht recht vorstellen.

Er erzählte uns denn auch, daß er damals allerhand niedergeschrieben habe, in der Absicht, vielleicht später einen Roman oder ein Memoirenwerk daraus zu gestalten, und wir interessierten uns lebhaft dafür.

So kam die Zeit heran, wo wir uns trennen mußten, denn die Reise ging zu Ende. An einem der letzten Tage stieg Herr Dame müden Schrittes in seine Kabine hinab und kam mit einem ansehnlichen Paket beschriebener Hefte wieder; dann sagte er, wenn es uns Freude mache, sei er gerne bereit, uns seine Aufzeichnungen zu überlassen. Er wolle sie auch nicht wieder haben, denn das alles sei für ihn abgetan und läge hinter ihm, und er habe wenig Platz in seinen Koffern. Was damit geschehe, sei ihm ganz gleichgültig, wir möchten es je nachdem weitergeben, verschenken, vernichten oder veröffentlichen. Er selbst würde schwerlich wieder nach Europa oder gar in jenen Stadtteil zurückkehren. Dann nahmen wir recht bewegt Abschied und wünschten ihm alles Gute. Unser Wunsch sollte leider nicht in Erfüllung gehen, denn der Zug, mit dem er weiterfuhr, fiel einer Katastrophe zum Opfer, und in der Liste der Geretteten war sein Name nicht genannt – so ist wohl anzunehmen, daß er mit verunglückte. Wir haben denn auch nichts mehr von ihm gehört.

Die Aufzeichnungen haben wir gelesen – es war das erste, was wir damit taten; aber, wie schon anfangs erwähnt, vieles darin ist uns ziemlich dunkel geblieben. Nach unserer Ansicht handelt es sich, wie ja auch Herr Dame selbst meinte, um recht eigentümliche Menschen, Begebnisse und Anschauungen. – Unter anderem interessiert es uns lebhaft, wo jener Stadtteil zu finden ist, in dem sich das alles begeben. Wir leben, wie Sie wissen, schon so lange in der Fremde, daß es viel zu anstrengend wäre, die Kulturströmungen einzelner Stadtteile genauer zu verfolgen.

Vor allem wünschen wir Ihre Ansicht darüber zu erfahren, ob die vorliegenden Dokumente wohl die Bedeu-

tung eines ›*document humain*‹ haben und sich zur Veröffentlichung eignen würden. Meinen Sie nicht auch, daß es dann vielleicht ein schöner Akt der Pietät wäre, dem anscheinend Frühverblichenen auf diese Weise einen Grabstein zu setzen?
Wenn Sie es für geboten erachten, würden wir Sie bitten, einen Kommentar dazu zu schreiben – uns fehlt leider die nötige Sachkenntnis, und so haben wir uns auf einige bescheidene und mehr sachliche Anmerkungen beschränkt – aber vielleicht ist es auch überflüssig.

Kurzum – ja, wirklich kurzum, denn wir lieben die Kürze auch dann noch, wenn wir ausführlich sein müssen, lieben sie um so mehr, wenn wir gerade ausführlich gewesen sind – wir legen diese Papiere und alles Weitere vertrauensvoll in Ihre Hände.

I

Dezember

Langweilig – diese Wintertage . . .
Ich habe nach Hause geschrieben und ein paar offizielle Besuche gemacht. Man nahm mich überall liebenswürdig auf und stellte die obligaten Fragen – wo ich wohne, wie ich mir mein Leben einzurichten gedenke und was ich studiere. Der alte Hofrat schien es etwas bedenklich zu finden, daß ich kein bestimmtes Studium ergreifen will und so wenig fixierte Interessen habe – ich solle mich vorsehen, nicht in schlechte Gesellschaft zu geraten. Das war sicher sehr wohlgemeint, aber es fällt mir auf die Nerven, wenn die Leute glauben, ich sei nur hier,

um mir ›die Hörner abzulaufen‹ und mich nebenbei auf irgendeinen Beruf vorzubereiten.
Es war eine Erholung, nachher Dr. Gerhard im Café zu treffen. Ich erzählte ihm von meinen Familienbesuchen, er räusperte sich ein paarmal und sah mich prüfend an. Dann meinte er, das mit dem Hörnerablaufen sei wohl eine veraltete studentische Schablone, aber es gäbe neuerdings eine ganze Anzahl junger Leute, die sich ›gärenshalber‹ hier aufhielten, und zu diesen würde wohl auch ich zu rechnen sein.
Eine sonderbare Definition – ›gärenshalber‹ –, aber der Doktor drückt sich gerne etwas gewunden aus . . . das scheint überhaupt hier üblich zu sein.
Wenn man darüber nachdenkt, hat er eigentlich nicht ganz unrecht. Vielleicht ist etwas Wahres daran – es kommt mir ganz plausibel vor, daß mein Stiefvater mich gärenshalber hergeschickt hat. Nur paßt es wohl gerade auf mich nicht recht. Ich habe keine Tendenzen zum Gären und auch gar kein Verlangen danach – überhaupt nicht viel eigne Initiative – ich werde einfach zu irgend etwas verurteilt, und das geschieht dann mit mir. Mein Stiefvater meint es sehr gut und hat viel Verständnis für meine Veranlagung; so pflege ich im großen und ganzen auch immer das zu tun, was er über mich verhängt.
Verhängt – ja, das ist wohl das richtige Wort. Schon allein die äußeren Umstände bringen es mit sich, daß immer alles eine Art Verhängnis für mich wird. Zum Beispiel in erster Linie mein Name und meine Väter. Meinen richtigen Vater habe ich kaum gekannt – er soll sehr unsympathisch gewesen sein – und nur den Namen von ihm bekommen. Mein Stiefvater hat einen norma-

len, unauffälligen Namen und war eigentlich die erste Liebe meiner Mutter. Sie hätte ihn ebenso gut gleich heiraten können, und alles wäre vermieden worden. Es wurde aber nicht vermieden, denn es war über mich verhängt, diesen Namen zu bekommen und mein Leben lang mit ihm herumzulaufen.

Dame – Herr Dame – wie kann man Herr Dame heißen? so fragen die anderen, und so habe ich selbst gefragt, bis ich die Antwort fand: Ich bin eben dazu verurteilt, und der Name verurteilt mich weiter zu allem möglichen – zum Beispiel zu einer ganz bestimmten Art von Lebensführung – einem matten, neutralen Auftreten, das mich irgendwie motiviert. Dissonanzen kann ich nun einmal nicht vertragen, und das Matte, Neutrale liegt wohl auch in meiner Natur. Ich habe es nur allmählich noch mehr herausgearbeitet und richtig betonen gelernt.

Über das alles habe ich mit Dr. Gerhard ausführlich gesprochen, er schien es auch zu verstehen, und es interessierte ihn. Der ›Verurteilte‹ sei wohl ein Typus, meinte er, mit derselben Berechtigung, wie ›der Verschwender‹, ›der Don Juan‹, ›der Abenteurer‹ und so weiter als feststehende Typen betrachtet würden. Dann hat er gesagt, jeder Mensch habe nun einmal seine Biographie, der er nachleben müsse. Es käme nur darauf an, das richtig zu verstehen – man müsse selbst fühlen, was in die Biographie hineingehört und sich ihr anpaßt – alles andere solle man ja beiseite lassen oder vermeiden.

7. Dezember

Darüber habe ich dieser Tage viel nachgedacht. Heute hätte ich gerne wieder Dr. Gerhard getroffen und das neuliche Gespräch mit ihm fortgesetzt. Aber es saß diesmal eine ganze Gesellschaft mit am Tisch. Unangenehm, daß man beim Vorstellen nie die Namen versteht – das heißt, meinen haben sie natürlich alle verstanden – mein Verhängnis – er ist so deutlich und bleibt haften, weil man sich über ihn wundert. Ich habe diese junge Frau beneidet, die neben Gerhard saß, weil man sie nur Susanna oder gnädige Frau anredete.

Du lieber Gott, ich werde ja nicht einmal heiraten können, wenn ich gern wollte. Wie könnte man einem Mädchen zumuten, Frau Dame zu heißen? Und dann daneben zu sitzen, das mitanzuhören und selbst ... nein, diese Reihe von Unmöglichkeiten ist nicht auszudenken.

Ich weiß nicht, wie es kam, daß ich dieser Susanna oder gnädigen Frau – wie ich sie natürlich anreden mußte, meine quälenden Vorstellungen anvertraute. Sie hat nicht einmal gelacht – doch, sie hat schon etwas gelacht, aber sie begriff auch die elende Tragik.

Es kam später noch ein Herr an den Tisch, den man mir als Doktor Sendt vorstellte. Er ist Philosoph und macht einen äußerst intelligenten Eindruck. Mir schien auch, daß er eine gewisse Sympathie für mich fühlte.

Man hat sich dann sehr lebhaft unterhalten. Ich konnte manchmal nicht recht folgen – Doktor Sendt merkte es jedesmal, zog dann die Augenbrauen in die Höhe, sah mich mit seinen scharfen hellblauen Augen an und erklärte mir in klarer, pointierter Ausdrucksweise, um was es sich handle.

Ich möchte gerne mehr mit ihm verkehren; mir ist, als könnte ich viel von ihm lernen. Und eben das scheint mir hier eine zwingende Notwendigkeit.

Zuletzt sprachen sie viel von einem literarischen Kreise, um den es etwas ganz Besonderes sein muß. Dabei entspannen sich starke Meinungsverschiedenheiten. Bei diesem Gespräch hörte ich nur zu, ich mochte nicht immer wieder Fragen stellen, um so mehr, weil allerhand Persönliches berührt wurde und ich nicht gerne indiskret erscheinen wollte.
Übrigens genierte ich mich auch etwas, weil der Dichter, der den Mittelpunkt jenes Kreises bilden soll, mir ziemlich unbekannt war. Seinen Namen kannte ich wohl, aber von seinen Werken so gut wie nichts.
Da war ein junger Mensch mit etwas zu langen Haaren, auffallend hohem Kragen und violetter Krawatte, die auf ungewöhnliche, aber immerhin ganz geschmackvolle Art geschlungen war. (Frau Susanna stieß den Philosophen an und raunte ihm zu, es sei wohl eine ›kultliche‹ Krawatte – und der antwortete: Violett – natürlich ist das kultlich.) Dieser junge Mensch also sprach von jenem Dichter ausschließlich als dem Meister. Ich hatte bisher nur gehört, daß man in Bayreuth so redet, und es befremdete mich ein wenig. Überhaupt redete er mit einem Pathos, das mir im Kaffeehaus nicht ganz angebracht schien und sicher auch jenen ›Meister‹ unangenehm berühren würde, wenn er es zufällig einmal hörte – und war sichtlich verstimmt über einige Bemerkungen der anderen Herren, besonders des Philosophen, der sich etwas ironisch über Heldenverehrung und Personenkultus äußerte.
Merkwürdige Dinge kamen da zur Sprache – eine ältere Dame erzählte: man (anscheinend Mitglieder jenes Kreises) wäre bei einer Art Wahrsager – einem sogenannten Psychometer – gewesen, und es sei unbegreif-

lich, wie dieser Mann durch bloßes Befühlen von Gegenständen den Charakter und das Schicksal ihrer Besitzer zu erkennen wisse – ja, bei Verstorbenen sogar die Todesart.

»Es ist ganz ausgeschlossen«, so sagte sie, »daß er über irgend etwas Persönliches im voraus orientiert sein konnte und . . .« – »Aber Sie müssen doch zugeben, daß er manchmal versagt«, fiel der junge Mensch mit der violetten Krawatte ihr ins Wort, »in bezug auf den Meister hat er sich schwer geirrt. Und gerade das ist sehr interessant und bedeutungsvoll, denn es zeigt deutlich, daß er die Substanz des Meisters wohl fühlte, nicht aber beurteilen konnte . . .«

»Wieso?« fragte einer von den Herren, der nicht dabeigewesen war. Der junge Mensch maß ihn mit einem überlegenen Blick und wandte sich wieder an die Dame, die zuerst gesprochen hatte:

»Sie haben es ja selbst gehört – er bezeichnete sie als unecht und theatralisch. Und weshalb – weil er eben nicht ahnte, um wen es sich hier handelt – weil er sich die hier verwirklichte Größe aus seinem engen Gesichtskreis heraus nicht vorstellen konnte. So half er sich mit der These des Theatralischen darüber hinweg. Für *uns* nur wieder eine neue Bestätigung, wie wenige der Erkenntnis des einzig und wahrhaft Großen würdig sind.«

Die Dame hatte beide Ellbogen auf den Tisch gestützt und hörte mit leuchtendem Blick zu:

»Ja, ja, so ist's, wir fühlten es ja auch alle – aber wie klar und schön Sie es jetzt ausgelegt haben.«

»Es ist so klar, daß es kaum noch einer Auslegung bedurfte – zudem hatte der Meister den bewußten Ring erst seit einem Jahr getragen, und seine Substanz war zweifellos noch mit fremden, früheren Substanzen gemischt – das mußte die Beurteilung bedeutend erschweren.«

Darauf entstand eine Pause, und dann sagte die Dame sehr nachdenklich:

»Hören Sie, vielleicht liegt es noch einfacher – ich habe diesen Mann schon lange im Verdacht, daß er schwarze Magie treibt, und dann läge es wohl nahe, daß er alles wirklich Große und Schöne hassen – innerlich ablehnen muß. Und wiederum – daß der Meister nach jener Äußerung die Gesellschaft verließ, beweist doch stärker als alles andere, daß er sich mit etwas Unlauterem in Berührung fühlte und sich dem entziehen mußte.«

»Oh, ich glaube«, warf Sendt spöttisch ein, »auch wenn man ihm von völlig lauterer Seite derartige Dinge sagte, würde er sich zurückziehen.«

»Das soll wohl wieder eine von Ihren logischen Spitzfindigkeiten sein«, erwiderte die Dame gereizt, »aber *die Sache* trifft es nicht. Allerdings hatte er sich mit vollem Recht zurückgezogen – aber diese Dinge sind überhaupt nicht wesenhaft und gehören nicht zur Mitte.«

»Warum beschäftigt man sich denn immer wieder mit ihnen? Ich meine, vor kurzem noch gehört zu haben, daß die Beschränkung auf die weiße Magie nicht gebilligt wurde?«

»Gegen die schwarze sind von jeher schwere Bedenken erhoben«, antwortete die Dame etwas strafend.

»Besonders seit jener böse Magier die Substanz des Meisters so verkannte«, bemerkte Sendt, während er ihr in den Mantel half, denn sie hatte sich inzwischen erhoben, um zu gehen.

»Allerdings«, murmelte sie vor sich hin, und es klang sehr überzeugt. Dann brach sie auf und mit ihr der größere Teil der Gesellschaft. Nur Doktor Sendt und Susanna blieben noch.
Der Philosoph sah sie an, lächelte und sagte: »Mirobuk!« Ich hatte das Wort noch nie gehört, und was es bedeuten sollte, war mir nicht klar, aber Susanna lachte und sagte: »Achten Sie nur darauf – Herr ... Herr Dame, wenn Sendt Mirobuk sagt, so hat es meistens eine gewisse Berechtigung.«
Ich faßte Mut und fragte, was denn um Gottes willen das mit der Magie bedeute, die Dame sprach ja wie ein erfahrener alter Hexenmeister. Schwarze und weiße Magie – was versteht man überhaupt darunter? Ich dachte, so etwas käme nur in Märchenbüchern oder im Mittelalter vor. – »O nein«, sagte mir Sendt, »die Dame huldigt nur wie viele andere dem Spiritismus, und Sie müssen wissen, daß dieser von seinen Anhängern als *weiße* Magie proklamiert wird, weil man sich nur an die guten und sympathischen Geister wendet und mit ihnen Beziehungen anknüpft. Die schwarze Magie aber beschäftigt sich gerne mit den Geistern von Verbrechern und Bösewichtern, die sich noch nicht ganz von der Erde befreit haben. Sie besitzen deshalb auch noch irdische Kräfte und rächen sich gelegentlich an dem, der sie beherrscht. Und der Magier, von dem hier die Rede war, hat sich eben so schlecht benommen, daß man ihm alles mögliche zutraut und sich in Zukunft vor ihm hüten wird.«
Ich war ihm recht dankbar für diese Aufklärung, nur kam es mir befremdlich vor – nein, befremdlich ist nicht das rechte Wort, aber jener junge Mann und die Dame

hatten eine so verwirrende Art, sich dunkel und geheimnisvoll auszudrücken und dabei, als ob von ganz realen Dingen die Rede sei, daß ich selbst etwas unsicher geworden war. Wie sie von dem Meister als von einem ganz übernatürlichen Wesen sprachen – von seinem Ring und seiner ›Substanz‹ – am Ende ist er auch ein Magier – ein Zauberer – ein Nekromant oder dergleichen.

Ich war Susanna im Grunde recht dankbar, daß sie mich auslachte und sagte, es sei leicht zu merken, daß ich mich noch nicht lange hier aufhalte.

2

8. Dezember

Heute wollte ich nicht ins Café, aber ich ging doch hin und fand wieder eine ungünstige Konstellation vor; der Philosoph saß mit der lebhaften älteren Dame von neulich zusammen. Ich mochte nicht aufdringlich erscheinen, so setzte ich mich an den Nebentisch, den einzigen, der noch frei war, und las Zeitungen. Sie sprachen aber so laut, besonders die Dame, daß ich nicht umhinkonnte, zuzuhören, und hinter der Zeitung mein Notizbuch vornahm, denn es schien mir wieder sehr bemerkenswert, was sie da redeten. Die Dame erzählte von einem Professor Hofmann, dessen Name neulich schon verschiedentlich erwähnt wurde – er habe ihr gesagt, sie sähe ausgesprochen ›kappadozisch‹ aus.
Kappadozien kommt, soviel ich weiß, in der Bibel vor, aber ich begriff nicht recht, wieso jemand ›kappado-

zisch‹ aussehen kann, und warum sie das mit solcher Wärme erzählte. Woher will man denn wissen, wie die Kappadozier ausgesehen haben? Der Philosoph lächelte auch.

Nun kam einiges, was ich nicht recht verstand, und dann das, was ich mir notiert habe.

»Nein, es sollten die Posaunen von Jericho sein – hören Sie nur: sie waren alle bei mir auf dem Atelier . . .«

»War er auch dabei?« fragte der Philosoph, und die Dame warf ihm einen vorwurfsvollen Blick zu.

»Aber ich bitte Sie, wenn Sie spotten wollen . . .«

»Nein, nein, ich dachte nur – aber bitte, fahren Sie fort.«

»Also der Professor, seine Frau und einige von den jungen Dichtern. Einer von ihnen ging gleich an meinen Flügel, betrachtete ihn von allen Seiten und sagte irgend etwas. Dann fragte die Frau Professor ihren Mann: ›Wollen wir es jetzt sagen?‹, und er nickte. Dieses Nikken sehe ich noch deutlich vor mir, aber ich kann es nicht beschreiben, es lag etwas ganz Besonderes darin. Dann war plötzlich ein Paket da, es wurde ausgewickelt, und ein Kästchen mit einem Schlauch daran kam zum Vorschein – es sah etwa aus wie ein photographischer Apparat. Und Frau Hofmann sagte lebhaft, dieses Kästchen habe ein Freund ihres Mannes aus dem Orient mitgebracht, es gäbe auf der ganzen Welt nur noch ein ebensolches, und das gehöre dem Oberrabbi von Damaskus. Wenn man es an ein Klavier anschraube, innerlich erhitze und dann hineinbliese, so gäbe es genau denselben Ton wie die Posaunen von Jericho.«

»Hatten Sie nicht Angst, daß auch bei Ihnen die Mauern einfallen könnten?« fragte der Philosoph.

»Nein, von den Mauern war gar nicht die Rede – ich weiß nur, daß ich dann nach Spiritus suchte, um das Kästchen zu füllen, und ihn nicht finden konnte, aber mit einemmal war er doch da, und das Kästchen war auch schon am Klavier angebracht. Der Professor blies in den Schlauch, und es gab einen dumpfen Ton – aber dann muß der Spiritus ausgelaufen sein, und plötzlich stand alles in Flammen. Niemand kümmerte sich darum, und ich dachte an meinen Perserteppich, der unter dem Flügel liegt. Sie wissen ja, ich bin etwas eigen mit meinen Sachen. Aber der Professor sagte, es sei gar kein Perser, es sei ein ›Beludschistan‹, und er habe keine Beziehung zum Wesen der Dinge – ist das nicht merkwürdig? Ja, und nun kam noch etwas ganz Triviales, ich meinte, der Flügel würde sicher auch anbrennen, und in diesem Moment stand der Professor in seiner ganzen Größe vor mir und sagte: ›Wenn Fräulein H . . . mir ihren Verlust genau beziffert, soll alles ersetzt werden.‹«

»Und dann?« fragte der Philosoph.

»Das weiß ich selbst nicht mehr, es war ganz verschwommen. Aber sagen Sie selbst, liebster Doktor, ist es nicht wirklich seltsam? Meinen Sie nicht, daß es kosmische Bedeutung hat?«

Damit brach das Gespräch ab, denn Gerhard kam, und die Dame ging bald darauf fort. Ich setzte mich zu ihnen und fragte Sendt, was denn das für eine rätselhafte Geschichte sei, ich hätte leider nicht vermeiden können, sie mitanzuhören. Und jetzt zweifelte ich nicht mehr daran, daß man hierzulande Zauberei treibt.

»Haben Sie denn nicht gemerkt, daß die Dame mir einen Traum erzählte?«

»Nein – darauf bin ich gar nicht gekommen.«

»Lieber Dame«, sagte Gerhard, und es klang beinah wehmütig – er hat überhaupt immer etwas Schmerzliches im Ton –, »Sie machen Fortschritte. Schon können Sie Traum und Wirklichkeit nicht mehr unterscheiden. Das geht uns allen hier wohl manchmal so – nicht wahr, cher philosophe?«
»Traum oder nicht Traum«, antwortete der Philosoph nervös, »was sie mir da auftischte, war wieder einmal eine Wahnmochingerei, wie sie im Buch steht.«
»Wahnmochingerei – was ist das?«
»Nun, was Sie da eben mitangehört haben.«
Doktor Gerhard wollte wissen, was für ein Traum es gewesen sei.
»Natürlich ein kosmischer«, sagte der Philosoph, »sie hoffte es wenigstens und wollte von mir wissen, ob es stimmt. Sonst traut sie sich nicht, ihn bei Hofmanns zu erzählen.«
Ich hätte gerne noch gewußt, was eine ›Wahnmochingerei‹ ist und ›kosmische Träume‹. Aber der Philosoph schien mir nicht gut aufgelegt, und ich kann doch nicht immer fragen und fragen wie ein vierjähriges Kind.

3

14. Dezember

Ein komischer Zufall, daß ich Heinz Kellermann hier treffe. Wir haben uns seit dem Gymnasium nicht mehr gesehen. Er behauptet zwar, es gebe nichts Zufälliges, sondern was wir Zufall nennen und als solchen empfinden, sei gerade das Gegenteil davon, nämlich ein durch innere Notwendigkeit bedingtes Geschehen. Man sei

nur im allgemeinen zu blind, um diese inneren Notwendigkeiten zu sehen.
Trotzdem schien er ebenso verwundert wie ich und fragte mit der gedehnten und erstaunten Betonung, die ich so gut an ihm kannte:
»Wie kommst du denn hierher?«
Ich konnte diese Frage nur zurückgeben, und dann sagte er etwas überlegen: Oh, man könne nur hier leben, und hier lerne man wirklich verstehen, was Leben überhaupt bedeute. Ich habe ihm erzählt, daß das auch mein sehnlichster Wunsch sei, und wie ich mich mit meiner Biographie herumquäle – na Gott ja – daß ich eben ein Verurteilter bin und nicht recht weiß, was ich mit mir und dem Leben anfangen soll.
Daraufhin ist er gleich viel wärmer geworden und lud mich für den Abend in seine Wohnung ein – es kämen noch einige Freunde von ihm, auf die er mich sehr neugierig machte.
Ich ging hin, und es war auch wirklich der Mühe wert. Aber ich werde jetzt wieder ein paar Tage daheim bleiben und mich sammeln. Es sind zu viel neue und verwirrende Eindrücke von allen Seiten. Wohin ich komme und wen ich kennenlerne – alles ist so seltsam, wie in einer ganz anderen Welt, und ich tappe noch so unsicher darin herum. – Ob das nun Zufall ist oder innere Notwendigkeit, daß ich hierher kam und gerade diese Menschen kennenlernte? Aber es lockt mich, ich kann dem allen nicht mehr entfliehen – ich bin wohl dazu verurteilt, und der Gedanke gibt mir meine innere Ruhe etwas wieder.
Doktor Gerhard rät mir ja immer wieder, ich solle etwas schreiben – jeder Mensch habe einiges zu sagen und

müsse, was er erlebt, in irgendeiner Form nach außen hin gestalten. Wenn es auch nur wäre, um meinem Stiefvater Vergnügen zu machen, er hat ja schon immer gemeint, ich hätte ein gewisses Talent dazu. – Und er ist gewiß aufrichtig, denn er hält sonst nicht übermäßig viel von meiner Begabung.
Ich weiß nicht recht – einstweilen mache ich mir Aufzeichnungen und Notizen, besonders wenn ich mit dem Philosophen zusammen bin.

Da war der Abend mit Heinz Kellermann und seinen Freunden. Der eine mit dem scharfen Gesicht sah fast wie ein Indianer aus. Als ich das sagte, wurde Heinz ganz ärgerlich und behauptete, er sei doch blond, dunkelblond wenigstens und ein absolut germanischer Typus. Es gab eine förmliche Diskussion darüber, aus der ich entnahm, daß sie die blonden Menschen mehr ästimieren als die dunklen, und daß das irgendeine Bedeutung hat.
Es war auch ein junges Mädchen dabei – eine Malerin –, das übrigens ausgesprochen schwarzes Haar hatte; aber ich wagte keine Bemerkung darüber, denn mir schien, daß sie der Unterhaltung etwas deprimiert zuhörte, und ich muß gestehen, ich freute mich zum erstenmal darüber, daß ich blond bin.
Im ganzen hatte ich aber wieder das Gefühl, nicht recht mitzukönnen. Ich weiß nicht, ob man diese Ausdrucksweise eigentlich ›geschraubt‹ nennen kann, aber sie kommt einem manchmal so vor, und man muß sich erst daran gewöhnen.
Was meinen sie zum Beispiel damit: man müsse einen Menschen erst ›erleben‹, um ihn zu verstehen?

Heinz machte manchmal ganz treffende Bemerkungen – das kann er überhaupt sehr gut – und dann hieß es: »Heinz, Sie sind enorm.«
Nach dem Tee setzte man sich auf den Boden, das heißt auf Teppiche und Kissen. Heinz machte die Lampe aus und zündete in einer Kupferschale Spiritus an – warum auch nicht – es gab eine schöne blaugrünliche Flamme. Aber dann stand die Malerin auf und hielt ihre Hände darüber, man sah nur die schwarze Gestalt und die Hände über der Spiritusflamme, die in dieser Beleuchtung ganz grünlich aussahen.
Und nun waren alle ganz begeistert und sagten wieder, das sei ›enorm‹. Um auch irgend etwas zu sagen und mich gegen das junge Mädchen höflich zu zeigen, meinte ich, dieses offene Feuer in der Schale habe etwas von einem alt-heidnischen Brauch. Das war nur so hingesagt, weil mir nichts anderes einfiel, aber sie sahen mich bedeutungsvoll an, als ob ich einen großen Ausspruch getan hätte, und Heinz sagte zu dem Indianer: »Sehen Sie – und er weiß gar nicht, was er damit gesagt hat.« – »Das ist es ja gerade«, antwortete der, »er muß das Heidnische ganz unbewußt erlebt haben.«
Ich wollte fragen, was er meinte, da klingelte es, und dann kam der Professor Hofmann – der mit dem Kreis – der aus dem Traum – ich dachte mir gleich, daß er es wäre. Er war ungemein gesprächig und liebenswürdig, bewunderte das Feuer in der Schale und nannte es fabelhaft, ebenso die grünlichen Hände der Malerin und sagte, es sei ganz unglaublich schön, wie sie dastände. – Ich mußte dabei an die Geschichte neulich im Café denken – die ›Wahnmochingerei‹, wie der Philosoph es nannte.

Dann ging die Flamme aus, und die Lampe wurde wieder angezündet. Da niemand an Vorstellen zu denken schien, tat ich es selbst. Der Professor sah mich plötzlich verwirrt und ganz entgeistert an, ich dachte, er hätte mich nicht verstanden, wiederholte meinen Namen und setzte hinzu: »Ich heiße nämlich Dame.«
Er schüttelte mir nun mit großer Lebhaftigkeit die Hand und sagte, es freue ihn unendlich, mich kennenzulernen.
Dann unterhielt man sich über dieses und jenes. Der Professor ging dabei mit etwas stürmischen Schritten auf und ab, nahm jeden Augenblick einen Gegenstand in die Hand, betrachtete ihn ganz genau und stellte ihn wieder hin. Im Laufe des Gespräches fragte er mich, ob ich auch in ›Wahnmoching‹ wohnte. Ich fragte wieso und hielt es für einen Witz – »ich wohne in der K . . . straße«. Darüber brachen sie alle in Gelächter aus und fanden es enorm, daß ich nicht wüßte, was ›Wahnmoching‹ sei.
Man erklärte mir, daß der ganze Stadtteil von dem großen Tor an so heiße. Wie sollte ich das wissen, ich habe mich gar nicht darum gekümmert, wie der Stadtteil heißt, in dem ich *wohne*. In Berlin weiß man es, aber hier doch nicht. Ich begriff wirklich nicht, was daran ›enorm‹ sein sollte. Ja, sagten sie, das sei es ja eben – ich wäre in allem so unbewußt.
Sonst bin ich wirklich ein geduldiger Mensch, aber ich hatte allmählich den Eindruck, als ob man mich mystifizieren wollte, und sagte, den Ausdruck ›Wahnmochingerei‹ hätte ich schon gehört. Der Professor wurde stutzig und fragte, von wem denn?
»Von Doktor Sendt, dem Philosophen.«

»Ah – Sie kennen Doktor Sendt?« es klang beinah, als ob ihn das verstimmte. Aber dann wurde er wieder sehr herzlich und lud mich ein, ihn zu besuchen und zu seinem Jour zu kommen.

den 18. . . .

Nachts um ein Uhr den Philosophen auf der Straße getroffen – wir gehen noch lange auf und ab, ich erzähle ihm von dem Abend bei Heinz und bitte um einige Aufklärungen.

Warum es ›enorm‹ ist, wenn man Spiritus in Kupferschalen verbrennt und jemand die Hände darüberhält – ich kann immer noch nicht vergessen, wie grünlich das ganze Mädchen aussah – warum geraten sie darüber in solches Entzücken? oder wenn man von einem heidnischen Brauch spricht?

»Junger Mann«, sagte Sendt, »enorm ist einfach ein Superlativ, der Superlativ aller Superlative. Sie werden überhaupt mit der Zeit bemerken, daß man unter echten Wahnmochingern einen ganz besonderen Jargon redet, und Sie müssen lernen, diesen Jargon zu beherrschen, sonst kommen Sie nicht mit. Man sagt beispielsweise nicht, ein Ding, eine Sache, eine Frau sei schön, reizend, anmutig – sondern sie ist fabelhaft, unglaublich – enorm. Das heißt – enorm wird mehr in übertragener Bedeutung angewandt und bedeutet, den höchsten Grad der Vollendung. Speziell in dem Kreise, dem Ihr Freund Heinz angehört.«

»Schon wieder ein Kreis?« frage ich.

»Ja, aber die Kreise berühren sich, dieser besteht nur aus wenigen und dreht sich etwas anders. Man beschäftigt sich dort damit, den Spuren des alten Heidentums nachzugehen – daher die Freude über Ihre harmlose Bemerkung. Und das grünliche Mädchen hatte wohl irgendeine symbolische Bedeutung.«

Der Philosoph hielt plötzlich inne – hinter uns klangen rasche Schritte, und es kamen ein paar Herren an uns vorbei. Zwei von ihnen waren indifferent aussehende junge Leute – der dritte, der zwischen ihnen ging, ein knapp mittelgroßer Mann mit niedrigem schwarzem Hut und einem dunklen Mantel, den er wie eine Art Toga umgeschlagen hatte – man konnte ihn auf den ersten Blick fast für einen Geistlichen halten. Er schien über irgend etwas sehr erregt und sprach eifrig auf seine Begleiter ein, in einem ganz eigentümlichen, monoton singenden Tonfall. Gerade als sie uns überholten, hörten wir ihn sagen: »Ja – bis vor drei Jahren konnte man sie noch für zwei Mark auf jeder Dult finden, aber jetzt haben die Juden alle aufgekauft, und unter zehn Mark sind überhaupt keine mehr zu haben.«

Gegen Ende des Satzes ging seine Stimme allmählich mehr in die Höhe, und zum Schluß kam ein kurzes, schrilles Auflachen. Als er uns sah, machte er eine halbe Wendung seitwärts und grüßte den Philosophen. Deutlich sah ich in diesem Moment sein breites, glattrasiertes Gesicht mit auffallend hellen, leuchtenden Augen, das aber trotzdem etwas absolut Unbewegliches, beinah Starres hatte. Beim Grüßen verzog er den Mund zu einem äußerst konventionellen Lächeln, in der nächsten Sekunde aber nahm er wieder einen steinernen und völlig ablehnenden Ausdruck an und ging rasch mit kurzen, eiligen Schritten seines Weges.

Der Philosoph schien sich an dieser Begegnung und der aufgefangenen Bemerkung ungemein zu freuen:

»Lupus in fabula«, sagte er, »Sie haben wirklich Glück, Herr Dame; dieser Herr, der mich eben grüßte, ist – nun man könnte ihn wohl den geistigen Vater des Wahnmochinger Heidentums nennen – nein, nein – das ist in diesem Falle nicht richtig – er würde es sehr übelnehmen, wenn man ihn als Vater von irgend etwas bezeichnen wollte – denn gerade er ist der Hauptverfechter des matriarchalischen Prinzips.«

»Liebster Philosoph«, bat ich, »nun wird es mir schon wieder zu hoch.«

Übrigens dachte ich mir gleich, daß jener Herr ein gewisser Delius sein müßte, von dem Heinz mir viel erzählte.

Ja, es stimmte, und ich fand, es sei wirklich wieder ein sonderbares Spiel des Zufalls, daß wir ihm gerade bei diesem Gespräch begegneten, aber Sendt sagte, man träfe ihn sehr oft um diese Stunde, er liebe die Nacht und alles Dunkle.

»Dieser Delius – nun, er ist wohl eine sonderbare Erscheinung«, fuhr er dann fort, »die heutige Zeit, auf die wir alle mehr oder minder angewiesen sind, gilt ihm nichts, er ignoriert sie oder begegnet ihr wenigstens nur rein konventionell – etwa so, wie er mich vorhin grüßte. Sein eigentliches Leben spielt sich in längst versunkenen Daseinsformen ab, mit denen er sich und andere identifiziert. Passen Sie einmal gut auf, Herr Dame – wissen Sie ungefähr, was man sich unter Seelensubstanzen vorzustellen hat?«

Ich sagte, daß ich es mir wohl vorstellen könnte – es war ja neulich im Café schon davon die Rede.

»Schön – also Delius denkt sich nun diese Seelensubstanzen von den ältesten Zeiten her wie Gesteinschichten übereinander gelagert, etwa zuunterst die der alten Ägypter, Babylonier, Perser – dann die der Griechen, Römer, Germanen und so weiter. Man nennt das biotische Schichten. Seit der Völkerwanderung, meint er nun, habe sich alles verschoben, die Substanzen sind durcheinandergemischt und dadurch verdorben worden. Infolgedessen wirken bei den jetzigen Menschen lauter verschiedene Elemente gegeneinander, und es kommt nichts Gutes dabei heraus. Nur bei wenigen (und das sind natürlich die Auserlesenen) hat sich eine oder die andere Substanz in überwiegendem Maße erhalten – zum Beispiel bei ihm selbst die römische – er fühlt und empfindet durchaus als antiker Römer und würde Sie höchst befremdet anschauen, wenn Sie ihm sagten, er lebe doch im zwanzigsten Jahrhundert und sei in der Pfalz geboren. Denn seine Substanz ist eben römisch. Bei Heinz Kellermann und dessen Freunden dagegen herrscht die altgermanische vor, daher auch die stark betonte Vorliebe für Blonde und Langschädel.«

»Aber lieber Doktor, sagen Sie mir nur noch das eine: was hat das alles damit zu tun, daß dieser Stadtteil Wahnmoching heißt?«

»Herr Dame – denn Sie heißen ja wirklich so«, sagte der Philosoph, und ich konnte es ihm in diesem Augenblick nicht übelnehmen – »Wahnmoching heißt wohl ein Stadtteil, eben dieser Stadtteil, aber das ist nur ein zufälliger Umstand. Er könnte auch anders heißen oder umgetauft werden, Wahnmoching würde dennoch Wahnmoching bleiben. Wahnmoching im bildlichen Sinne geht weit über den Rahmen eines Stadtteils hinaus. Wahnmoching ist eine geistige Bewegung, ein Niveau, eine Richtung, ein Protest, ein neuer Kult oder vielmehr

der Versuch, aus uralten Kulten wieder neue religiöse Möglichkeiten zu gewinnen – Wahnmoching ist noch vieles, vieles andere, und das werden Sie erst allmählich begreifen lernen. Aber für heute sei es des Guten genug, sonst möchte noch die aufgehende Sonne uns hier im Zwiegespräch überraschen.«
Damit trennten wir uns.

4

20. . .

Mir fehlte etwas der Mut, zu diesem Jour zu gehen, aber Doktor Gerhard nahm mich mit. Ziemlich viele Leute, die sich in mehreren Räumen verteilten, die Frau des Hauses an einem gemütlichen Eckplatz hinter der Teemaschine, um die herum eine Anzahl junger Leute und Damen. Als wir eintraten, schwieg alles ein paar Minuten lang – ich merkte später, daß es jedesmal so war, wenn jemand Neues kam. Gerhard stellte mich vor und fügte statt meiner hinzu:
»Gnädige Frau, mein junger Freund heißt nämlich so.«
Frau Hofmann empfing mich sehr liebenswürdig – ihr Mann habe ihr schon von mir erzählt. Dann wandte sie sich an die anderen: »Denken Sie nur, Herr Dame wußte bis vor kurzem nicht, daß er in Wahnmoching wohnte.«
Man betrachtete mich, wie mir schien, mit verwundertem Wohlgefallen, und ich war durch diese Bemerkung gewissermaßen eingeführt. Ich langweilte mich etwas, denn da ich niemand kannte, mußte ich vorläufig auf meinem Platz bleiben und Tee trinken. Gerhard machte vor einem jungen Mädchen halt – neben ihr auf einem

Tischchen stand ein grüner Frosch aus Porzellan oder Majolika – und sagte etwas wehmütig:
»Gnädiges Fräulein – Sie sollten eigentlich immer einen grünen Frosch neben sich sitzen haben.«
Dann ging er weiter von einer Gruppe zur anderen und sagte wahrscheinlich ähnliche Dinge, denn wo er hinkam, wurde es gleich etwas belebter.
Ich beneidete ihn im stillen um diese Gabe, denn ich konnte mich nicht recht in die Konversation hineinfinden.
Es war die Rede von Menschen im allgemeinen, von ihrem Wesen, und worauf es dabei ankäme. Der Professor sagte etwas überstürzt und definitiv:
»Auf die Geste kommt es an.« Die jungen Herren, es waren zwei oder drei, nickten bedeutungsvoll zustimmend, und die ältere Dame aus dem Café – die kappadozische –, die ich gleich wiedererkannt hatte, sagte lebhaft: »Ich hätte gedacht – in erster Linie auf die Echtheit des Empfindens.«
»Empfinden ist immer echt«, bemerkte Hofmann wieder sehr definitiv, so daß man nicht anders konnte als ihm beistimmen. Aber Gerhard, der jetzt wieder neben dem Tisch stand und ein Bild betrachtete, warf milde ein:
»Nun, das kann man doch nicht so ohne weiteres hinstellen, es gibt wohl auch leere und bedeutungslose Gesten, die durch das Empfinden nicht gerechtfertigt werden. Und ich meine, man darf nicht so schlechthin von *der Geste* sprechen.«
Worauf die Frau des Hauses förmlich triumphierend meinte: »Nun, worauf es ankommt, ist eben der Stil.«
»Gewiß, aber nicht jeder«, korrigierte ihr Mann und sah

etwas beleidigt aus. »Die Geste ist überhaupt die geistleibliche Urform alles Lebens, und der Rhythmus der Geste ist der Stil.«

Die anderen hörten ganz begeistert zu, und die Kappadozische äußerte:

»Das haben Sie wieder ganz wunderbar gesagt.«

Gerhard räusperte sich ein paarmal, als ob er nicht ganz einverstanden wäre, dann brach er auf, und ich schloß mich ihm an. Zum Herrn des Hauses sagte er noch:

»Lieber Professor, ich hoffe, mein junger Freund wird noch öfter Gelegenheit finden, mit Ihnen zusammenzukommen.«

Der Professor schüttelte mir wiederholt die Hand und sah mich ganz zerstreut an. Als wir hinausgingen, sagte er halblaut zu Gerhard:

»Ihr Freund ist ein wundervoller Mensch.«

Warum wohl – ich hatte den ganzen Abend kaum zehn Worte gesagt und das meiste, was sie sprachen, nicht verstanden, zudem, wie Gerhard mir nachher sagte, einen schweren Fauxpas begangen, indem ich der Frau Professor sagte: ich sei sehr begierig, den Meister kennenzulernen. So etwas dürfe man nicht tun – es wäre eine Art Gotteslästerung. Er pflege sich im dritten Zimmer aufzuhalten, und nur, wer würdig befunden sei, würde ihm vorgestellt; zum Beispiel jener verklärte Jüngling, der vorhin leise mit der Hausfrau sprach und dann plötzlich verschwand. Das gehöre eben auch zur ›Geste‹.

Geste – Geste – was soll man darunter verstehen? wie war es noch? – die geistleibliche Urform alles Lebens. Hier wird ja überhaupt so viel vom ›Leben‹ gesprochen, und immer so, als ob es durchaus nichts Selbstverständliches sei, sondern gerade das Gegenteil. Aber gerade darin liegt wohl etwas, was reizt und anzieht – ich möchte ja selbst endlich einmal dahinterkommen, was es eigentlich mit dem Leben auf sich hat – ob es etwas ganz Selbstverständliches oder etwas ungeheuer Kompliziertes ist.

Heinz zum Beispiel tut ja, als ob er hier in diesem sonderbaren Stadtteil den Stein der Weisen gefunden hätte. Und mir ist, seit ich hier bin, zumut, als ob ich nur in Rätseln sprechen höre und mich zwischen lauter Rätseln bewege. Ich fühle mich ziemlich unglücklich, und in meinem Kopf ist es wirr und dunkel.

Anmerkung

Hier sind mehrere Seiten herausgerissen, und statt dessen findet sich eine Anzahl fast unleserlicher Zettel mit Bleistiftnotizen. Dann folgt quer über die Seiten hingeschrieben ein Eintrag von Frauenhand:

– ich habe dieses Heft – Ihr Tagebuch, wie es scheint, offen auf dem Tisch gefunden und war so indiskret, etwas darin zu lesen. – Ja, Sie sind entschieden ein ›wundervoller Mensch‹.

Chamotte hat mich hereingelassen – sicher hat er es auch gelesen, denn er ist beunruhigt um Sie und beklagt sich, daß Sie in der letzten Zeit so sonderbar wären. Ich habe es auch gemerkt und fange an, es zu begreifen. Aber – du wirst mit deinem Singen – doch nicht zum Himmel dringen.

Gehen Sie deshalb lieber nicht wieder zum Jour, sondern kommen Sie morgen mit mir auf die Elenden-

Kirchweih. (Das ist ein Fest.) Tout-Wahnmoching wird sicher auch dort sein.
Halt – ich kann mich im Moment nicht besinnen, ob Sie einen Schnurrbart haben – ich glaube, nein, er paßt entschieden nicht zu Ihrer Biographie. Aber wenn ja, so lassen Sie ihn vorher beseitigen – er geht nicht zum Kostüm.
Also 7 Uhr abends im Eckhaus (Chamotte weiß den Weg). Dreimal klingeln. Susanna

Ach, diese Frau – es ist wirklich nicht ganz diskret, in meinen Sachen zu stöbern, wenn ich nicht zu Hause bin, und mir da mitten hineinzuschreiben. Ich bin so ordentlich, daß es an Pedanterie grenzt, und so etwas stört mich.
Ich habe Chamotte zur Rede gestellt – Chamotte ist mein kleiner Diener. Susanna hat ihn so getauft, weil sie seinen Namen nicht behalten konnte und fand, er sähe aus, als ob er Chamotte hieße. Er fühlte sich dadurch geehrt, er schwärmt für Susanna und verteidigt sie – na, es ist eine Schande – aber er macht mir alles nach, und wenn mir etwas nicht paßt, behauptet er einfach, er wäre dazu verurteilt gewesen, es so zu machen. Aber der Bengel ist erst sechzehn Jahre alt und wird dabei nie unverschämt. Und mir tut es manchmal wohl, so eine Art zweites Ich zu haben, das intelligent und bescheiden auf das erste reagiert – und das man hinausschicken kann, wenn man will.
Chamotte spricht jetzt auch von ›unserer‹ Biographie und findet, wir müssen unbedingt zu dem Fest gehen, ich soll ihn als meinen Sklaven mitnehmen – das hat Susanna ihm heute früh in den Kopf gesetzt.

5

10. Januar

Ich werde wohl doch anfangen einen Roman zu schreiben. Als erstes Kapitel könnte ich gleich den gestrigen Abend nehmen.

Der junge Mann im Pelzmantel ist Herr Dame. Etwas müde und nachdenklich geht er durch die Straßen. Chamotte, sein Diener, folgt ihm, mit Maskenkostümen beladen. Er ist verurteilt, heute abend auf ein Fest zu gehen – eine Frau hat ihn dazu verurteilt.

Große Schneeflocken fallen vom Himmel – der heimliche Traum seines Lebens ist, nur einmal der Frau zu begegnen, die ihn – ach Gott, wie soll man das sagen – die ihn *mit* Liebe und *zur* Liebe verurteilt – gütig und doch ... Nein, das geht nicht, das muß noch anders gesagt werden.

Sie kommen in eine Nebenstraße, an der Ecke steht ein altes Haus mit großem grünem Tor und einer altmodischen Glocke. Chamotte zieht die Glocke – dreimal –, denn nur auf dieses Zeichen wird man eingelassen. Man geht durch einen Laubengang und über einen gepflasterten Hof – wieder eine Tür und wieder dasselbe Glockenzeichen. Die Tür wird von innen aufgerissen. Der Herr im Pelzmantel fährt zurück, Chamotte schreit laut auf, vor ihnen im Schein einer trüben Laterne steht ein Henkersknecht aus dem Mittelalter – oder Gott weiß woher. Er trägt ein eisernes Schuppenhemd, eine verrostete Sturmhaube, unter der die Augen unheimlich hervorblicken, im Ledergürtel steckt ein langes, handbreites Dolchmesser, baumelt geraubtes Altargerät. Quer über die Stirn läuft eine blutrote Narbe.

Die unheimliche Gestalt verbeugt sich in tiefem Ernst:
»von Orlonsky.«
»Dame – Dame – ja, ich heiße so.«
»Freut mich sehr, Susanne wartet schon.«
Der Henker mit seiner Laterne geht voran, durch einen dunklen Flur, eine Treppe hinauf, in einen großen hellerleuchteten Raum, eine Art Küche, wie man sie in Bauernhäusern findet. In der einen Ecke ist der Herd, in der anderen ein gewaltiger Tisch mit ledergepolsterten Bänken und Stühlen – an den Wänden altes Kupferzeug und Fayencegeschirr, ein ganzes Museum.
Susanna steht am Tisch in einem weißen Gewand und schminkt einen untersetzten jungen Herrn, der mit runden schwarzen Augen gefühlvoll zu ihr aufblickt. Ein zweiter, mit dem Zwicker auf der Nase, hält die Lampe, spricht und gestikuliert aufs lebhafteste. Dazwischen läuft ein fünf- bis sechsjähriges Kind herum. Begrüßung – Vorstellung – der Fremde, in dieser Umgebung wieder völlig Fremde, küßt ihr die Hand. Der Henker stürzt an den Herd und rührt in einem Gericht, das anzubrennen droht – Chamotte reißt Augen und Mund auf und steht wie verzückt.
»Wir haben Eile, Eile«, sagt Susanna – »Haben Sie Ihr Kostüm? – Chamotte, mach das Paket auf – und Ihr Schnurrbart?«
Sie sieht mir ins Gesicht . . .

Anmerkung

Herr Dame geht manchmal unvermittelt in die erste Person über – aber falls er seinen Roman wirklich jemals geschrieben hätte, würde er es sicher korrigiert haben.

»Ach Susanna, ich habe nie einen Schnurrbart getragen.«
Der Herr mit dem Zwicker fixiert erst mich und dann Susanna. Damit ist die Frage vorläufig erledigt.
»Also rasch, ziehen Sie sich an, Herr Dame.«
»Hier?« Ich sehe mich hilflos um.
»Aber Susja«, ruft der Henker schockiert vom Herd herüber, »ist zum erstenmal hier Herr – Herr – Dame –«
(Susja – das klang so hübsch und ermahnend – ich fasse Sympathie für den Henker.)
»Ach, Willy, wir tun ihn in Ihr Schlafzimmer . . .«, sagt sie zu dem mit runden Augen und schiebt mich in einen anstoßenden Raum.
Auch dort ist Licht, und von einem Diwan fährt erschrocken ein Mädchen mit offenen blonden Haaren empor.
»Was machen Sie denn, Susanna?« schreit Willy, und sie schiebt mich rasch noch ein Zimmer weiter.
»Ich wußte wirklich nicht, daß du hier bist, Maria«, sagte sie dann zu der Blonden, Erschrockenen.
»Oh, ich war so müde, und Willy sagte, ich könne hier etwas schlafen – ich bin schon seit fünf Uhr da.«
»Kind, dann eil dich jetzt und hilf diesem jungen Mann hier, wenn er mit seinem Kostüm nicht zurechtkommt. Ach so«, sie stellte uns durch die halboffene Tür einander vor.
»Chamotte kann mir ja helfen.«
»Chamotte?« fragt die Blonde dazwischen, »um Gottes willen, wer ist das?«
»Nein, Chamotte, den müssen wir jetzt herrichten, ich weiß noch gar nicht, was wir ihm anziehen.«

Und fort war sie.
Herr Dame bemüht sich, der Situation gerecht zu werden, zu der er sich verurteilt sieht, er unterhält sich mit dem jungen Mädchen von nebenan, läßt sich dann auch von ihr helfen, denn er kann durchaus nicht mit seinem Kostüm zurechtkommen. Sie tut es mit großem Ernst – sie scheint noch halb verschlafen und etwas melancholisch.
Dann möchte er sich etwas über die verschiedenen Persönlichkeiten orientieren. Der Henkersknecht ist von polnischem Adel und ohne ausgesprochenen Beruf – der mit dem Zwicker ein strebsamer Schriftsteller, namens Adrian, und der dritte ist Willy – man nennt ihn niemals anders.
»Wir haben alle so langweilige Nachnamen«, fügte sie hinzu, »und es ist auch bequemer, sie einfach zu kassieren.«
»Wollte Gott«, sagte Herr Dame mit einem tiefen Seufzer, »wollte Gott, man könnte seinen Nachnamen für alle Zeiten kassieren . . .«
»Ich habe Ihren vorhin gar nicht verstanden.«
»Ich heiße Dame, gnädiges Fräulein – hören Sie, wie das klingt.«
»Dame?«
»Ja, Dame – Herr Dame – stellen Sie sich vor, wenn ich nun einmal die Frau finden würde . . .«
Sie hat sich auf dem Sofa niedergelassen, von dem sie vorhin so erschrocken emporfuhr – er setzt sich neben sie. In ihren Augen liegt so viel wirkliche Güte; er spricht von seiner Biographie, sagt ihr, daß er ein Verurteilter ist – sie hört zu und scheint tief nachzudenken, die blonden Haare fallen ihr ins Gesicht. Nebenan wird

es immer lauter. »Dame!« ruft Susanna und schaut zur Tür herein. »Herr Dame, bitte, kommen Sie.« Er zuckt zusammen. »Ach, Susanna . . .«
Sie gehen in die Küche hinüber – da steht Chamotte auf einem Tisch, nur mit einer roten Badehose bekleidet, und der Henker ist damit beschäftigt, ihn von oben bis unten schwarz anzustreichen. Nur das eine Bein ist noch weiß, der arme Junge bietet einen merkwürdigen Anblick und wird etwas verlegen, als er seinen Gebieter sieht.
»Wenn ihm nur die Farbe nicht schadet«, meint Susanna mütterlich besorgt, »wir haben ihm ein anderes Kostüm vorgeschlagen, aber er wollte durchaus ein richtiger Sklave sein.«
»Das ist meine Biographie«, bemerkt Chamotte bescheiden.
»O Chamotte, du bist zum Wahnmochinger geboren«, sagt Susanna.
»Adrian, Sie schauen ihn so verzückt an, als ob Sie ein Gedicht machen wollten – vielleicht das Gedicht, das Ihnen endlich den Eintritt zum Tempel verschafft.«
Adrian, der Herr mit dem Zwicker, der sich in eine Toga hüllt und trotzdem aussieht, als ob er eigentlich in den Frack gehörte – lächelt arrogant und beginnt sofort in feierlich getragenem Ton zu improvisieren:

Der schwarze Sklave, der den Becher trug,
Empfing die Farbe aus des Henkers Hand;
Er hieß Chamotte – – –

Das Weitere habe ich nicht behalten – man erzählte mir, daß Adrian an einem Gedichtband arbeitet und danach strebt, unter die Auserwählten des Hofmannschen Kreises aufgenommen zu werden. Aber bisher habe er

sich seine Chancen immer wieder durch irgendeine Unvorsichtigkeit verdorben.
Ich fand ihn sehr liebenswürdig – munter und gesprächig. Und er hat wohl auch Herz. Auf dem Wege zum Fest saß ich mit ihm und Maria im Fiaker. Sie dachte noch über meinen Namen nach, und wir sprachen darüber. Ich sagte, daß ich Chamotte beneide – wie fröhlich und selbstverständlich kann einer durch die Welt gehen, wenn er so gerufen wird; er tut sich leicht mit seiner Biographie. Chamotte, das klingt so, als ob ihm die reifen Früchte von selbst aus den Bäumen herabfallen müßten – und obendrein ist es nicht einmal sein wirklicher Name.
Adrian nahm den Zwicker ab und sann nach, dann schlug er vor, mich ›Monsieur Dame‹ zu nennen. Er selbst wolle den Anfang machen, und es würde sich dann gewiß rasch einbürgern. – Wir schüttelten uns herzlich die Hände.
An dem Abend allerdings nützte es nicht viel, denn wir gerieten unter lauter Bekannte, und die kappadozische Dame, die sich meiner vom Jour her einnerte, fing gleich an zu fragen. Ich machte ihr rasch einige Komplimente über ihr kappadozisches Aussehen, und dann ließ sie mich gar nicht mehr los – ob ich das auch fände – und wie ich darauf käme – es sei wirklich wunderbar.
Ach Gott, was geht mich die kappadozische Dame an – ich möchte meinen Roman schreiben, und es ist doch nicht so einfach, wie ich dachte. Das bunte Treiben im Eckhaus – der Kreis – die Enormen – aber mir fehlt einstweilen noch der Faden, die durchgehende Handlung, oder wie man das nennt. Und ob es angeht, einen ganzen Roman so zu schreiben, wie ich das erste Kapitel

angefangen habe – ich fürchte, es gibt ein zu rasches Tempo. Man müßte wohl für jede Gruppe einen besonderen Stil anwenden. Darüber werde ich Doktor Gerhard oder Adrian noch zu Rate ziehen. Und vieles wird mir der Philosoph erklären müssen.

Das Fest an sich wäre wohl besonders schwierig zu schildern, denn für mich war es ein unbeschreibliches Durcheinander von Menschen, Kostümen, Musik, Lärm, einzelnen Vorfällen, Gesprächen und so weiter. Ich bin auch kein Karnevalmensch, wie man hier sagt. Ich trinke wenig, tanze nicht und bin froh, wenn man mich möglichst in Ruhe läßt.
Durch die kappadozische Dame kam ich an den Hofmannschen Tisch. Ab und zu erschien Susanna und setzte sich neben mich. Das war mir ein Trost – ich hätte mich sonst wieder recht ratlos gefühlt. Ich dachte, man würde sich gemessen und weihevoll benehmen, und es machte mich stutzig, daß der Professor als Teufel verkleidet war und in wilden Sprüngen tanzte. Gott, das ist wohl begreiflich, ich hatte noch nie einen Professor in rotem Trikot gesehen. Eine Anzahl Jünglinge bildete einen Kreis um ihn – ich glaube, es wurde ein Walzer gespielt, aber niemand kümmerte sich darum, sie sprangen auf ihre eigene Weise, und die kappadozische Dame war ganz entzückt und sagte, das sei dionysisch. Adrian teilte ihre Begeisterung und erklärte, er würde nächstens auf seinem Atelier eine Satansmesse veranstalten, ob ich nicht kommen wollte. Ich meinte etwas kleinlaut, daß ich noch nicht genug von Magie verstände . . .
»Oh, ich kann Ihnen ein Buch darüber leihen . . . Ja – übrigens weiß ich doch nicht recht, ob eine Satansmesse

das Richtige wäre, aber eine Orgie – eine panerotische Orgie. Was meinen Sie dazu, gnädiges Fräulein?«
Susanna trat mich so energisch auf den Fuß, daß ich unwillkürlich stöhnte – ich hatte nur Sandalen an. Und Adrian wandte sich rasch nach mir um: »Sie scheinen das nicht recht zu billigen, Monsieur Dame – aber warum nicht? Sind wir nicht ebeno berechtigt, Orgien zu feiern, wie die alten Römer und Griechen? Ich dachte, gerade Sie mit Ihrem jungen Sklaven müßten Sinn dafür haben.« Dabei warf er mir einen verständnisvollen Blick zu, über dessen Bedeutung ich mir nicht recht klar war. (Chamotte stand den ganzen Abend hinter mir oder Susanna und bediente uns.)
Wieder trat Susanna mich auf den Fuß und sagte: »Der Meister ist auch da – sehen Sie, dort geht er mit einem seiner Adoranten; daß er auf ein Fest geht, ist ein Ereignis.«
Sie hatte leise gesprochen, aber Frau Hofmann mußte es doch aufgefangen haben, denn sie sagte lächelnd: »Liebe Susanna, Sie irren sich – er ist nicht hier. Der Herr, den Sie meinen, hat nur seine Maske gemacht – aber wirklich täuschend, nicht wahr?«
»Frau Professor«, antwortete Susanna, und ich bewunderte ihren Mut, »ich bin beim Theater gewesen und gehe jede Wette ein, daß es keine Maske ist . . .«
»Ach, was ist Theater?« beharrte Frau Hofmann immer noch lächelnd, aber wie Märtyrer unter Foltern lächeln, »ich kann Sie versichern, daß er es nicht ist.«
Der so Umstrittene befand sich ziemlich in unserer Nähe, und ich mußte Susanna recht geben – das konnte keine Maske sein. Und es lag etwas in seiner Erscheinung, was mir großen Eindruck machte.

»Warum will man denn nicht zugeben, daß er es ist?« fragte ich nachher, als wir eine Weile allein saßen.

»Weil gewöhnliche Sterbliche nicht wissen dürfen, daß er wirklich vorhanden ist.«

Der Professor kam mit einer Dame, zog sie auf einen Stuhl nieder und sagte bewundernd:

»Ist sie nicht unglaublich schön?«

Susanna flüsterte ihm ins Ohr: »Um Gottes willen – sie ist furchtbar.« Er erschrak, betrachtete sie von der Seite und fragte leise zurück: »Wirklich?«

Das wiederholte sich noch ein paarmal im Laufe des Abends – er brachte immer neue Wesen und wollte, daß man sie schön fände. (Manchmal waren sie auch ganz nett.) Später mischte ich mich in das Gewühl, ich traf Willy, der nach Maria suchte. Schließlich sahen wir sie mit Heinz und seinen Freunden.

»Ja, dann ist es umsonst«, sagte Willy betrübt. »Die Enormen geben sie nicht her – sehen Sie, der dort ist Hallwig, er ist entschieden ein ungewöhnlicher Mensch; ich möchte ihn schon lange kennenlernen, aber er hält sich vollständig zurück und verkehrt nicht mit belanglosen Leuten, wie ich und Sie es sind – nehmen Sie es nicht übel, Herr Dame . . .«

»O gewiß nicht, und Maria?«

»Maria ist eben ›enorm‹ – sie ist heidnisch, und Götter wohnen in ihrer Brust. Damit haben sie ganz recht, und wir finden es ja auch, aber man kann sich nicht darüber verständigen. Maria liebt die Enormen, und sie liebt uns – sie liebt überhaupt alles, aber man sieht es nicht gerne, daß sie so universell ist, und vor allem ihr Verkehr im Eckhaus – wir ziehen sie herunter, wir sind Schmarotzer und Vampire an ihrer Seele.«

Er war ganz traurig. Ich betrachtete den genannten Hallwig genauer – ich hatte ja auch schon gemerkt, daß Heinz es vermeidet, mich mit ihm bekannt zu machen. (Woher wissen sie denn so genau, daß ich ›belanglos‹ bin?) – Ein auffallend schöner Mensch, und Maria scheint ihn sehr zu lieben. Vielleicht war sie deshalb heute abend im Eckhaus so melancholisch und verstand mich so gut.

»Und wer ist der kleine Brünette, der so zärtlich den Arm um sie legt?«

»Das ist Konstantin, der Sonnenknabe, er ist auch enorm, und deshalb darf er alles – er darf sogar Maria lieben. Bei ihm ist es eben das Enorme, daß er alle Frauen liebt, auch wenn er sie eigentlich gar nicht mag – dann läßt er sich wenigstens lieben – die Mädchen sind alle hinter ihm her. Sehen Sie, lieber Dame, ich habe gar nichts gegen die Enormen, ich verehre sie sogar aus der Ferne, und ziemlich hoffnungslos – denn sie schätzen meine Rasse nicht – sie lassen nur blonde Langschädel gelten, und ich sehe so äthiopisch aus – aber wenn sie die Mädchen gegen uns beeinflussen . . .«

Ich sagte ihm, daß ich das wieder nicht verstände: »Überall sind mysteriöse Gemeinschaften, man hört von Satansmessen, Orgien, Magie und Heidentum sprechen wie von ganz alltäglichen Dingen, dann wird wieder getanzt und Tee getrunken, aber selbst beim Tee gibt es Geheimnisse und verschlossene Türen, hinter denen vielleicht ein Magier sein Wesen treibt.«

»Ja, so ist es wohl«, seufzte Willy, »und es gab eine Zeit, wo auch ich gerne Zauberlehrling werden wollte, man hatte mich schon halb und halb akzeptiert. – Aber schauen Sie einmal dorthin!«

Wir sahen, wie Orlonsky, der Henker, Maria mit Gewalt zum Tanzen fortzog – den Sonnenknaben schob er einfach beiseite, und der schien es auch gar nicht übelzunehmen. Aber der Henker war sichtlich gereizt, und als dann beim Tanzen irgendein junger Mensch aus der Menge Maria ansprach, ließ er sie stehen und warf ihn buchstäblich an die Wand, fuhr dabei mit der Hand in sein eigenes Dolchmesser, das offen am Gürtel hing, und verletzte sich ziemlich erheblich. Nun gab es erregte Auseinandersetzungen – dieser Orlonsky scheint ein rabiater Herr zu sein. Plötzlich stand auch der Indianer daneben – Orlonsky und er maßen sich nur mit den Blicken, dann folgte Maria dem Indianer, und Susanna beschwichtigte Orlonsky mit Zärtlichkeit. Man sah sie nachher beständig zusammen. Am Hofmannschen Tisch wurde noch viel über diese Szene gesprochen. Es lag sicher wieder eine mysteriöse Bedeutung darin, die ich nicht durchschauen konnte. Adrian wollte den Henker zu seiner Orgie einladen, und die kappadozische Dame fragte:

»Haben Sie gesehen, wie seltsam er sich benahm«, sie meinte den Indianer.

»Nein – wieso?«

»Er sagte kein Wort, aber er erbleichte, als er Blut fließen sah – Sie wissen doch, Blut . . .«

Nun wurde es mir zuviel, ich stand auf und irrte verlassen durch die festliche Menge. Wie eine unaussprechliche Erleichterung empfand ich es, als der Philosoph neben mir auftauchte.

»Wie geht es Ihnen, Herr Dame? Wozu hat man Sie heute verurteilt?«

»Ich fürchte zum Wahnsinn, cher philosophe, ich weiß

nicht, was in diesem rätselhaften Stadtteil aus mir werden soll, und doch läßt es mir keine Ruhe, dahinterzukommen.«
»Mirobuk!« sagte er gütig, »kommen Sie doch morgen nachmittag etwas zu mir.«

Ja, ich frage ganz im Ernst, ob es nicht ein bedenkliches Symptom für meinen inneren Zustand ist, daß das bloße Wort – Mirobuk – so beruhigend auf mich wirkt – wie eine Zauberformel, die den Bann zu lösen vermag; denn es ist wohl eine Art Bann, der mich hier immer wieder umfängt. Ich weiß nicht, was Mirobuk bedeutet, wo er es her hat, und was es eigentlich heißen soll, ich will es auch gar nicht wissen, es ist nur die Art, wie er es anwendet – man ahnt gleichsam, daß hinter den verworrensten Widersprüchen doch noch irgendwo Klarheit zu finden sein könnte.

6

14. Januar

Heute – gestern – vorgestern – ich muß mich erst wieder besinnen, wie die Tage sich folgten.
Mittwoch war das Fest, und am Donnerstag nach Tisch machte ich mich noch ziemlich schläfrig auf den Weg, um der freundlichen Einladung des Philosophen zu folgen. Unterwegs fiel mir ein, daß bei Hofmanns Jour war und ich wohl auch dorthin gehen müsse. Frau Hofmann hatte mir gesagt, es werde heute wahrscheinlich Delius kommen, und ich sollte ja nicht versäumen, ihn persönlich kennenzulernen. Er sei eine der bedeutend-

sten Erscheinungen des heutigen Deutschlands – ich glaube sogar, sie sagte ›Germaniens‹, und mir ist nicht recht klar, wie sich das mit seiner römischen Substanz vereinigen läßt.
So bat ich Sendt, nach einer angenehmen, friedlichen Teestunde, ob er nicht mitgehen wolle. Er zeigte sich nicht sehr aufgelegt, entschloß sich aber endlich doch.
Als wir kamen, stand ein großer Teil der Gesellschaft im ersten Zimmer um den Tisch versammelt. Ein Maler, der dem Kreis angehört und dort sehr geschätzt wird, hatte Zeichnungen mitgebracht, und man betrachtete, bewunderte und belobte sie. Da war ein Bild des Meisters (über dieses wurde nicht laut gesprochen, man vernahm nur von Zeit zu Zeit ein ehrfürchtiges Murmeln oder gedämpftes: wirklich fabelhaft! – ungeheuer!), ferner verschiedene frühere Dichter und historische Persönlichkeiten: Schiller, Goethe, Luther und andere. Den Maler halte ich nicht für sehr talentvoll, die Blätter hatten alle dasselbe längliche Format, und sämtliche Köpfe waren so groß, daß sie irgendwo beinah oder ganz an den Rahmen anstießen. Zudem kam es mir befremdlich vor, daß er die verschiedenen großen Toten so ganz einfach porträtiert, als ob sie ihm gesessen hätten. Es gibt doch genug authentische Bilder von ihnen, die mehr Wahrscheinlichkeit besitzen.
Der Philosoph stand neben mir, sagte manchmal hm – hm, und ich wollte ihn gerade um seine Meinung befragen, da ging die Tür auf, und Delius trat herein. Er verneigte sich nach verschiedenen Seiten mit demselben Wechsel zwischen konventionellem Lächeln und plötzlicher Starrheit, den ich damals auf der Straße an ihm beobachtete, dann trat er auf den Tisch zu, warf einen

Blick auf die Zeichnungen, betrachtete scharf und flüchtig das Porträt Luthers und wandte sich in liebenswürdig anerkennendem Ton an den danebenstehenden Maler.

»Nun, Herr Bender, ich sehe hier ein überaus wohlgelungenes Bildnis – (ringsum entstand eine erwartungsvolle Pause, und nun fuhr er plötzlich beinah drohend fort) – von jenem infamen Mönche, der uns um die schönsten Früchte der Renaissance betrogen hat – (Pause) – und den man im Altertum sicher auf dem Forum gestäupt hätte.«

Die erwartungsvolle Pause war in allgemeine Verlegenheit übergegangen, alles blieb totenstill.

Ich sah den Sprecher an und fand in diesem Augenblick, daß sein Kopf mit den breiten, unbeweglichen Zügen nicht, wie ich neulich meinte, an einen katholischen Geistlichen, sondern tatsächlich an alte römische Kaiserbüsten erinnerte. Man hätte sich mit ein wenig erhitzter Phantasie wohl vorstellen können, daß er jetzt gleich mit derselben monoton singenden, wie aus einem Grabe hervortönenden Stimme den Befehl erteilen würde, eine ganze Stadt voller Christen zu verbrennen.

Der Maler stand ein wenig betroffen da, Frau Hofmann lächelte triumphierend über die Anwesenden hinweg, als fühle sie wohl, daß eben etwas Bedeutendes unter ihrem Dache geschehen sei, und dann brach die mutige kappadozische Dame das Schweigen:

»Es wäre höchst interessant, Herr Delius, wenn Sie uns noch etwas über den Untergang der Renaissance sagen wollten. Sind Sie wirklich der Ansicht, daß der Protestantismus . . .«

»Nun«, fuhr Delius völlig unbeirrt und unpersönlich fort – er sah dabei die kappadozische Dame fest an, aber so, als ob sie gar nicht da wäre – »nun, der Protestantismus bedeutet den Sieg – ja, leider den Sieg des jüdisch-christlichen Elementes über den Rest von Heidentum in der katholischen Kirche. Glauben Sie nur – was überhaupt an diesem Christentum, über das ich mich jetzt nicht näher auslassen möchte, in jenen traurigen Zeiten des Niedergangs noch lebendig und glühend war, das ist Rom – das ist die Blutleuchte des Altertums – die Blutleuchte Roms.« (Blutleuchte – ein wunderbares Wort – aber was mag es bedeuten? Ich warf dem Philosophen einen flehenden Blick zu, und er winkte beruhigend: später, später.) »Rom und immer wieder Rom . . . Wissen Sie«, und dabei überschlug sich seine Stimme in einem jähen Auflachen, »wissen Sie, daß dieser abtrünnige Mönch einfach ein Jude war – ja«, fügte er gedehnt und geheimnisvoll zu: »Geist ohne Substanz, das ist immer der Weg zum Nichts. Seien Sie überzeugt, daß keiner ihn ungestraft beschreitet. Der sogenannte Geist und die Selbstvernichtung der Substanz, das ist immer dasselbe. Ja, der Fluch all dieser neuen Gestaltungen, das ist der Geist und sonst nichts. Aber das hängt mit den biotischen Schichten zusammen, und da sind viele geheimnisvolle Dinge im Spiel«, dies letzte klang, als ob er nur zu sich selber spräche und ganz vergessen hätte, daß alles ihm zuhörte.

Frau Hofmann reichte ihm eine Tasse Tee, er nahm sie dankend entgegen, und nun sagte sie mit heller Stimme: »Ja, aber wenn nun Luther katholisch geblieben wäre?«

»Aber Lotte!« fuhr ihr Gatte mit einem strafenden Blick

dazwischen, und sie hielt inne. Delius war ganz in seine Gedanken versunken, er stand da, wiegte langsam den Kopf hin und her, nahm einen Schluck Tee und sprach noch einmal dumpf vor sich hin:
»Ja, das sind allerdings sehr geheimnisvolle Dinge.«
Dann ergriff wieder die kappadozische Dame das Wort – der Professor wanderte derweil unruhig hin und her, und es machte den Eindruck, als ob er sie gerne daran gehindert hätte.
»Ich glaube, ich verstehe jetzt, was Sie damit sagen wollen, aber meinen Sie, daß Luther wirklich ein Jude war, oder haben Sie sich nur bildlich ausgedrückt?«
»Nun, mancher ist ein Jude, ohne es zu wissen«, sagte Delius monoton und abwesend.
»Und mancher andere ist keiner, obwohl er dafür gilt«, bemerkte ein schlanker, schwarzer junger Mann, der neben mir stand.
»Gewiß, gewiß, ich will nicht leugnen, daß auch dieses vorkommen kann«, antwortete Delius kurz.
Die Frau des Hauses flüsterte indessen mit dem Maler, er raffte seine Blätter zusammen und verschwand in dem dritten Zimmer. Der Professor zog einige Jünglinge hinter sich her und folgte ihm.
Delius war immer noch apathisch und in Gedanken verloren stehengeblieben, der Philosoph suchte nun wieder irgendeine Unterhaltung in Gang zu bringen und sprach von seiner Sommerreise in Italien. Übrigens war auch Maria inzwischen erschienen und gesellte sich zu uns, man gruppierte sich um einen kleinen Tisch, und Sendt erzählte, wie er an einem heißen Tage auf Capri alleine auf den Hügeln umherwanderte, wo sich die Ruinen von dem Schloß des Tiberius befinden. Die

Landschaft sei im Mittagssonnenlicht wie verzaubert dagelegen, und plötzlich hätte ein kleiner weißhaariger Mann neben ihm gestanden, der aus den Ruinen hervorgekommen sein mußte – er trug einen merkwürdigen Mantel, und sein bartloses Gesicht zeigte ein ausgesprochen römisches Profil. Delius begann aufzuhorchen.

»Er hatte eine Blume in der Hand«, erzählte Sendt weiter, »und reichte sie mir, wünschte mir guten Tag und verschwand, ohne ein weiteres Wort zu sagen, wieder in dem Gemäuer dicht neben mir, nachdem ich ihm noch einen Obolus in die Hand gedrückt hatte.«

Delius erkundigte sich eifrig nach dem Schnitt des Mantels – ob es nicht vielleicht ein römisches Obergewand gewesen sein könnte?

»Und die Blume – war es nicht eine kleine, blaue Sternblume?«

»Ja, das stimmt wirklich«, antwortete der Philosoph.

»Nun, so ist es zweifellos jene Blume gewesen, welche Tiberius seinerzeit aus Persien mitgebracht und in seinen Gärten angepflanzt hat.«

»Wohl möglich«, sagte Sendt, »und wenn Sie jetzt behaupten wollen, der Mann sei ein altrömischer Krieger gewesen, so muß ich offen sagen, sein plötzliches Erscheinen und die ganze Begebenheit in der glühenden Mittagssonne waren so spukhaft, daß ich es kaum bestreiten würde.«

»Sehen Sie«, warf nun Frau Hofmann ein und blickte auf den Philosophen, als ob sie ihn endlich überführt hätte, »das war doch sicher ein kosmisches Erlebnis.«

Ich erwartete ein erlösendes Mirobuk, aber er sprach es nicht aus, sondern bedeutete mir etwas nervös, daß wir jetzt gehen wollten. Delius schüttelte ihm mit plötzlicher Herzlichkeit die Hand, dann ging er mit kurzen entschlossenen Schritten auf das dritte Zimmer zu und murmelte unterwegs noch etwas von Tiberius vor sich hin. Maria schloß sich uns an und wollte durchaus in einer Bar soupieren.

»Maria, Maria«, sagte Sendt, »Sie täten besser, einmal auszuschlafen, Ihr Freund Hallwig würde es sicher molochitisch nennen, wie Sie auf Ihre Gesundheit loswirtschaften. Aber wie Sie wollen.«

»Machen Sie mir den armen Monsieur Dame nicht noch konfuser«, gab sie zurück – sie hatte gleich, wie wir draußen waren, meinen Arm genommen, »er zuckte eben bei dem Wort molochitisch schon wieder zusammmen. Ich glaube, wir werden heute die Biographien umkehren und Sie zu einem längeren Vortrag verurteilen müssen, sonst kann er sicher nicht schlafen.«

»Ja, gerne, wenn es Ihnen Freude macht – nach einem guten Abendessen und ohne kappadozische Zwischenfragen läßt sich schon eher über diese Sachen reden.«

»Und ich werde viele, viele Zigaretten dazu rauchen«, meinte sie sehr zufrieden, »denn die größere Hälfte verstehe ich ja doch wieder nicht.«

7

Mir ist, als müßte ich mein Gehirn auseinandernehmen und wieder neu zusammensetzen. Die Art, wie es bisher funktioniert hat, die mir geläufigen und gewohnten Gedankengänge nützen mir nichts mehr – ich möchte sie ausschalten, ausrangieren, bis ich imstande bin, mich in all diesen neuen sicherer zu bewegen.

Einen halben Tag habe ich gebraucht, um das auf den Jour folgende Nachtgespräch aus meinen Notizen wieder zusammenzustellen und noch einmal durchzudenken. Wenn ich dann alles hier eingetragen habe, will ich den Philosophen bitten, es noch einmal nachzulesen. Auch was dazwischen konversationsweise gesprochen wurde, habe ich mir angemerkt, in der Absicht, das Ganze für meinen späteren Roman zu verwenden.

Da liegt nun eine Schwierigkeit, über deren Lösung ich mir noch nicht klar bin: kann ich dem Leser, der vielleicht nur persönliche Erlebnisse und Schicksale erwartet oder wünscht, zumuten, sich mit mir in diese seltsame und umfangreiche Gedankenwelt zu vertiefen? – Ich denke eigentlich: ja! und wer nicht dazu gewillt ist, der möge das Buch ruhig aus der Hand legen oder es mit einem anderen vertauschen. Denn es wird ihm sonst, ebenso wie mir, nicht möglich sein, die Menschen und Begebenheiten in diesem außerordentlichen Stadtteil richtig zu verstehen.

Ja, und einstweilen muß es wohl noch dahingestellt bleiben, ob ich selbst dieser schweren Aufgabe gewachsen bin.

Anmerkung

Wir nehmen an, daß Herr Dame die einliegenden, anscheinend aus seinem Notizbuch kopierten Blätter gemeint und nur seine Absicht, sie in das Tagebuch einzutragen, aus irgendeinem Grunde nicht ausgeführt hat. Verfahren Sie bei einer eventuellen Veröffentlichung damit, wie Sie es für gut halten – vielleicht erscheint der Inhalt Ihnen, sowie etwaigen Lesern, leichter verständlich als uns.

Nachtgespräch mit dem Philosophen in der Jahreszeitenbar

Am 5. Februar 19 . . .

Das Souper war vorzüglich, der Philosoph bei guter Laune, und ich fühlte mich allmählich wieder frisch und aufnahmefähig. Als wir dann beim Kaffee saßen, begann Sendt mit jener wohlwollenden Heiterkeit, die ich so sehr an ihm schätze:

»Nun, lieber Dame, worüber wünschen Sie jetzt belehrt zu werden – der heutige Jour war ja einigermaßen reichhaltig und stellte wohl an den Laien ziemliche Anforderungen.«

Ich dachte nach, mir schwirrte wieder alles bunt durcheinander – wieso Luther ein Jude sein sollte – und Blutleuchte – dieses wunderbare, suggestive Wort wollte mich gar nicht wieder loslassen – ja, und die blaue Blume des Tiberius – und kosmisches Erlebnis – mir fiel wieder ein, daß die kappadozische Dame damals auch ihren Traum einen kosmischen genannt hat.

»Nur Mut, und alles hübsch der Reihe nach«, sagte der Philosoph. »Haben Sie etwas davon behalten, was ich Ihnen kürzlich über die Substanztheorie des Herrn Delius gesagt habe, und erinnern Sie sich noch an die Geschichte von dem Psychometer und dem Ring des Meisters?«

»Ja, ich erinnere mich.«

»Also – das dürfen Sie nun vor allem nicht verwechseln. Bei dem Psychometer handelt es sich um die Seelensubstanzen des einzelnen, die unter anderem an seinen Gebrauchsgegenständen haften bleiben. Zum Beispiel Adrian, den Sie auch kennen, besitzt einen Lehnstuhl

von einer Großmutter, den er als gespenstisch empfindet, weil die Substanz der Verstorbenen ihm wahrscheinlich noch anhaftet. Ist er abends allein in seinem Zimmer, so wird er sich nie entschließen, in diesem Lehnstuhl zu sitzen, obgleich er ungemein bequem ist. Aber lassen wir Adrians Großmutter – sie ist belanglos, und die ganze Sache mit den Einzelsubstanzen ist eigentlich unwahnmochingisch. Wahnmoching lehnt den Individualismus ab und lehrt, daß der einzelne wenig in Betracht kommt. Von großer Wichtigkeit sind dagegen die Ursubstanzen, aus denen die Einzelseele zusammengesetzt ist, so, wie ich Ihnen schon einmal sagte, die Rassensubstanzen: die römische – germanische – semitische und so weiter. Diese befinden sich im Blut – unterstreichen Sie *Blut*, es ist von größter Bedeutung. Wo nun eine von ihnen das Übergewicht bekommt, so daß sie allein das Erleben (Schauen, Dichten, Handeln und vor allem auch das Träumen) beherrscht – da haben wir die Vorbedingungen für das Zustandekommen der Blutleuchte. Hier ist nun eine mystische Komplikation zu merken: irgendeine heidnische Substanz hat periodisch größere Stärke, daher ›heidnische Blutleuchte‹ in vielen Individuen gleichzeitig. So war in den achtziger Jahren des vorigen Jahrhunderts große heidnische Blutleuchte. Delius fand seine Weltanschauung – Nietzsche schrieb den Zarathustra – in der damaligen Jugend gärte es – König Ludwig II. versuchte seine phantastischen Ideen auszuleben . . .«
»Oder heuer im Karneval«, warf Maria dazwischen, »Monsieur Dame läßt sich zu einem Wahnmochinger Fest verurteilen, und Chamotte empfindet sich als Sklave, weil man ihn schwarz angestrichen hat.«

»Maria, unterbrechen Sie mich nicht«, sagte der Philosoph, »hören Sie lieber gut zu. Es würde Ihnen gar nicht schaden, wenn Sie auch etwas von diesen Geschichten begreifen lernten.«

»Ach Gott, ich vergesse es ja doch gleich wieder«, antwortete sie resigniert und zündete sich eine neue Zigarette an.

»Also – eben Ihr Freund Hallwig lehrt, daß nicht *wir* handeln, dichten, träumen und so weiter, sondern die Ursubstanzen in uns. Über die Rangordnung der historischen Substanzen dürften er und Delius wohl etwas uneinig sein, da dieser die römische, jener die germanische für sich gepachtet hat. Immerhin gelten beide für kosmisch, die semitischen dagegen immer für molochitisch – Herr Dame, sehen Sie mich nicht so verzweifelt an und brechen Sie nicht immer Ihren Bleistift ab, mit etwas gutem Willen werden Sie schon dahinterkommen. Also kosmisch – kosmisch ist das Prinzip, welches das *wahre* unmittelbare Leben aufbaut und in jedem Wesen, das überhaupt an ihm Teil hat, das gleiche ist. Notabene: den Begriff kosmisch braucht man gewöhnlich nur im Gegensatz zum chaotischen. Erst indem man ihn statt auf das Gebilde auf die bildende Kraft anwandte, bekam er die Wahnmochinger Nuance.

Kosmisch werden deshalb solche Erlebnisse genannt, die deutlich aus diesem Prinzip stammen – auch Träume werden dazu gerechnet und spielen eine große Rolle. Delius oder Hallwig pflegen darüber zu entscheiden, ob ein Traum oder Erlebnis kosmische Bedeutung hat – die Damen beim Jour irren sich häufig über diesen Punkt und begehen dann Mißgriffe, welche den Professor

Hofmann nervös machen. Denn auch er erfreut sich in diesen Fragen einer gewissen Autorität.«

»Ich danke Ihnen, cher philosophe – die Nebel fangen an sich zu lichten – aber was heißt molochitisch?«

»Moloch, Herr Dame, wie Sie vielleicht wissen, war ein unangenehmer Götze, der sich von kleinen Kindern nährte, mithin also das Lebendige, Hoffnungsvolle verschlang. Molochitisch bedeutet daher in gutem Wahnmochinger Jargon alles Lebensfeindliche, Lebenvernichtende – kurz und gut, das Gegenteil von kosmisch. Man wandte nun in unserem Stadtteil mit Vorliebe diesen Gegensatz auf die Rassensubstanzen an und gelangte zu dem Resultat: die Arier repräsentieren das aufbauende, kosmische Prinzip, die Semiten dagegen das zersetzende, negativ-molochitische. Zu merken ist hierbei noch, daß eben die Substanzen sich im Laufe der Zeiten nicht rein erhalten haben und vielfach vermischt sind.

Luther zum Beispiel, den man im allgemeinen für einen Germanen halten dürfte, wandte sich gegen die heidnischen Reste im Katholizismus – verneinte sie und bewirkte ihre Zersetzung, folglich war er molochitisch – folglich war er nach Delius ein Jude.«

»Sehen Sie, das finde ich einfach entzückend«, meinte Maria, »aber ich weiß schon, unser Philosoph schätzt solche Wahnmochingereien nicht.«

»Liebes Kind, die Sache hat eben auch ihre tragische Seite – denn in Wahnmoching wird vor allem jede Vernunft und Klarheit in den Bann getan, weil sie ihnen für verderblich und molochitisch gilt. Und das erlaube ich mir für bedenklich zu halten.«

Er gähnte, und Maria fragte teilnehmend, ob er müde

sei, dann wollten wir doch lieber von etwas anderem reden. Mir schien, sie hatte selbst genug davon und fing an, sich zu langweilen.
»Nun ja – was meinen Sie etwa zum Hetärentum?« fragte Sendt, und sie wurde ganz böse – es schien irgendeine Anzüglichkeit zu sein.
»Aber ich bitte Sie – die matriarchale Zeit ist sicher von ungemeiner Wichtigkeit, wie Delius sagen würde. Waren Sie dabei, Dame, wie Frau Hofmann neulich proklamierte, wir gingen zweifellos wieder matriarchalen Zeiten entgegen? Man sprach nämlich von einem Mädchen, das unberechtigterweise ein Baby bekommen hatte, und irgend jemand nahm Anstoß daran – ich glaube, es war an dem Festabend.«
Ich sah zufällig Maria an und bemerkte, daß sie ganz rot geworden war. Warum nur? Nein, die erwähnte Äußerung hatte ich nicht gehört oder jedenfalls nicht verstanden.
»Aber darüber müssen Sie Bescheid wissen«, nahm Sendt wieder das Wort, »sonst wird man Sie niemals für voll nehmen. Merken Sie sich überhaupt, daß alle mit der Vorsilbe Ur beginnenden Worte hierzulande einen bedeutungsvollen Klang haben: Urzeit – Urnacht – Urkräfte – Urschauer – und so weiter. Des Ferneren: den Unterschied zwischen kosmisch und molochitisch hat man auch auf die matriarchale und patriarchale Weltanschauung übertragen (vergessen Sie nie, daß ›man‹ stets Wahnmoching bedeutet, denn an allen anderen Orten der zivilisierten Welt pflegt man diese Sachen nur vom wissenschaftlichen oder historischen Standpunkt und ohne starke innere Beteiligung zu beurteilen). Notieren Sie sich also bitte folgendes: in der matriarchalischen

Urzeit folgte die Frau nur dem kosmischen Drange, wenn sie sich – pardon – mit einem Manne einließ. Nach Bachofen – das ist ein bekannter Gelehrter, lieber Dame, und wenn Sie sich dauernd in unserem Stadtteil niederlassen wollen, müssen Sie ihn lesen – nach Bachofen ist der Hetärismus die früheste Lebensform – in Wahnmoching gilt sie natürlich für die enormste. Dem Hetärismus entspricht die Anbetung der blind gebärenden Erde, sie wird in seinen chthonischen Kulten verehrt – wenn Sie Ihr Griechisch noch nicht vergessen haben, werden Sie vielleicht wissen, daß Chthon der dunkle Schoß der Erde bedeutet.«

»Nein, nun hören Sie auf – das ist wirklich nicht mehr zum Aushalten«, rief Maria ganz verzweifelt.

»Gemach, gemach«, antwortete Sendt mit Ruhe, »haben Sie mich nicht selbst dazu verurteilt, Herrn Dame zu belehren, damit er ruhig schlafen kann? Und war er nicht heute zum erstenmal auf einem Wahnmochinger Jour mit kosmischen Gesprächen?«

»Zum zweitenmal«, bemerkte ich, »aber damals sprach man nur über die Geste, und ich entsinne mich jetzt, daß sie ebenfalls als Urform des Lebens bezeichnet wurde.«

Der Philosoph lobte mich und sagte: übrigens, wenn dort von der Geste gesprochen würde, so meine man immer nur die Geste des Meisters oder vielleicht noch die seiner verehrenden Anhänger.

»Er tut sich leicht«, meinte Maria, »seine Geste ist einfach das dritte Zimmer«, und Sendt erklärte, sie habe ausnahmsweise etwas Richtiges gesagt. Sie war sehr stolz darauf und versprach, sich noch ein wenig zu gedulden.

»Wo waren wir stehengeblieben?« fragte der Philosoph und warf einen Blick in mein Notizbuch – »ah, richtig – Chthon, der dunkle Schoß der Erde. – Das ältere Heidentum neigte dazu, sich die schöpferische Urkraft blind gebärend vorzustellen – Wahnmoching schließt sich ihm an, der Hetärismus gilt ihm als das Höchste, Urschauer, die noch durch keine molochitisch rationalen Hemmungen geschwächt sind.
Die spätere Zeit erkannte das Licht der Vernunft als göttlich an und dachte sich das schöpferische Prinzip als männlich und zeugend. Man nennt sie deshalb die patriarchale, und Wahnmoching schätzt sie ziemlich gering ein. Es wird Ihnen deshalb ohne weiteres einleuchten, daß man das Dionysische stark betont, gerade jetzt im Fasching haben Sie öfters Gelegenheit, das zu beobachten.«
Ja, es war mir schon aufgefallen, daß die kappadozische Dame Hofmanns Tanzweise für dionysisch erklärte.
»Sehr richtig«, bemerkte Sendt, »Apollo ist bekanntlich der Gott des Lichtes, der Vernunft – Dionysos der des Rausches und des Blutes. Auch in Wahnmoching hat man nicht umsonst seinen Nietzsche gelesen, aber es genügt hier, zu wissen, daß es ehrenhafter ist, mit dem Dionysos auf vertrautem Fuß zu stehen.«
Mir wurde jetzt auch klar, weshalb die Kappadozische bei der Szene zwischen den beiden Männern und Maria so bedeutsam sagte: »Sie wissen doch – Blut.« Damals war es mir völlig unverständlich geblieben.
Die beiden brachen in ein freudiges Gelächter aus, als ich es ihnen jetzt erzählte.
Dann wollte ich gerne noch wissen, wie man es nun in diesen Kreisen mit der Magie hält. An jenem Nachmit-

tag im Café war ich ja noch so ganz unerfahren, und das Thema scheint doch hier und da wieder aufzutauchen.

»Nein, dieses Gebiet liegt Wahnmoching eigentlich fern«, meinte der Philosoph, »man beschäftigt sich wohl gelegentlich in seinen Mußestunden damit, und die kappadozische Dame verwechselt es manchmal mit kosmischen Dingen. Hofmann ist seit dem bedenklichen Fauxpas jenes Psychometers ganz davon zurückgekommen, und Adrian . . .« Er lächelte ein wenig ironisch.

»Was haben Sie nun wieder gegen Adrian?« fragte Maria, »ich kann ihn sehr gut leiden.«

»Oh, ich auch«, erwiderte Sendt, »und ich wollte ihn gerade in einer poetischen Anwandlung mit einem Schmetterling – nein, falsch – mit einer Biene vergleichen, die aus allen Blumen den Honig herauszufinden weiß und das Gift wohlweislich darin läßt. Für jemanden, der sich hier in und zwischen den verschiedenen Kreisen bewegt, ist das eine sehr glückliche Eigenschaft. Was? Immer noch eine Frage, lieber Dame? Aber es sei die letzte, die ich als vielgeplagter Philosoph Ihnen heute noch beantworte – die Uhr ist zwei.«

»Ja, sicher die letzte – was nun diese vielgenannten Kreise voneinander unterscheidet, und was ihnen gemeinsam ist, das möchte ich gerne noch wissen.«

»Leicht gefragt – und nicht so leicht zu beantworten. Sie werden es mit der Zeit schon selbst herausfühlen. Ich kann es Ihnen zu dieser vorgerückten Stunde nur noch flüchtig andeuten. Etwa so: alle die sogenannten mystischen Entdeckungen, die Substanzangelegenheiten, kosmischen Dinge und so weiter sind in erster Linie Sache des Hallwig-Delius-Kreises, und der Hofmannsche

partizipiert daran – man ›kann‹ es eben auch und findet es fabelhaft, tut auch noch allerlei Beiwerk dazu, das bei den anderen nicht immer Anklang findet.
Und die Hauptdifferenz könnte man etwa so formulieren: dort bei Hallwig und Delius sucht man die alten Götter und alten Kulte wiederzufinden – hier, nämlich bei Hofmanns, braucht man keine alten Götter, denn man hat einen neuen, der allen Ansprüchen genügt, Mirobuk! – und jetzt . . .«
»Gehen wir nach Hause«, sagte Maria, die schon ganz teilnahmslos dasaß. »Ob wir wohl noch ein Auto finden?«
»Und wo gedenken Sie heute zu schlafen?« fragte der Philosoph besorgt, »Ihre Wohnung liegt ja wohl am Ende der Welt.«
»O nein, ich gehe ins Eckhaus . . .«
Sendt sah sie prüfend an und sagte noch einmal Mirobuk, aber in etwas anderer Tonart.
Nachtrag: Etwas Wichtiges habe ich vergessen – der Philosoph sagte mir, daß alle diese Dinge in Wahnmoching eigentlich als Geheimnis behandelt werden. Deshalb wende man wohl auch die vielen merkwürdigen Ausdrücke an, die eben nicht jeder versteht.

8

7. Februar

Am späteren Nachmittag im Eckhaus. Unten im Hof spielt das Kind, das ich hier schon neulich gesehen habe. Susanna empfängt mich wieder in der großen Küche. Was ich inzwischen gemacht habe?
»Nun – versucht, mir über verschiedene Eindrücke

klarzuwerden, und mich mit dem Philosophen unterhalten.«

»Jetzt im Karneval?« sie schüttelt den Kopf, »warum sind Sie nicht lieber mit uns zur Redoute gegangen, und heute ist draußen auf dem Lande ein Fest, man fährt mit Schlitten hinaus.« Sie seufzt etwas – Orlonsky erscheint – schon wieder im Henkerkostüm – oder hat er es inzwischen gar nicht abgelegt – er fragt nach Willy:

»In seinem Zimmer – er liest Maria Märchen vor.«

Wir gehen hinüber, Konstantin, der Sonnenknabe, ist auch da.

Maria liegt matt auf dem Diwan, sie sind alle schon im Kostüm für heute abend, alle etwas bleich und übernächtig, und Willy liest ihnen ein Gedicht aus des Knaben Wunderhorn vor:

Maria, wo bist du zur Stunde gewesen?
Maria, mein einziges Kind? –
Ich bin bei meiner Großmutter gewesen,
Ach weh, Frau Mutter, wie weh!

Ich kannte das Gedicht – die Großmutter hat ihr Schlangen zu essen gegeben, und sie stirbt daran.

»Pfui, warum lesen Sie ihr das vor?« sagte Konstantin vorwurfsvoll.

»Weil es so auf sie paßt?«

»Auf mich?« fragte Maria ganz abwesend, und alle lachen. Sie scheint gar nicht zu wissen, wovon die Rede ist.

»Und das schwarzbraune Hündlein, das auch von den Schlangen frißt und in tausend Stücke zerspringt – das werden Sie wohl sein, Konstantin«, meinte Willy etwas unliebenswürdig. Konstantin lächelte nur, er ist wirklich ein hübscher Kerl, und ich begreife, daß die Mädchen hinter ihm her sind. Dann Orlonsky:

»Katerunterhaltung ist das . . .«, er versorgt uns mit schwarzem Kaffee, und sein eisernes Schuppenhemd klirrt, wenn er sich bewegt, »bleiben Sie bei uns, Maria, wir geben Ihnen nicht Schlangen zu essen, bis Sie kaputt sind.«

»Nein, bei Euch ist es zu friedlich – ich muß wohl immer etwas haben, was mich zugrunde richtet. Und ich kann ja doch nicht los von ihm . . .«

»Aber er denkt nicht daran, dich zugrunde zu richten«, sagt Konstantin.

»Nein, er nicht – aber ich muß immer gerade das tun, was er nicht leiden kann, er haßt den Karneval und sagt, es sei ein unechter Rausch. Aber für mich ist es ein wirklicher – ich bin nur glücklich, wenn jeden Abend ein Fest ist. Und jetzt will er aufs Land gehen, weil er das nicht mehr mitansehen kann, es wäre lebensfeindlich, sich so zuzurichten wie ich! Also was soll ich tun? – was meinen Sie dazu, Monsieur Dame?«

»Was soll ich meinen? – ich tue immer nur das, wozu ich verurteilt werde.«

»Sie Glücklicher – weißt du, Susanna«, sie denkt nach, »ich will doch lieber zu euch ziehen.«

»Und Konstantin?«

»Oh, Platz genug«, sagte Orlonsky, und es folgte eine Art häuslicher Beratung zwischen ihm und Susanna. Ich gehöre nicht zu den Neugierigen. Die Zusammenstellung dieses Hauswesens ist mir immer noch dunkel. Wem das Eckhaus gehört, wer ständig darin wohnt und wer vorübergehend . . . und das Kind . . .

Heinz hält mich für einen harmlosen, unbedeutenden Menschen – das hat mir der Sonnenknabe wiedererzählt – und für gänzlich ungefährlich in bezug auf Frauen, man könne jedes junge Mädchen unbesorgt mit mir auf Reisen schicken.

Ich weiß nicht, ob man das kann. In den Kreisen, wo ich aufgewachsen bin, ist es nicht üblich, und ich hatte bisher auch noch nie das Verlangen, junge Mädchen mit auf Reisen zu nehmen. Also, was sollen solche Bemerkungen? Die Frau, die ich suche – die steht auf einem ganz anderen Blatt – und wenn ich sie einmal finde . . .

Dieser Konstantin ist wohl das indiskreteste Wesen, das man sich vorstellen kann, er erzählt alles wieder, was er sieht, hört, miterlebt, und es hat den Anschein, als ob seine Freunde ihn alles hören, sehen und miterleben lassen.

Susanna behauptet, sie merkten es gar nicht oder fänden es enorm, daß er gar nicht begriffe, was Diskretion sei. Man bewundere nur die Anmut und heidnische Schamlosigkeit, mit der er seine oder andere Erlebnisse zum besten gebe.

Nun, ich will gerne einräumen, daß der Junge viel Charme hat, ich mag ihn recht gerne. Aber trotzdem berührt es mich nicht gerade angenehm, wenn er mir mit strahlender Miene erzählt, daß andere Leute mich für einen Dummkopf halten. Ich wurde sogar etwas ärgerlich und sagte, daß Heinzens böse Zunge mir schon von der Schulzeit her bekannt sei – worauf er ebenso strahlend bemerkte, ja, ihm auch, denn Heinz sei sein Vetter, und sie ständen sich sehr nahe.

Eigentlich kann es mir ja ziemlich gleichgültig sein – für einen bedeutenden Menschen halte ich mich wirklich

selber nicht, aber ich verstehe und begreife vielleicht doch mehr, als Heinz annimmt. Sonst würde der Philosoph sich wohl auch schwerlich so viel Mühe mit mir geben – er selbst steht den Dingen ja sehr skeptisch gegenüber, aber ich habe mehr und mehr das Gefühl, daß es sich hier um große Ideen und tiefe Lebenserkenntnis handelt. Es sind unter diesen Menschen zweifellos einige ungewöhnliche Intelligenzen, und sie wollen das Leben auf eine ganz neue und schönere Art gestalten. Und wenn ihnen das gelänge, wäre es immerhin etwas Großes – ich würde mich auch, soweit es in meiner Kraft steht, gerne daran beteiligen. Ich liebe wohl das Konventionelle in allen äußeren Dingen und möchte nicht gerne darauf verzichten, aber wer weiß, ob nicht doch ein Fond von Heidentum in mir steckt. Zum mindesten scheint mir, ich bin jetzt doch auf dem Wege, in das geistige Leben dieses Vororts einzudringen und seinen inneren Zusammenhängen näherzukommen.
Die letzte Woche bin ich ganz im Eckhaus geblieben. Susanna verurteilte mich dazu; sie meinte, ich müsse etwas aufgeheitert und von meinen Grübeleien abgelenkt werden.
Es war wieder ein ganzes Romankapitel, aber ich weiß es noch nicht anzufügen. Man kann doch nicht jedes Kapitel mit einem Karnevalsfest beginnen lassen – das kommt mir unkünstlerisch vor. Wollte man sich genau an die Wirklichkeit halten, so scheint allerdings bei den Eckhausleuten ein jedes nicht nur mit einem Fest anzufangen, sondern auch damit zu enden.
Wie sie das aushalten, ist mir ein Rätsel; ich war schon nach zwei Tagen ganz gebrochen und kam ins Lazarett, wie sie das nennen.

Dies alte Haus ist merkwürdig und geräumig gebaut. Oben die große Küche ist zugleich der gemeinsame Salon, daneben liegen Willys Zimmer, und im Seitenflügel wohnt Susanna mit dem rätselhaften Kind – es sieht niemand von den dreien ähnlich, aber es muß doch irgendwie zu ihnen gehören. Unten im Parterre hat Orlonsky sein Reich, und neben dem großen Flur, durch den man hereinkommt, gibt es noch eine Reihe von halbdunklen Zimmern, wo die Gäste untergebracht werden. Orlonsky hat es dort mit vielen Diwanen, Polstern und anderen Lagerstätten etwas phantastisch, aber sehr gemütlich hergerichtet, das Ganze gleicht etwas einer Herberge, wo die müden Freunde des Hauses sich ausruhen und erholen können. Mit dem Ausruhen war es allerdings manchmal nicht weit her, aber ich bin jetzt schon daran gewöhnt, mich über nichts mehr zu wundern.

Als ich das erstemal dort schlief, wurde mitten in der Nacht das Fenster von außen geöffnet, und jemand rief ein paarmal leise: Maria – dann stieg er hinein. Es war eine Mondnacht, und ich sah einen jungen Mann in Frack und Zylinder vor mir stehen, seinen Mantel trug er über dem Arm. Ich hielt es für angemessen, ihm zu sagen, Maria sei nicht hier.

»Entschuldigen Sie, mit wem habe ich das Vergnügen?«

»Dame – ich heiße Dame.«

Darauf stellte er sich ebenfalls vor und sagte, es freue ihn ungemein, mich kennenzulernen – er hätte Maria zum *bal-paré* abholen wollen – schade – aber vielleicht käme ich mit? Es sei eben erst Mitternacht vorbei und immer noch Zeit genug. Ich nahm alle meine Widerstandskraft zusammen und erklärte ihm, ich wäre wirklich zu müde.

»Müde? Oh, das geht vorbei, sowie man dort ist.«

»Aber ich war die vorigen zwei Nächte aus.«

»Und da wollen Sie wirklich schlafen?«

Er stand regungslos da, vor meinem Bett, wie eine schmale, schwarze Silhouette, und schien ganz in Erstaunen versunken.

»Wissen Sie, wo Maria heute ist?« fragte er dann.

»Mit Herrn Konstantin auf dem Atelierfest.«

»Oh – gewiß wieder so eine bacchantische Wahnmochingerei«, sagte er bedauernd, »da kann ich im Frack nicht hingehen. Im Frack kann man nicht dionysisch taumeln – sehen Sie, Herr Dame, deshalb paßt das auch nicht in unsere Zeit. Was hab' ich davon, wenn ich abends dionysisch herumrase, mir wie ein Halbgott vorkomme und am nächsten Morgen doch wieder mit der Trambahn in mein Bureau fahren muß – ich bin nämlich Rechtspraktikant – ich weiß nicht, wie die Leute sich damit arrangieren. Es wird deshalb auch nie etwas Rechtes daraus . – Sie erlauben«, er stellte vorsichtig seinen Zylinder auf den Tisch und rückte sich einen Stuhl an mein Bett.

Ich könne ihm doch nicht ganz beistimmen, sagte ich nun – im Gegenteil, was man hier unter dem Begriff Wahnmoching zusammenfasse, habe mich wohl zuerst befremdet, aber jetzt hätte ich doch das Gefühl, daß sich mir hier allmählich eine neue und wunderbare Welt erschließe. Und ich fühlte eine große Bewunderung für diese geistig hervorragenden Menschen.

»Pardon, wen finden Sie geistig hervorragend?«

»Ich kenne die Herren leider erst ziemlich flüchtig –

aber ich habe schon viel von ihnen gehört, und zum Beispiel Maria ...«

»Ja, da haben wir's – Maria und soundso viel andere. Da laufen die dummen Mädel hin und lassen sich erzählen, daß das Hetärentum bei den Alten etwas Fabelhaftes gewesen sei. Und nun wollen sie auch Hetären sein. Da war eine – unter uns gesagt, sie stand mir eine Zeitlang sehr nahe –, aber eines schönen Tages erklärte sie mir, sie habe eingesehen, daß sie nicht *einem* Manne angehören könne, sondern sie müsse sich frei verschenken – an viele. Es war nichts dabei zu machen – sie hat sich dann auch verschenkt und verschenkt und ist elend dabei hereingefallen. Denn glauben Sie mir nur, was ein rechter Wahnmochinger ist, der sieht nicht ein, daß es für die meisten Mädel eben doch ein Unglück bedeutet. Er bewundert sie höchstens, daß sie nun ein Schicksal haben und es irgendwie tragen; aber was nützt ihnen das?« Er machte eine Pause und fuhr dann fort:

»Bei Maria liegt es etwas anders, sie hat von Natur keine Prinzipien. Und deshalb wird sie dort auch so verehrt. Sie sagt, es sei so schön gewesen – sonst habe sie immer nur Vorwürfe über ihren Lebenswandel hören müssen, und alle hätten versucht, sie auf andere Wege zu bringen. Aber als sie dann unter diese Leute kam, machte man ihr Gott weiß was für Elogen und fand alles herrlich. Sie hatte damals gerade das Kind bekommen, und die Welt zog sich etwas von ihr zurück.«

»Maria hat ein Kind?« fragte ich, wohl etwas ungeschickt, denn ich hatte ja keine Ahnung davon gehabt.

»Das wissen Sie nicht – oh, sie macht übrigens gar kein Geheimnis daraus«, er wurde etwas nachdenklich. »Gott, ich weiß ja kaum, wer Sie eigentlich sind, aber

ich nehme an, daß Sie dem Hause hier nahestehen«, darauf gähnte er: »Hören Sie, Herr Dame, wir sind wahrscheinlich beide ziemlich müde. Sie haben doch nichts dagegen, wenn ich dort auf dem Diwan schlafe.«
Nein, natürlich hatte ich nichts dagegen – seine frische, unbekümmerte Art war mir ganz sympathisch.
Er zog nur seinen Frack aus und hängte ihn über die Stuhllehne, dann warf er sich auf den Diwan.
»Wissen Sie – ich habe schon einmal hier geschlafen, wenn ich meine Schlüssel vergessen oder mich verspätet hatte. Ein oder das andere Fenster ist immer offen, und die Eckhäusler wundern sich nie, wenn sie morgens irgendeinen Bekannten vorfinden – besonders im Karneval –, es ist wirklich ein gastfreies Haus.«
Ich konnte noch lange nicht einschlafen, der Mond schien gerade ins Fenster, und der schwarze Frack hing so gespenstisch über die Stuhllehne, daß ich jeden Augenblick emporfuhr und meinte, es stände jemand vor mir. Ich dachte noch über Maria nach – es ist so viel Verhängnis um sie –, da tobt sie nun heute nacht mit dem Sonnenknaben und den Enormen, vielleicht liebt sie auch den Mann, der dort drüben schläft. Und morgen liegt sie selbst wieder hier auf dem Diwan, und wir unterhalten uns müde über unsere Biographien. Wir verstehen uns, wie nur zwei Verurteilte sich verstehen können – eine andere Liebe ist nicht zwischen uns. Hallwig nennt so etwas den Eros der Ferne, hat Maria mir gesagt. Früher hätte ich das überhaupt nicht verstanden und mir nichts darunter vorstellen können.

Als ich aufwachte, war der Frack fort und sein Besitzer verschwunden. Susanna stand am Tisch und betrachtete sinnend ein Paar weiße Glacéhandschuhe, die er anscheinend vergessen hatte. Dann lächelte sie mich an: »Lieber Dame, kommen Sie doch mit zum Frühstück hinauf, wir haben ein paar Leute mitgebracht.«

Es ist sieben Uhr morgens. Sie sind eben erst heimgekommen – die ganze Küche voll kostümierter Gestalten. Ich weiß nicht, ob ich wache oder träume. Man sitzt bei Lampenlicht um den Frühstückstisch, die Mädchen haben Kränze auf dem Kopf, sehen blaß und glücklich aus.

Susanna legt die weißen Handschuhe vor Maria hin: »Gilt das mir, oder gilt es dir?«

Sie flüstern zusammen, dann fragt Susanna:

»Sie – Monsieur Dame, wie hat er denn ausgesehen?«

Ich versuche ihn zu beschreiben: »Schlank – mittelgroß – das Gesicht hab' ich nicht deutlich sehen können, dazu war das Zimmer zu dunkel. Aber ich besinne mich, daß er Maria abholen wollte.«

»Oh, dann war es Georg«, sagt Susanna, »die Handschuhe sind deine, Maria . . .«

Die beiden sehen sich an, lächeln – dies Lächeln, dieser Blick ist absolut heidnisch – bei Susanna vielleicht noch mehr. Hinter ihrem Lächeln ist nie ein Schmerz oder eine Zerrissenheit – Susanna kann selbst aus meinem Herzen alle Nebel und alles Dunkel hinweglächeln, wenn sie mich ansieht wie an diesem Morgen. Ich kann nicht anders, ich muß ihnen beiden die Hände küssen.

Da sitzt ein Herr am Tisch, der ein Monokel trägt und alles aufmerksam beobachtet. Er ist ein Jugendbekannter von Susanna, den sie heute nacht beim Fest zufällig wiedergetroffen hat. Er steht in Berlin bei der Garde, wie sie mir nachher erzählte.

»Na, weißt du, Susi, das ist wirklich eine originelle Bude – und da wohnst du?«
»Freilich wohne ich hier«, antwortete sie gleichmütig.
»Ja – sag mal . . .«
Willy erscheint aus dem Nebenzimmer, er ist in Zivil, denn er war heute nicht mit – sieht sich mit seinen runden Augen etwas erstaunt um, begrüßt alle, setzt sich an den Tisch.
»Ach, Susanna, gibt es schon Frühstück?« sagt er weich und sehnsüchtig. – »Ja, bitte, mahlen Sie den Kaffee, wir warten nur noch auf Onsky.«
Willy beginnt Kaffee zu mahlen, Maria zupft ihn an den Haaren und erzählt ihm von dem Feste. Der Jugendbekannte betrachtet ihn etwas erstaunt und wirft einen fragenden Blick auf die Herrin des Hauses.
»Das ist Willy«, erklärte sie, »der wohnt da drüben neben der Küche, und Orl – Gott sei Dank, da kommt er endlich.«
Orlonsky kommt die Treppe herauf, alles an ihm ist wieder rasselndes Eisen, und er ist böse.
»Ah – Maria – wo ist denn der Sonnenbengel? Schon untergegangen am frühen Morgen?«
»Onsky, wir verhungern«, sagt Susanna, »Ihr könnt Euch nachher zanken.«
Orlonsky und der Gardeleutnant stellen sich einander aufs förmlichste vor, sie verbeugen sich und schlagen die Absätze zusammen: »Sehr angenehm.«
»Freut mich sehr.«
Die anderen betrachten das wie eine seltene Schaunummer.
Dann begibt sich Orlonsky an den Herd – er ist ein sonderbarer Kauz, und ich habe ihn sehr schätzen gelernt,

ein wenig rauh und kurz angebunden, aber Gentleman durch und durch. Er treibt alle Sportarten, die es überhaupt gibt, mit Vollendung und kocht vorzüglich – die Frauen läßt er überhaupt nicht an den Herd und behauptet, sie verständen nichts davon. Man pflegt deshalb andächtig mit den Mahlzeiten zu warten, bis er kommt. Er bereitete uns denn auch an diesem Morgen ein ausgezeichnetes englisches Frühstück. Susannas Jugendfreund beobachtet ihn stumm, dann läßt er sein Monokel fallen und beugt sich zu Susanna hinüber:
»Großartig, das ist ja das reinste Familienleben – dein Onkel in Berlin erzählte mir – ja sag mal – Susi, und was tust denn du hier eigentlich?«
»Aber das siehst du doch – ich führe ihnen den Haushalt«, sagte sie lässig und zufrieden.

Ich dachte, sie würden alle etwas ruhebedürftig sein, aber nach dem Frühstück wurden sie wieder sehr lebendig und berieten, was nun mit diesem angebrochenen Tag zu beginnen sei. Orlonsky ordnete schließlich an, wir sollten alle aufs Land fahren. Er nahm den Leutnant mit auf den Speicher, und sie förderten eine Anzahl Rodelschlitten und Schneeschuhe zutage. Ich schickte Chamotte in meine Wohnung und ließ ihn holen, was ich an Sportgarderobe besitze – einiges fand sich auch im Eckhaus vor. Orlonsky musterte erst die vorhandenen Kleidungsstücke, dann jeden seiner Gäste mit Kennerblicken, und unter seinem Kommando wurde eine Art militärische Einkleidung vorgenommen. Wir fuhren aufs Land, alle in der heitersten Stimmung, selbst im Waggon fingen sie noch wieder an, einen Konter zu tanzen, aber der Schaffner verbot es.

Es war ein wundervoller, weißer Wintertag, wir trieben uns viele Stunden im Schnee herum. Susanna hatte mich zum Partner genommen, und ich fühlte mich stillglücklich, ich, der Müde, Verurteilte, unter diesen Unermüdlichen. Sie verlangen ja nicht, daß ich mich persönlich stark betätige, und ich störe sie nicht, ich lasse mich so gerne mitziehen. Maria war an dem Tag stürmisch und voller Leben, mit Willy zusammen sauste sie leidenschaftlich die Abhänge hinunter – einmal stürzen sie und der Schlitten geht entzwei. Orlonsky macht ihr Vorwürfe, es ist immer etwas Krieg zwischen den beiden, und er hält beim Sport auf Ordnung. Sie lacht nur und sagt: »Oh, meinetwegen soll alles zerbrechen – alles, nicht nur der Schlitten, auf dem ich fahre.«
Und Susanna war schläfrig, ihre Bewegungen hatten etwas Mattes – sie meinte, die Welt sei für sie heute in lauter Schleier gewickelt. Wenn Orlonsky in ihre Nähe kam, drückte sie ihm die Hand. Er sah sie an – seine Augen sind scharf und graublau – wie von Stahl.
»Onsky, ich bin sehr glücklich – das Leben ist so schön«, sagte sie.
Als wir einmal aus der Bahn geraten, will sie, daß wir da im Schnee sitzen bleiben, warum soll man sich so anstrengen? Wir bleiben sitzen und sehen den anderen zu. Ein paarmal nennt sie mich du – man ist im Karneval so gewöhnt, alle zu duzen. Wir sprechen nicht viel, sie lehnt sich ein wenig an mich und schläft hier und da einen Moment ein.
Dann geht die Sonne unter, und wir fahren in die Stadt zurück. Maria will noch nicht nach Hause, und der Leutnant, den man etwas übersehen und fast vergessen hat, lädt uns ein, in der Bar zu soupieren. Alle werden

noch einmal wieder ganz wach und sehr munter, und wir kommen erst gegen drei oder vier Uhr ins Eckhaus zurück. Susanna berief sich mit plötzlicher Energie auf ihre Stellung als Hausfrau und setzte für morgen einen allgemeinen Schlaftag an. Wer bliebe und wo er bliebe, sei ihr einerlei – jeder möge sehen, wie er unterkomme. Chamotte solle mit dem Kinde spazierengehen und es beaufsichtigen, dazwischen könne er hier und da leise – um Gottes willen recht leise – durch die verschiedenen Zimmer gehen und Erfrischungen verabreichen. Am späteren Abend würde wohl irgendwie eine richtige Mahlzeit oben in der Küche zustande kommen – dabei warf sie einen fragenden Blick auf Orlonsky, aber der zuckte ablehnend die Schultern, und Susanna fügte hinzu, schlimmstenfalls würde sie selbst für alles sorgen.

Ich hatte ja die vorige Nacht, wenn auch nicht ungestört, geschlafen und wachte gegen Mittag von einem leichten Geräusch auf. Es war Chamotte, der auf den Zehenspitzen herumschlich. Herr Willy ließe fragen, ob er zu mir herunter kommen könnte, er sei auch schon wach, und da er zwei Gäste beherbergte, fühlte er sich etwas beengt. Ich kleidete mich an und legte mich dann wieder aufs Bett, Willy kam in einem gelbseidenen Kimono: »Ich weiß nicht, wem er gehört«, seufzte er, »man zieht jetzt immer an, was man gerade findet. Es ist alles so anstrengend – der Leutnant ist schon fortgegangen, um seine Tante von der Bahn zu holen, Susanna hat ihm ihren roten Rodelsweater und Reithosen von Onsky gegeben – denn er wollte durchaus nicht in seinem Biedermeierfrack an die Bahn gehen. Wir drei hier im Hause kommen jetzt manchmal in Verlegenheit, weil wir im-

mer unsere Gäste zum Fortgehen ausstaffieren müssen. Ein junges Mädchen mußten wir neulich zwei Tage dabehalten, weil sie als Page zu uns kam und nichts vorhanden war, was ihr paßte.«
Chamotte machte derweil Ordnung im Zimmer, heizte den großen Ofen ein und brachte uns Kaffee. Dann lagen wir da, rauchten Zigaretten, und es war sehr gemütlich. Die Tür zu beiden Nebenzimmern stand offen, in dem einen schlief Orlonsky, in dem anderen Maria, und wir sprachen halblaut, um sie nicht zu stören.
Ich fragte, ob Susanna denn schon auf sei, da sie den Leutnant kostümiert hatte, sie war doch gestern am allermüdesten und schien es mit dem Schlaftag sehr ernst zu meinen.
»Oh, Susanna macht's wie die Sonne, sie geht in Wirklichkeit nicht unter – sie geht nur um die Erde herum und scheint dann über irgendwelchen anderen Ländern. Beim Schlaftag kommt es ihr nur darauf an, daß jeder in seinem Zimmer bleibt – sie gibt dann Gastrollen, besucht eine Niederlassung nach der anderen und schläft da, wo sie gerade ist, noch ein paar Stunden weiter.«

Chamotte ist mit dem Kind ausgegangen, das ganze Haus liegt in tiefem Schweigen. Die Türglocke hat man vorsorglich abgestellt. Maria ist inzwischen einmal aufgewacht und hat gefragt, wer denn hier nebenan sei. Wir haben ihr Kaffee hineingebracht und ein wenig geplaudert, dann ist sie wieder eingeschlafen – die weißen Glacéhandschuhe, die Susanna ihr heute morgen gegeben, liegen auf dem Tischchen am Bett.
Allmählich wird es Nachmittag, und Susanna erscheint mit Tee und Brötchen. Ihr Lächeln ist heute etwas resi-

gniert: »Onsky hat Migräne«, sagte sie, »und steht nicht auf. Da werden wir wohl heute und morgen fasten müssen. Ich glaube, es ist am besten, wenn wir nachher unsere Kostüme wieder anziehen und heute abend auf den Gauklerball gehen. Die anderen wollen wir gar nicht erst wecken, das Weitere wird sich hier dann schon irgendwie entwickeln«, sie seufzte ein bißchen, »ach Gott, es ist wirklich keine Kleinigkeit, wenn die Verantwortung für so vieler Leute Wohlergehen auf einem ruht.«

Ermattet legt sie sich auf die Polster in die Nähe des Ofens, schließt die Augen und scheint in eine Art Halbschlaf zu versinken. Willy und ich sprechen mit gedämpfter Stimme weiter – hier und da ermuntert Susanna sich ein wenig, beteiligt sich am Gespräch oder langt nach ihrer Teetasse. Unvermerkt geraten wir wieder auf die heidnischen Ideen und ihre Verwirklichung in unserer heutigen Welt. Ich erzähle von meiner nächtlichen Unterhaltung mit dem Herrn im Frack.
»Ach, der Georg«, sagt Willy, »er möchte sie immer noch gerne heiraten, und ich nenne ihn den standhaften Zinnsoldaten. Maria ärgert sich darüber, aber sie hat immer einen oder den anderen Zinnsoldaten, als Gegengewicht oder zur Erholung von ihrer heidnischen Betätigung.«
Ein Wort gab das andere, und ich erkundigte mich mit größtmöglicher Diskretion, ob es etwa Marias Kind sei, das hier im Hause wohne. Susanna hatte gerade einen wachen Moment und richtete sich halb auf.
»Aber ich bitte Sie – das ist doch meins.«
»Ihres . . .?«

»Ja, natürlich – wußten Sie das nicht?«

»Woher sollte ich das wissen, das Kind ist einfach da, und man hat niemals davon gesprochen, wem es gehört.«

»Marias Kind – ja, Maria ist ein komplizierter Fall«, erläuterte Willy dann weiter. »Sie müssen wissen – in Heidenkreisen hatte man schon lange die Frage aufgeworfen, wie es mit der Vereinigung von Mutterschaft und Hetärentum stände – beides natürlich in möglichster Vollendung gedacht –, aber die Beobachtung an lebenden Objekten war immer ziemlich ungünstig ausgefallen. Die Mädchen, die als Hetären in Betracht kamen, hatten eben keine Kinder und waren froh, daß sie keine hatten. Andere wünschten sich wohl Kinder, strebten dann aber nach Heirat und gaben das Hetärentum auf. Nun tauchte Maria hier in aller Fröhlichkeit mit ihrem Lebenswandel und einem Baby auf. Durch ihr bloßes Dasein, in dem sie unbewußt, aber mit ›königlicher Selbstverständlichkeit‹ – so sagt man dort – ihren heidnischen Instinkten nachgelebt hatte, stellte sie das gelöste Problem: Mutter und Hetäre dar und wurde sehr gefeiert.«

»Ja, Ähnliches hat mir der Herr von gestern nacht – der Zinnsoldat, wie Sie ihn nannten – schon erzählt.«

»Ach der«, meinte Willy wegwerfend, »der versteht schon gar nichts davon und hat keine Ahnung von Marias eigentlichem Wesen. Die Zinnsoldaten sind eine schwache Seite von ihr – ich glaube überhaupt von den meisten Frauen, aber sie sind ihnen nicht abzugewöhnen«, er warf einen wehen Blick auf Susanna, und sie lächelte halb im Schlaf.

»Also Maria . . .«

»Ja, Maria wurde fortan als Paradigma hingestellt, als lebendes Symbol für heidnische Möglichkeiten. Es haben dann noch ein oder zwei andere Mädchen Kinder bekommen – offizielle Kinder, die nicht geheimgehalten wurden, aber sie machten nicht mehr soviel Eindruck. Und Maria beklagt sich bitter darüber, daß man sie von nichtheidnischer Seite gewissermaßen dafür zur Verantwortung zieht und die Sache so hinstellt, als mache sie Propaganda für liederliches Leben und illegitime Kinder.«

Susanna setzte sich auf und gähnte:

»Mein Gott, redet ihr schon wieder von illegitimen Kindern? Ich hätte gar nicht gedacht, daß Herr Dame sich so dafür interessiert.«

Ich machte noch die Bemerkung, es wundere mich, daß Susanna in den Heidenkreisen nicht ebensoviel Bewunderung errege wie ihre Freundin. Sie kennen sie ja doch alle – sie verkehrt mit ihnen – ihre ganze Art zu leben und das Kind.

»Oh, mein Kind gilt nicht für voll, und niemand schaut mich drum an«, sagte sie darauf beinah entschuldigend, »ich hatte es doch schon, als die Hetärenfrage aufkam – außerdem war ich einmal verheiratet, und das ist eben nicht dasselbe.«

9

10. Februar

Ich habe heute wieder durchgelesen, was ich zuletzt aufgeschrieben, und ich fühle Sehnsucht nach den Tagen im Eckhaus. Wie eine Reihe stets wechselnder Bilder gleiten sie noch einmal an mir vorüber – bunt, bewegt,

geräuschvoll und dann wieder müde und verträumt in schläfrigem Halbdunkel – wie jener Winternachmittag, wo alle schliefen und wir drei in dem großen Zimmer um den Ofen lagerten. Bis dann Chamotte mit dem kleinen Mädel heimkam, das ich mit ganz neuem Interesse betrachtete – ich kann wohl sagen, daß ich es zum erstenmal ›erlebte‹. Ich habe im allgemeinen nicht viel Sinn für Kinder und weiß nicht viel an ihnen zu erleben, aber das Gefühl, daß es das Kind dieser Frau ist, die ich so tief und stumm verehre – und daß es ihr vielleicht später einmal gleichen wird. Und wie wir dann noch später leise aus dem Hause schlichen, um wieder auf einen Ball zu gehen – wie wir erst in dem Licht und Lärm mitten unter tobenden und tanzenden Menschen wieder richtig wach wurden und uns ganz verwirrt und erstaunt ansahen – das liegt schon alles etwas traumhaft hinter mir.
In meiner Wohnung kam ich mir zuerst beinah wie ein Fremder vor. Chamotte schlich trübselig herum und meinte, diesmal hätte ich mich selbst verurteilt, wir hätten doch ebensogut noch länger im Eckhaus bleiben können. Aber ich brauchte zur Abwechslung einmal etwas Ruhe. Äußerlich vermag ich mich schon zeitweise einem solchen Wirbel anzupassen, aber mein inneres Leben kann ich nicht überstürzen, das will ein stilleres Tempo und konnte nicht mehr mit.
Allerhand Briefe vorgefunden, meinem Stiefvater hatte ich noch im Eckhaus ausführlich geschrieben. Er antwortete herzlich und eingehend, wie das seine Art ist. Es freue ihn aufrichtig, daß ich so viel mitmache und in ein etwas intensiveres Fahrwasser zu geraten scheine, man sei schließlich doch nur einmal jung.

Das sagen die älteren Leute ja mit Vorliebe – gerade solche, die sich selbst noch immer weiter amüsieren, als ob sie zwanzig Jahre alt wären – und es kann mich leise nervös machen. Immer wieder die alte Geschichte – es gibt Menschen, die überhaupt jung sind, ohne Rücksicht auf die Zahl ihrer Jahre, und andere, die es niemals sind, auch während der vorgeschriebenen Zeit nicht. Und wie es sich bei mir damit verhält, müßte mein väterlicher Berater wohl am besten wissen, aber er hofft wohl immer, es käme noch. Mit meinen literarischen Absichten ist er sehr einverstanden und ermahnt mich, den geplanten Roman nun auch wirklich zu schreiben. Wo sich hier von allen Seiten so viel Anregung biete, müsse es doch ein leichtes sein.
Ich aber fürchte wieder, es wird damit nicht so schnell gehen. Es gilt, vor allem erst das Material zu sammeln und sich einen Stil zu bilden.
Ich denke, darin wird mein ›Tagebuch‹, wie Susanna es etwas ironisch nennt, mir gute Dienste leisten. Man gewöhnt sich daran, alles Erlebte doppelt in sich aufzunehmen und bei allem, was man schreibt, auf den Stil zu achten. Auch dazu hat ja mein Stiefvater mich von jeher ermuntert – er wies bei solchen Gelegenheiten gerne darauf hin, daß Goethe stets Tagebücher geführt habe, und äußerte die Ansicht, Goethe sei und bleibe doch immer das beste Vorbild für jeden jungen Deutschen.
Ähnliches hört man wohl öfter sagen, und ich kann mir nicht helfen – ich sehe darin eine gewisse Arroganz der älteren Generation. Man hilft uns nicht zu leben, sondern begnügt sich damit, uns auf große Vorbilder hinzuweisen und dann zu hoffen, daß etwas Außerordent-

liches aus uns wird. Was sollen mir derartige Hinweise? Ich habe gar keine Anlage zum Größenwahn, ich bin nur ein »belangloser« junger Mensch und heiße Dame und kann nicht aus meiner Biographie heraus.
Und das Material, das ich bisher zusammengetragen habe – es macht mir eigentlich erst fühlbar, wie sehr mir noch die Zusammenhänge fehlen. Sie müssen ja da sein, und ich muß sie noch finden – nicht um eines etwaigen Romans, aber um meiner selbst willen. Die ganze fremdartige und intensiv bewegte Atmosphäre dieses Stadtteils mit ihren Rätseln, Geheimnissen und, ich möchte wohl sagen, auch Erleuchtungen umfängt mich immer noch – ja, eigentlich immer mehr – wie ein Traum. Anfangs sehnte ich mich nur nach Klarheit, nach Verstehen und Begreifen – jetzt weiß ich, daß es hier mit dem Begreifen allein nicht getan ist, sondern daß sie – die Atmosphäre – innerlich erlebt werden muß. Oder geträumt – manchmal tut es mir förmlich weh, wenn die wache Stimme des Philosophen an mein Ohr klingt. Er weiß mir alles zu erklären – man könnte sagen: er beherrscht das Material vollkommen, aber er findet es nicht gut und nicht tauglich, um etwas Rechtes daraus zu bilden. Er nennt diese Menschen Romantiker, die allen Erkenntnissen der klaren Vernunft die instinktive Weisheit früherer Völker entgegenstellen und sich an dem Pathos dieser Dinge und an ihrem eignen Pathos berauschen. Und logisch muß ich ihm oft recht geben, aber mein Empfinden und meine Sehnsucht neigen sich doch immer wieder ihnen zu.

(Meine Selbstkritik macht bei nochmaligem Durchlesen die Wahrnehmung, daß ich hier wohl nahe daran war,

in einen romantisch pathetischen Ton zu verfallen, und sie warnt mich davor. Ich will in diesen Blättern nur Chronist sein, und dem Chronisten ziemt es nicht, mit seinen eigenen Empfindungen zu stark in den Vordergrund zu treten. Sollten sie etwa in späteren Tagen oder Jahren in jemandes Hände geraten, der mit Staunen Kenntnis davon nimmt, was Wahnmoching war und bedeutete, was hier lebte, gelebt wurde und gelebt werden sollte, so wird dieser jemand – ich stelle ihn mir etwa als versonnenen Gelehrten oder ernsten Forscher vor – vielleicht mäßiges Interesse an meiner Person nehmen und nur so nebenbei in stiller Anerkennung den Hut ziehen, wenn er erfährt, daß es bloß ein junger Mann aus Berlin war, welcher Dame hieß und sich verurteilt fühlte, das Wichtigste über diesen bemerkenswerten Stadtteil aufzuzeichnen.
Und doch kann der Chronist wiederum nicht ganz sein Ich eliminieren, in dem die Umwelt sich widerspiegelt. Mag der Spiegel noch so anspruchslos und schlicht gerahmt sein – wenn man ihn verhängt oder aus dem Zimmer trägt, wirft er kein Bild mehr zurück.)

Anmerkung

Sie finden hier, verehrter Gönner und Freund, aus Herrn Dames eigenem Munde die Bestätigung unserer Wir-Theorie, auf die wir auch in unserem Begleitschreiben Bezug nahmen. Wäre dieser liebenswerte junge Mann in der Lage gewesen, im Plural zu denken und zu erleben, so möchte vielleicht seine Biographie sich leichter und freundlicher gestaltet und weniger auf ihm gelastet haben. Im Unterbewußtsein hat er das wohl auch dunkel gefühlt; das scheint uns wenigstens aus seiner Beziehung zu dem Diener Chamotte hervorzugehen.

Ein Morgenbesuch bei Adrian. Er wohnt in einem großen Atelier und ist sehr hübsch eingerichtet. Als ich kam, saß er in einem persischen Kaftan an einem zierlich gedeckten Tischchen und nahm ein hygienisches Frühstück ein. Er sagte, daß er nachher zwei bis drei Stunden zu arbeiten pflege, nur jetzt im Karneval sei das natürlich nicht ganz durchzuführen. Wir rauchten Haschischzigaretten und unterhielten uns über Wahnmoching. Ich glaube, Adrian ist, was man einen Causeur nennt, man kann sonst eigentlich nicht über Wahnmoching ›plaudern‹ und tut es auch nicht, aber Adrian kann es. Trotzdem ist er auch der Ansicht, daß hier große Dinge in der Luft liegen, und jeder, der irgendwelches Streben in sich fühle, müsse sich solchen Bewegungen unbedingt anschließen.
»Ich bitte Sie, Monsieur Dame, wir haben wieder gelernt, dionysisch zu empfinden – wer hätte das vor zehn oder zwanzig Jahren für möglich gehalten? Bei dem Fest neulich – haben Sie gesehen, wie der Professor raste, wie der Taumel ihn blendete, so daß er in den scheinbar häßlichsten Frauen wunderbare Schönheit erblickte? Er hat so viel Eros, daß ihm jede Lebensäußerung, jede Form, in der das Leben sich darstellt, etwas Vollendetes bedeutet. So wurde zum Beispiel einmal von jemand gesagt, er sei sehr unschön, ja geradezu garstig. Hofmann besann sich einen Augenblick und sagte dann: Ja, gewiß, er ist wundervoll garstig. – Von Ihnen ist er übrigens ganz entzückt, er sagte mir, es wäre ganz unglaublich, wie blasiert und gelangweilt Sie manchmal aussehen könnten.« (Ich empfand das nicht

gerade als Kompliment, aber es war entschieden so gemeint.)
»Und die Frauen«, fuhr Adrian mit einem süffisanten Lächeln fort, »unsere Frauen wollen wieder Hetären sein – es ist gar nicht zu sagen, welche Umgestaltung das gesellige Leben dadurch noch erfahren wird. In erster Linie natürlich auf erotischem Gebiet, aber selbstverständlich bezieht sich das nicht nur auf die Frauen – die Beschränkung der Erotik auf das eine oder andere Geschlecht ist ja überhaupt eine unerhörte Einseitigkeit. Der vollkommene Mensch muß alle Möglichkeiten in sich tragen und jeder Blüte des Lebens ihr Aroma abzugewinnen wissen. Ich meinesteils empfinde durchaus bisexuell.«
Dabei nahm er für einen Augenblick seinen Zwicker ab, rieb ihn mit dem Taschentuch blank und sah mich mit seinen kurzsichtigen Augen triumphierend an.
»Apropos, Monsieur Dame, was macht denn Ihr kleiner Sklave?«
»Oh – er hält mir meine Wohnung sehr gut in Stand«, antwortete ich ablenkend, mir war dieses Thema unsympathisch, und ich fühle durchaus keinen Ehrgeiz, für vorurteilsfrei zu gelten, wo ich es nicht bin.
Wir wurden unterbrochen, auf der Treppe hörte man lachen und sprechen, es klopfte, und dann erschienen Professor Hofmann und Susanna. Sie sagte, kaum daß man sich begrüßt hatte: »Adrian, ich bitte Sie – haben Sie nicht ein dämonisches Briefpapier – ich muß an jemand schreiben.« Damit zog sie ihn ans Fenster und erzählte ihm eine Geschichte, über die beide sehr lachten.
Hofmann schüttelte mir indessen lebhaft die Hand und war äußerst liebenswürdig. Er war gekommen, um

Adrian zu einem Fest in seinem Hause einzuladen – die anderen traten wieder zu uns, und es wurde allerhand darüber geredet. Hofmann gefiel mir an diesem Morgen sehr gut, besser als je zuvor; er war heiter und gesprächig und freute sich wie ein Kind auf diese Sache. Delius hatte die Grundideen angegeben, und es sollte ein richtiges antikes Fest werden.

»Bacchanal?« fragte Adrian eifrig.

»Nun, Fest oder Bacchanal – ein Bacchanal ist ein Fest, und ein Fest kann wohl ein Bacchanal sein«, erwiderte Hofmann mit großer Zungenfertigkeit und wandte sich galant an Susanna: »ich hoffe, an Bacchantinnen wird es nicht fehlen.«

»Und an Bacchanten auch nicht«, warf Adrian ein und frohlockte hinter seinem Zwicker. Hofmann warf den Kopf etwas zurück und sah über das ganze Zimmer hinweg aus dem Fenster. Ich kenne diese Geste jetzt schon, wenn ihm etwas nicht recht ist. Dann zog er Adrian beiseite, und sie begannen ein halblautes Gespräch, das aber manchmal ziemlich vernehmlich wurde. So hörte ich, wie Adrian sagte:

»Ich sehe absolut nicht ein, warum ich das nicht verwenden soll – nur das Wort – ganz einfach, Blutleuchte ist das und das ...«

Worauf Hofmann sehr erregt antwortete: »Aber wenn ich Ihnen doch sage, daß es nicht geht. Ich bitte Sie, man hat sich doch geschworen, ganz richtig geschworen, daß auf den Verrat von kosmischen Geheimnissen der Tod steht.«

Und Adrian: »Ja, dann allerdings – aber das finde ich wirklich fabelhaft.« Dann sahen beide zu uns herüber und flüsterten ganz leise.

Susanna achtete nicht weiter darauf, während mich ein unbehagliches Gefühl beschlich: ich dachte an den Philosophen und beschloß ihn zu warnen. Er pflegt so unbefangen über all diese Dinge zu reden, und vielleicht könnte ihm das übel ausgelegt werden.
Inzwischen war es Mittag geworden, wir nahmen Abschied und gingen alle drei zusammen fort. Adrian stürzte noch rasch an den Schreibtisch und brachte Susanna das gewünschte Briefpapier, es war kohlschwarz, ich hatte noch nie ein solches gesehen.
»Wenn Sie es ganz richtig machen wollen, müssen Sie mit Blut darauf schreiben«, bemerkte er – aber sie meinte:
»Oh, rote Tinte tut's wohl auch.«

Gegen Abend hoffte ich endlich einmal wieder Susanna allein zu finden – wenigstens annähernd allein. Ich war melancholisch und dachte, sie sollte mich etwas froher machen, vielleicht ist sie wieder so glücklich verschlafen und duzt mich. Oder verurteilt mich zur Redoute – ich sitze tadellos in der Loge, langweile mich und warte, bis sie nicht mehr tanzen kann. Dann kommt sie zu mir.
Aber ich finde sie nicht allein – alle sind in der Küche um den großen Tisch versammelt. Die Hausbewohner – dazu Maria, Konstantin und Delius, den ich noch nie im Eckhaus getroffen – er aber erinnert sich meiner und ist sehr entgegenkommend, sehr Weltmann.
Man hält Kostümberatung für das ›kosmische Fest‹ – als dieser Ausdruck fällt (ich glaube, es war Willy, der ihn brauchte), blickte Delius sich erstaunt um und sagte mit seinem merkwürdigen Auflachen:
»Nun, ob das Fest ein kosmisches sein wird, wird man

erst nachher beurteilen können. Der Herr Professor denkt es sich vielleicht doch zu einfach, kosmische Feste zu feiern, und man kann nicht alles auf einmal wollen. – Es soll übrigens auch ein Umzug des Cäsars stattfinden, bei dem der Dionysos selbst erscheint.«

»Ja, der Professor sieht als Dionysos sehr schön aus«, sagte Konstantin.

»So – wo hat er sich denn schon als solcher gezeigt?« fragte Delius mißbilligend.

»Oh, er hat das Kostüm gestern anprobiert und ging den ganzen Abend in seiner Wohnung darin herum.«

»Wissen Sie vielleicht, wer noch dabei war?«

»Irgendein Besuch – ich glaube, ein Privatdozent aus Berlin.«

»So – so«, Delius schien etwas verstimmt, aber nun wurde Maria ungeduldig:

»So laßt doch endlich den Professor – er macht es ja doch niemand recht, ob er nun seine Gäste im Frack oder als Dionysos empfängt. Aber unsere Kostüme – Delius? – Wir wollen nämlich als Hermaphroditen kommen – Susanna und Adrian haben sich's ausgedacht – die beiden, Konstantin und ich . . .«

Delius horchte auf:

»Nun, im alten Rom hat es wohl schwerlich Umzüge gegeben, an denen Hermaphroditen teilnahmen, eher noch in Hellas und auf den Inseln – bei den Festen der großen Mutter.«

»Gott, wir leben doch in Wahnmoching, und da geht alles«, suchte Susanna zu vermitteln, aber er hörte gar nicht darauf, sondern fragte:

»Und wie haben Sie sich das Kostüm gedacht?«

Maria stieß Konstantin an, und er sagte zögernd:

»Ja, wir dachten, mit schwarzen Trikots. Maria behauptet, sie hat auf etruskischen Vasen so etwas gesehen – schwarze Beine mit weißen Bändern umwunden, und das gefällt ihr so.«

»Schwarze Trikots?« sagte Delius ganz entsetzt und dachte dann eine Weile mit steinernem Gesicht nach. Er mochte wohl im Geiste durch das alte Rom wandern.

»Ja, es wurden wohl bei Triumphzügen gefangene Äthiopier mitgeführt, aber die waren ganz schwarz, und ob es Hermaphroditen waren . . .«

»Wir sind ja auch keine wirklichen«, meinte Konstantin.

Und Susanna:

»Wir wollen nur etwas Verwirrung anrichten . . .«

»Schweig doch!« sagte Maria und warf ihr einen zornigen Blick zu. Aber Delius überhörte sichtlich alle Nebenbemerkungen und machte nun allerhand Vorschläge: ein kurzes weißes Obergewand und Kränze auf dem Kopf – nicht Efeu, sondern rotes Weinlaub, und durch die Kränze sei ein weißes Band zu schlingen – an dem herabfallenden Ende müsse ein symbolischer Tautropfen befestigt sein – aus Glas natürlich. Er vertiefte sich in Einzelheiten: wie weit die Ärmel sein müßten und so weiter, und gab die Adresse eines Schneiders an, der diese Dinge ausgezeichnet verstehe. Nur zu den schwarzen Trikots schüttelte er nach wie vor den Kopf, aber Maria ließ sie sich nicht ausreden.

»Gedenken Sie auch als Hermaphrodit zu kommen, Herr Dame?« wandte er sich dann an mich.

Nein, ich war noch völlig unschlüssig, was ich wählen sollte. Er maß mich mit prüfendem Blick und fragte, ob ich musikalisch sei.

»O ja, ich spiele Klavier . . .«
»Das ist sehr schade – Sie würden sich sonst wohl zum Flötenspieler eignen – aber es müßte dann schon eine phrygische Doppelflöte sein. Sie werden wohl auch wieder Ihren jungen Sklaven mitbringen, und ich glaube nicht, daß die Flötenspieler Sklaven mit sich führten.«

Delius ging – in der Tür blieb er noch einmal stehen und fragte, ob Konstantin ihn begleiten wollte.
»O nein, ich bleibe hier«, sagte Konstantin, »Sie gehen wohl zu Heinz?«
»Ja, ich will Ihren Vetter abholen – wir haben einen Nachtspaziergang zu den Hünengräbern verabredet. Es ist sehr möglich, daß wir dort zur Nachtzeit kosmische Urschauer erleben.« Das alles sagte er mit dieser unbeweglichen Sachlichkeit, die ihm eigen ist, und fügte dann ganz unerwartet mit einem jähen Auflachen im höchsten Diskant hinzu:
». . . wenn nur um Gottes willen der Mond nicht dazwischenkommt.«

Dann war er verschwunden, wir sahen uns an; ich glaube, uns war einen Moment ganz spukhaft zumut, selbst der allzeit mokante Sonnenknabe war verstummt. Man hatte das Gefühl: was ist das? ist er ein Mensch wie wir anderen – lebt er wirklich zwischen uns hier auf der Welt – in einer modernen, europäischen Stadt? – oder spielt sein Dasein sich in ganz anderen, unwahrscheinlichen Regionen ab? Und wiederum: ist er fremd und unwahrscheinlich – oder sind wir es?
Ich suchte diese Empfindung in Worten auszudrücken.

Susanna nahm freundlich meine Hand, als wollte sie mir den Puls fühlen, und sagte beschwichtigend:
»Lieber Dame, Sie wissen doch, in welchem Stadtteil wir leben, und daß hier vieles unwahrscheinlich ist – aber eigentlich geht es mir ebenso wie Ihnen . . .«
Orlonsky, der schweigend in einer Ecke saß und ein verrostetes altes Schwert blank rieb, fiel ihr ins Wort:
»Nun fangt ihr ja glücklich alle an, verrückt zu werden – gratuliere.«
»Onsky, das verstehst du nicht – du bist ja selbst aus dem Mittelalter und willst es bloß nicht zugeben. Es ist hier schon viel dummes Zeug – aber Delius ist echt, es gibt ihn wirklich . . . ich weiß nicht, wie man das sagen soll.«
»Seine Substanz ist echt«, korrigierte Konstantin ein wenig überlegen.
»Echter als deine«, sagte Maria. »Bei Hallwig wurde neulich von dir gesprochen, man zweifelt an dir – ich fürchte beinah, dein Stern ist im Sinken.«
»Ich weiß«, gab er plötzlich deprimiert zu, »aber ich ahne nicht, was ich eigentlich getan habe.«
Susanna achtete nicht darauf, was sie sprachen, und fuhr in ihrem Gedankengang fort:
»Nein – Delius imponiert mir – es tut sich einem da irgend etwas auf, wenn er so selbstverständlich die sonderbarsten Sachen sagt. Es kommt gar nicht darauf an, ob er von seinem Schneider spricht oder von Urschauern. Und man meint, er spricht mit uns, aber er denkt nicht daran – er schaut einen an, aber er ist gar nicht da, und wir auch nicht. Daß wir zum Beispiel Frauen sind, merkt er überhaupt nicht – das ist sehr sonderbar, aber er gefällt mir so.«

»Susja, du hast nicht ausgeschlafen.«
»Nein, das habe ich auch nicht, mir ist ganz überirdisch zumut, und er gefällt mir wirklich.«
»Aber keine Chancen, wenn du nicht römischer Sklave bist«, sagte Orlonsky aus seiner Ecke.
»Ach schweig doch – so war es nicht gemeint.«
»Ja, Delius – und Hallwig«, fing nun auch Maria an, »es sind doch nur die beiden. Die anderen laufen so mit.«
Konstantin: »Das sagst du nur, weil du Hallwig liebst.«
»Er ist der einzige Mensch, bei dem man das Gefühl hat, er könnte fliegen. Die anderen probieren es nur. Wenn er so über Sachen redet, wird man ganz glücklich und möchte . . .«
»Du hast recht, Maria – du hast recht«, sagte Susanna mit einer Stimme, als ob sie im Traum spräche. Sie war die letzten zwei Nächte aus gewesen.
Aber Orlonsky stieß einen polnischen Fluch aus, stellte sein Schwert mit vielem Getöse in die Ecke und fing an, einen Niggertanz zu tanzen. Das ist so seine Art, der Unterhaltung ein Ende zu machen, wenn sie ihm nicht gefällt.

Nachtrag. Kosmische Urschauer: Die Urzeit war noch dunkel – der Kultus des Mondes entspricht der späteren Periode des geläuterten Mutterrechts. Deshalb werden unverfälschte Urschauer durch den Mond beeinträchtigt. (So etwa hat es mir der Philosoph erklärt.)

11

16. . . .

Alles ist liegengeblieben während der letzten Woche – meine Aufzeichnungen, meine literarischen Pläne und wohl selbst meine Gedanken. Man lebte nur in den Vorbereitungen für das große Fest, und ich lebte mit. Wir gingen zu dem von Delius bezeichneten Schneider, fanden ihn nach langem Suchen in einer entlegenen Straße und fanden ihn recht merkwürdig. Er kenne Delius schon seit Jahren, erzählte er uns, und habe öfters für ihn gearbeitet – ein sehr gelehrter Herr, der Herr Delius. Und die Art, wie er dann die Kostümfrage eingehend erörterte, über den Schnitt antiker Gewänder sprach und mit ernster, nachdenklicher Miene die Maße nahm, erweckte den Eindruck, als ob auch auf ihn etwas von dem Geist des Altertums übergegangen sei.

Wir gingen Trikots kaufen und suchten zahllose Geschäfte durch, bis wir rotes Weinlaub für die Kränze und symbolische Tautropfen aus Glas fanden. Ich hatte die Idee des Flötenbläsers aufgegriffen, Konstantin wußte mir ein sonderbares Instrument zu verschaffen, das zur Not eine phrygische Hirtenflöte darstellen konnte, und ich saß viele Stunden allein zu Hause, um mich darauf einzuüben. Dazwischen mußte ich wieder Chamotte trösten, daß ich ihn diesmal wohl nicht gut mitnehmen könnte.

Einen Abend waren wir bei Hofmanns und halfen ein wenig bei den Zurüstungen. Dabei ging es heiter und lebendig her, es wurden keine dunkeln Gespräche geführt, und beide waren von einer wirklich herzlichen, zwanglosen Liebenswürdigkeit, so daß ich mich recht wohl fühlte. (Das dritte Zimmer stand an diesem Tage offen, aber es war niemand darin.) Die Mädchen sprachen halb im Scherz davon, wie ich mich mit dem Flötenblasen abmühe, man neckte mich damit und fand es sehr anerkennenswert. Bei diesem Gespräch sah der Professor mich zum erstenmal richtig an, und ich hatte einen Moment das Gefühl, als verstände er vielleicht etwas von dem, was in mir lebt, anstatt wie bisher mich einfach mit dem Vermerk abzutun, ich sei ein wundervoller Mensch.

Dann war schließlich der Tag herangekommen – ich saß noch bis zur Dämmerung zu Hause am Fenster und blies auf meiner Flöte. Dabei kam eine ganz verträumte Stimmung über mich, ich meinte wirklich ein Hirt zu sein, der eine antike Landschaft mit seinem Spiel erfüllte, vielleicht auch ein geliebtes Mädchen dadurch herbeizulocken suchte. Aber es kam kein Mädchen, es kam nur Chamotte, um zum Aufbruch zu mahnen – und ich war wieder Herr Dame, der ein griechisches Kostüm trug und den man dazu verurteilte, heute abend die Syrinx zu blasen.

Und ich blieb auch bei dem Fest Herr Dame.

Als Anblick und Stimmung war es schon etwas Wunderbares, ja, ich kann wohl sagen: als wir zu früher Morgenstunde das gastliche Haus verließen, waren auch meine Empfindungen bis zu einem Zustand inneren Taumels gesteigert, der noch heute nicht ganz erloschen ist. Und doch – und doch – ich wollte, ich wäre in der Lage, zu behaupten, man müsse seine Feder in heidnisches Blut tauchen, um Wahnmochinger Bacchanale zu schildern, und wenn ich mein Buch schreibe, werde ich es wohl auch so ausdrücken.

Ich denke nach – dort drüben am Sofa liegen noch mein

Kostüm und die Hirtenflöte – und nun will mir wiederum scheinen, als übertriebe ich nach der anderen Seite. Es lag doch viel heidnischer Glanz und Schimmer über dieser Nacht – bei einigen war es vielleicht nur allgemeine frohe Feststimmung – Maria, Susanna sind sicher bei jeder Redoute ebenso bacchantisch aufgelegt – bei anderen wohl auch eine tiefe Entrücktheit aus der heutigen Welt. So Delius, der als römische Matrone in schwarzen Gewändern erschienen war; auf dem Kopf trug er einen schwarzen Schleier und in der Hand einen metallenen Triangel, dem er mit einem Stäbchen melodische Töne entlockte. Und auch bei dem Professor, der den indischen Dionysos darstellte, in purpurrotem Gewand mit Weinlaubkranz und einem langen goldenen Stab. Beim Tanzen raste er wild daher, und seine Augen rollten, mir fiel auf, daß er eigentlich ein schöner Mann ist mit seiner mächtigen Gestalt und dem dunklen Bart. Er schien auch vielen Frauen gut zu gefallen, und er sah sie alle mit verzückten Blicken an und fand sie alle namenlos schön. An Rauschfähigkeit fehlte es ihm sicher nicht, und er lebte ganz in seiner Rolle, wenn man es so nennen darf – außer bei einer kleinen Szene. Maria verfiel in einem animierten Moment darauf, an seinem ungeheuren goldenen Stab emporzuklettern – er schaute sie froh entgeistert an, hielt ihr den Stab hin, und der Stab brach in der Mitte durch. Schade, aber in diesem Moment versagte sein heidnisches Empfinden, und er wurde ärgerlich. Nach meinem Gefühl dürfte Dionysos sich nicht ärgern, wenn Bacchantinnen oder Hermaphroditen etwas entzweibrechen. Aber außer mir hat es wohl niemand bemerkt.

Den Meister sah ich zum erstenmal aus der Nähe, als

Cäsar in weißer Toga und mit einem goldenen Kranz um die Stirn – er mischte sich ungezwungen unter die Menge, und es gab ihn wirklich. Dabei behält er doch immer eine gewisse Ferne, und seine Geste schien mir schön und würdig.

Das Fest begann mit einem feierlichen Umzug: voran schritt eine Bacchantin, die ein ehernes Becken schlug, dann kam Dionysos mit seinem goldenen Stab, ihm folgten der Cäsar – er trug eine Art kugelförmigen, durchbrochenen Krug, in dem ein Licht brannte – und die in Schwarz gehüllte Matrone, daneben und dazwischen bekränzte Knaben mit Weinbechern. Wer in antikem Gewande war, folgte, die übrigen blieben zur Seite stehen. Denn viele waren auch anders kostümiert – Renaissance, alte Germanen oder orientalisch. Der arme Georg, Marias Rechtspraktikant, der durch die Eckhäusler eingeladen war, hatte den Charakter des Festes entschieden nicht begriffen, er war als Pierrot gekommen, und es war ihm dann sehr unbehaglich. Willy, dem er sein Leid klagte, sagte, er müsse eben versuchen, sich wie der Narr in einem Shakespearischen Drama aufzufassen. Er empfand wohl die Bosheit nicht, die darin lag, und fühlte sich getröstet.

Der Umzug ergab tatsächlich ein ungemein wirkungsvolles Bild und durch den eigenartigen Gesang, der dabei angestimmt wurde, eine fast beklommen weihevolle Stimmung. Selbst Georg in seinem Pierrotanzug war ganz davon angetan und stand wie erstarrt in einer Fensternische. Es waren nur ein paar Verse, die liturgisch, das heißt in dumpfnasalem Ton gesungen wurden, wobei man alle Silben gleichmäßig betonte und ins Unendliche ausdehnte. Sie lauteten:

Wir sind gewohnt,
Wo es auch thront,
Hinzubeten, es lohnt.
Wie unser Ruhm zum Höchsten prangt
Dieses Fest anzuführen,
Die Helden des Altertums
Ermangeln des Ruhms,
Wo und wie er auch prangt,
Wenn sie das Goldene Vlies erlangt –
Wir die Kabiren . . .

Zwei-, dreimal wurde dieser Gesang wiederholt, während der Umzug sich durch sämtliche Räume bewegte. Adrian saß am Flügel und spielte eine Art dumpfe, getragene Begleitung.

Dann löste sich alles in bewegtes Durcheinander, Tanz und die sonst üblichen festlichen Betätigungen auf. Ich sehe in der Erinnerung ein buntes Gemisch von einzelnen Bildern und Eindrücken, die ich wohl festhalten möchte, ehe sie sich verwischen. Der Professor – Dionysos – in einem Kreise von Damen – er redet in Versen, wohl eine halbe Stunde lang, man bewundert ihn, und mit Recht, denn es war wirklich eine Leistung. Die Kappadozische schmachtet ein wenig und ist ganz Bewunderung – sie hatte ein eigentümliches Kostüm an mit großen Metallplatten an den Ohren (vermutlich kappadozisch). Dann sehe ich Delius, die römische Matrone, in der Hand einen Teller mit zierlichen Butterbrötchen, die er versunken in den Mund schiebt. Er ist heute ganz in seiner wahren Welt. Seine Mutter (er lebt mit seiner Mutter zusammen und soll sie sehr verehren) irrt zwischen den Gästen umher und sucht ihn: Wo ist mein Sohn – haben Sie meinen Sohn nicht gesehen? Endlich entdeckt sie ihn, aber er wendet sich ab und will sie nicht anerkennen. Ganz betroffen flüchtet sie zur Frau des Hauses, die sie lächelnd beruhigt.

Ich entdecke Sendt, der alleine in heiterer philosophischer Ruhe hinter einem Glase Wein sitzt und die kleine Szene ebenfalls beobachtet hat. Halb betäubt lasse ich mich neben ihm nieder.

»Trinken Sie, junger Mann«, sagt er, »wie bekommt Ihnen denn das Flötenblasen – es machte mir aufrichtiges Vergnügen, Sie neben dem Dionysos einherschreiten zu sehen. Solange die Maskerade Maskerade bleibt . . .«

»Ach, lieber Doktor, wenn Sie nur Philosoph bleiben. – Ich bin wirklich freudig überrascht, Sie hier zu treffen.«

»Oh, warum nicht; ich amüsiere mich ausgezeichnet, und es gibt wirklich allerhand zu sehen – zum Beispiel Delius –, können Sie sich wohl denken, weshalb er seine Mutter nicht erkennen wollte?«

Ich meinte, er wollte wohl nicht aus der Stimmung herausgerissen werden, und als römische Matrone . . .

Sendt lächelte.

»Die Matrone gilt vielleicht nur für Outsider. – Ich habe munkeln hören, daß er den Eingeweihten die große Urmutter darstellt – obwohl diese von Rechts wegen unsichtbar ist. Deshalb trägt er wohl auch den schwarzen Schleier auf dem Haupt. Sie begreifen, daß es nun wirklich stillos wäre, sich mit seiner Mama zu unterhalten, wenn man sich selbst als Urmutter empfindet.«

Ich versank in tiefes Staunen – Maria kam angestürzt und warf sich in einen Sessel:

»Da sitzt ihr wieder und redet, statt zu tanzen. – Hören

Sie, Sendt, der Sie alles wissen, warum ist der Dionysos so rot? – Ich dachte immer, er wäre nackt und nur mit Weinlaub.«
»Zügeln Sie Ihre schlimmen Phantasien, Maria! Der indische Dionysos, den Sie heute in unserem Professor verkörpert sehen, wird im langen wallenden Gewande dargestellt. Und für Sie, lieber Dame – der Kult der großen Mutter kam aus Asien, deshalb mag wohl auch der indische als der Ur-Dionysos gelten.«
»Wie langweilig«, sagte Maria, »jetzt gibt's schon wieder einen Umzug, und ich wollte gerade mit Georg tanzen.«
Wir sahen in der Tat, daß man sich wieder zum Zuge ordnete; von allen Seiten strömten die Bacchanten, Jünglinge und Hermaphroditen mit erhitzten Gesichtern herbei. Dionysos schwang einen laubumkränzten Stab, den seine Frau ihm statt des zerbrochenen goldenen hergerichtet hatte. Nur Delius blieb ruhig an seinem Platz stehen, Adrian lief an ihm vorbei und fragte, ob er sich denn nicht beteilige, aber er antwortete gemessen: »O nein, es handelt sich diesmal nur um einen Privatumzug des Cäsar.«
Man fühlte, daß alle in erhöhter Stimmung waren, denn es ging lauter und lebendiger zu als am Anfang, bis der Cäsar sich in Bewegung setzte und wieder der eintönige dumpfe Gesang erscholl.
Wir, die Kabiren . . .
»Was sind Kabiren?« fragte Maria leise.
»Thrakische Urgötter«, sagte Sendt und schenkte sich ein neues Glas ein.
Die Helden des Altertums
Ermangeln des Ruhms . . .

Und nun wollte ich wieder wissen, warum. »Ich dachte gerade, sie wären enorm?«
»Die Kabiren sind eben noch enormer«, erwiderte der Philosoph. »Übrigens sind die Verse aus dem Faust.«
Und Maria ganz enttäuscht: »Aus dem Faust? – Ich meine, von Hofmann – sie sehen ihm so ähnlich.«
»Nein, nun hört auf, Kinder!« sagte der Philosoph. »Ihr fragt mich zu Tode? Lieber wollen wir nächstens wieder ein theoretisches Souper veranstalten – *Je me sauve*«, und damit verläßt er uns, um einer schönen Griechin die Cour zu machen.
Ich tanze mit Maria, mit einer Unbekannten, dann treibe ich mich herum und suche nach Susanna, die ich noch kaum gesehen habe. Die vier Hermaphroditen, deren Kostüm bis ins kleinste Detail übereinstimmt, sind durchaus verwirrend. Darin hat Susanna wohl recht gehabt. Ich denke, sie ist es, die vor mir steht, und lege sanft den Arm um sie – es ist Konstantin – er dreht sich um und schaut mich an wie ein schönes Mädchen:
»Nein – dort in der Fensterbank sitzt sie«, sagt er.
Die Lampen blenden, ich sehe nur ein paar schlanke schwarze Beine, ein weißes Obergewand, den roten Kranz, ich trete näher heran – Schnurrbart – Zwicker – es ist Adrian. Er unterhält sich gerade mit einem Franzosen, klärt ihn über die Bedeutung des Festes auf und weist auf eine Gruppe von Knaben und Bacchantinnen hin, unter denen es stürmisch und zärtlich zugeht. Ich höre Adrian sagen:
»Mais c'est une orgie – vraiment, c'est une orgie – un bacchanal!«
»Oui, oui, oui – parfaitement«, erwiderte der Franzose.

Hoffnungslos wand ich mich weiter durch die menschenvollen Räume, aber nun begegnete mir die wirkliche Susanna und zog mich mit:
»Ein neuer Zinnsoldat«, sagt sie, »er ist sehr nett, kommen Sie nur mit.«
Ja, er war wirklich recht nett – ein blonder Gutsbesitzer, der sich stilvoll in ein großes Pantherfell gewickelt hatte. – Wir etablierten uns in einer stillen Ecke, Susanna schmiegte sich an das Pantherfell und ließ mir ihre linke Hand. Sie weiß, daß ich mich dann schon etwas glücklicher fühle.
So saßen wir, schwätzten, ruhten uns aus und betrachteten das festliche Getriebe. Willy und Orlonsky tauchten manchmal auf, grollten etwas, weil sie nicht tanzen wollte, blieben eine Weile oder verzogen sich wieder. Heinz kam vorbei – dann sein Freund, der Indianer; ich erfuhr jetzt endlich von Susanna, daß er Petersen heißt und aus einer nordischen Heidegegend stammt – deshalb wird er auch trotz seiner dunklen Haare als blonder Germane eingeschätzt. An diesem Abend trug er ein orientalisches Kostüm und einen langen falschen Bart. Ich rief ihn an, da ich ihn doch kannte, aber er zuckte die Achseln und antwortete mit einem unverständlichen Gemurmel, was wohl bedeuten sollte, daß er nicht für mich zu sprechen sei.
»Er ist ein orientalischer Priester«, erklärte Susanna, »und es gehört dazu, daß er uns nicht kennt. – Überhaupt zu seinem Stil; er gilt gerne für verschlossen und herrisch.«
Es war schon spät; in der Mitte des Zimmers begann jetzt ein weibliches Wesen, anscheinend eine Mänade, die fast nur in rote Schleier gehüllt war und Hörner auf

dem Kopf trug, Solo zu tanzen – alles schob sich zur Seite, um zuzuschauen. Delius in seinem schwarzen Gewande schritt um die Tanzende herum und ließ leise seinen Triangel ertönen. Ich erkannte die schwarze Malerin, die ich bei Heinz gesehen.

»Das ist die ›Murra‹«, sagte Susanna leise, »ich weiß nicht, wie sie sonst heißt. Der Petersen ist Bildhauer und hat sie kürzlich als ›erdhaftes Weib‹ modelliert – es ist nur ein Kopf, der nicht recht aus dem Stein heraus will. Er sollte eigentlich die Urzeit heißen, aber irgend etwas stimmte nicht, und er taufte es dann die ›Murra‹. Der Name soll eben das Dunkle, Erdhafte wiedergeben. Man fand es enorm, und das Mädchen ist sehr stolz darauf.«

Der Panther hörte aufmerksam zu und schien sich nicht besonders zu wundern – er muß doch nicht ganz fremd in Wahnmoching sein.

Die ›Murra‹ tanzte und bog sich in verzückter Gelenkigkeit vorwärts – rückwärts, man hatte manchmal Angst, sie könnte ohne weiteres durchbrechen. Alle Zuschauer waren völlig hingerissen, nur der Mann im Pantherfell machte ziemlich laut eine abfällige Bemerkung, und der Indianer – nein, diesmal war er ja Priester – warf ihm einen furchtbaren Blick zu. Die kappadozische Dame sah interessiert zu uns herüber, sie hoffte wohl, es würde wieder Blut fließen. Aber nun ergriff der Priester einen Gong und trat selbst in die Arena. Mit dröhnenden Schlägen und düsterer Miene schritt er auf die Tänzerin zu, um sie herum, und feuerte sie zu immer wilderen Sprüngen an. Sie erntete ungeheuren Beifall, ihre roten Schleier flogen auf und nieder, ich fühlte mich schließlich wie hypnotisiert, ich sah und empfand nichts mehr als rote Schleier – rote Schleier, hörte nichts mehr als die dröhnenden Gongschläge. Vielleicht war das wirklich der dionysische Rauschzustand, den dieses Fest ja herbeiführen sollte. Der Professor kam an den Tisch, und ich teilte ihm meine Empfindungen mit; er schien hocherfreut und sah mich voller Sympathie an. Dann zog eine Bacchantin ihn fort; der Panther gürtete sein Fell und mischte sich ebenfalls in das Gewühl. Susanna hatte bisher wohlig in unser beider Armen geruht; nun der andere gegangen war, konzentrierte sie sich auf mich. Ich war sehr glücklich und auch wieder melancholisch, denn ich wagte endlich die Frage, zu der ich mich schon lange verurteilt fühlte:

»Ach Susanna – kann ich Ihnen denn niemals mehr sein als ein Zinnsoldat?«

Und sie antwortete nur: »Das ist schwer zu wissen.«

Der Panther kam zurück und mit ihm der Philosoph; die beiden waren anscheinend schon bekannt und unterhielten sich eifrig miteinander. Immer noch tanzte die ›Murra‹, sie schien überhaupt nicht mehr aufhören zu können – dann plötzlich schleuderte der Indianer seinen Gong weit von sich und drehte sich rasch und immer rascher um sich selbst wie ein Derwisch. Das gab das Signal zu einer allgemeinen Ekstase, alles begann zu tanzen, zu drehen, in einem rasenden Tempo herumzuwirbeln – paarweise, allein oder zu mehreren, wie es gerade kam. Eine ganze Schar von Mänaden schwang sich im Kreise um den Dionysos, der verzückten Blickes bald eine, bald die andere ansah und einzufangen versuchte. Auch Susanna hatte ihre Faulheit abgeschüttelt und bildete mit Konstantin und Adrian ein unentwirrbares Ensemble von schwarzen Beinen und rotumlaubten Köpfen.

Wir hielten unterdessen an unserer Ecke fest, sie glich immer mehr einer umbrandeten Insel. Adrian trat wieder zu uns und betrachtete das bewegte Schauspiel durch seinen Zwicker.

»Hören Sie, Sendt«, sagte er hingerissen, »wenn Sie immer noch nicht zugeben wollen, daß wir in Wahnmoching noch einmal ein dionysisches Zeitalter erleben werden . . .«

»Meinetwegen – erleben Sie es«, entgegnete der Philosoph trocken. »Es ist ja im späteren Altertum schon einmal vorgekommen, daß die dionysischen Kulte eine wohlgeordnete patriarchalische Weltanschauung wieder über den Haufen rannten und . . .«

Adrian horchte gespannt auf: »Was? Das wußte ich ja gar nicht.«

»Nun, dann wird es Sie sicher interessieren, daß auch damals die Frauen wieder zu Mänaden und Hetären wurden, und – hören Sie nur gut zu, Adrian – auch damals lernte ein ernüchtertes Zeitalter wieder den Rausch einer tieferen und glühenderen Lebensempfindung kennen – was, soviel ich weiß, die verborgene Hoffnung Wahnmochings ist. Eben jene nächtlichen dionysischen Feste mit rasenden Tänzen, die Opfertiere, die von den Mänaden zerrissen und roh verschlungen wurden.«

»Pfui Teufel«, sagte der Panther.

»Weil in ihrem Blut der Gott selbst enthalten war.«

»Stierblut«, fiel Adrian, sich plötzlich erinnernd, ein.

»Ja, Stierblut, weil der Gott in der Gestalt eines Stieres erschien und man somit seine Substanz in sich aufnahm – aber bitte, lesen Sie es lieber in Ihrem Bachofen nach, ich habe nicht die Absicht, hier weitere Vorträge zu halten.«

Adrian nahm einen Zettel aus seinem Gewande und notierte sich etwas. Der Panther hatte derweil nachgedacht und sagte bedächtig: »Es wäre eigentlich doch nicht so übel!« Dann stand er auf und reckte sich. Adrian faßte ihn am Arm.

»Kommen Sie, Panther! – Tanzen wir, rasen wir, stürzen wir uns unter die Mänaden.«

»Gebt nur acht, daß sie euch nicht zerreißen«, bemerkte der Philosoph friedfertig.

Und die beiden tauchten in dem tobenden Chaos unter, das noch eine Zeitlang fortwogte und sich dann allmählich in erhitzte und ermattete Einzelgestalten auflöste.

12

Zwei Tage später . . .

Nein, es liegt wohl nicht in meinem Bereich, kosmische Feste zu schildern – was ich da mit schöner, ordentlicher Schrift in meine Hefte male, mutet mich selbst so nüchtern und farblos an. Sicher war auch in dem Ganzen weit mehr Rausch und mystischer Gehalt, als ich hier wiederzugeben weiß. Vielleicht auch fehlt mir nur die Fähigkeit, es so zu erleben, ich bleibe immer an der Schwelle stehen, ich bin kein Enthusiast, kein Schwärmer, kein Bacchant, ich bin nur Herr Dame.

Man hat in ganz Wahnmoching und darüber hinaus tagelang nur von diesem Fest gesprochen – Laien und Eingeweihte –, es scheinen ungeheuerliche Gerüchte darüber umzugehen. So fragte mich heute der alte Hofrat, den ich an der Trambahnhaltestelle traf, ob ich denn wirklich an diesen Orgien teilnehme, bei denen arge und bedenkliche Dinge stattfinden sollten, zum Beispiel den Göttern zu Ehren rauchendes Blut aus Schalen getrunken würde. Mir ging dies verständnislose Geschwätz so auf die Nerven, daß ich trotz meiner guten Erziehung etwas ausfallend wurde. Ich belehrte ihn, daß Hofmanns eine angesehene Familie wären und man in ihrem Hause weder rauchendes Blut tränke noch sonst etwas Ungehöriges täte, wie überhaupt selbst die eifrigsten Vorkämpfer des Heidentums in diesem Vorort die gesellschaftlichen Formen immer zu beobachten wüßten; in Spießerkreisen aber sei für das alles schwerlich das notwendige Verständnis zu finden, ja, auch gar nicht erwünscht, denn der Spießer sei von jeher molochitisch gewesen. Der unsympathische Greis kicherte höhnisch, schwang sein Spazierstöckchen und bemerkte: »Das klingt ja recht beruhigend, aber mit der Echtheit dieses Heidentums scheint es doch nicht weit her zu sein – die alten Heiden haben schwerlich auf korrektes Benehmen Wert gelegt.«

»Wer weiß«, sagte ich erbost, »weder Sie noch ich haben sie näher kennengelernt. Außerdem stehen wir jetzt im zwanzigsten Jahrhundert, und die Sitten haben sich seit dazumal etwas abgeschliffen – man trinkt nicht mehr Blut . . .«

»Das verdanken wir nur der Kultur des Christentums«, gab er gereizt zurück.

»Im Gegenteil . . .«, ich wollte ihm das noch näher auseinandersetzen; aber wozu, er hätte es doch nicht begriffen. So begleitete ich ihn schweigend an seine Trambahn, die eben herankam, und er sagte nur noch, ich solle ihn doch bald einmal besuchen, er interessiere sich lebhaft für meine weitere Entwicklung.

Aus Nervosität begab ich mich ins Café, das ich schon längere Zeit hindurch vernachlässigt hatte, und diesmal tat mir selbst der Anblick der Kappadozischen und ihres jungen Dichters wohl. Ich fühlte beinah Sympathie für die beiden und schilderte ihnen meine Unterredung mit dem alten Herrn, in dem stolzen Gefühl, für die heidnische Bewegung eine Lanze gebrochen zu haben. Aber der Dichter mißbilligte es, daß ich mich darauf eingelassen. Wer an großen Dingen teilnehmen dürfe, der müsse auch darüber zu schweigen wissen.
Doktor Gerhard, der ebenfalls zugegen war, verteidigte mich und meinte, man habe doch gerade zu diesem Fest alle möglichen Fernstehenden eingeladen, von denen keine innere Beteiligung zu erwarten wäre, und die dann vielleicht derartige Gerüchte verbreiteten.
»Die Auswahl der Gäste bleibt wohl stets dem Gastgeber überlassen«, bemerkte der Jüngling ablehnend und zupfte an seiner kultlichen Krawatte.
»Gewiß«, gab ich zu, »ich bitte mich nicht mißzuverstehen – ich halte es eben für korrekt, bei jeder Gelegenheit für das Haus meiner Gastgeber einzutreten.«
Er zuckte die Achseln: »Es tut mir leid, Herr Dame, aber auf studentische Ehrenstandpunkte vermag ich leider nicht einzugehen. Diese gehören der Welt des Fortschritts an, mit der wir jede Beziehung ablehnen.«
»Ich hoffe, die Herren werden sich über diese Frage nicht in die Haare geraten«, sagte Doktor Gerhard mit milder Ironie. Der Dichter lächelte herbe und hüllte sich dann in Schweigen. Die kappadozische Dame dagegen

war sehr liebenswürdig, sie ästimiert mich anscheinend, seit ich die Panflöte geblasen habe, und fragte, wie ich darauf gekommen sei. Ich erzählte, daß Delius uns alle beraten und wie er sich dann verabschiedet habe, um kosmische Urschauer zu erleben. Dabei fühlte ich, wie ich immer mehr in ihrer Achtung stieg, auch der Dichter wurde wieder zugänglicher.

»Delius hat uns neulich eine sehr bedeutungsvolle Begebenheit erzählt«, sagte er. »Er war vor einigen Jahren in Rom . . .«

»Ich denke, Herr Delius ist immer in Rom«, warf Gerhard ein. Der Dichter ignorierte ihn, und die Kappadozische suchte zu vermitteln: »Es ist hier wohl von dem wirklichen Rom die Rede.«

»Gibt es ein wirkliches und ein unwirkliches Rom?« fragte der junge Mann bitter. »Ich meinte allerdings jene italienische Stadt, die heute noch Rom genannt wird; aber gerade was Delius dort erlebte, zeigt, daß immer wieder der leere Schein für Wirklichkeit gehalten wird und tiefstes Erleben für unwahrscheinlich gelten mag. – Ihm, Delius, mußte das moderne Treiben an dieser Stätte wohl vor allem verhaßt sein, und so beschloß er, seine Mahlzeiten nach altrömischem Brauch einzunehmen. Er kaufte daher Wein und Früchte und begab sich zur Mittagzeit, wo alles ruhte, in die Campagna. Dort breitete er seine Vorräte auf dem Boden aus, flehte den Segen der Götter auf sich und sein Mahl herab und wollte eben damit beginnen, als dicht hinter ihm ein entsetzliches Gebrüll ertönte und ein ungeheures ziegenbockähnliches Tier mit ellenlangem, bis auf die Erde herabhängendem Bart auf ihn zustürmte. Entsetzt ergriff er die Flucht, denn es schien ihm wohl möglich, daß ein böser Dämon sein Spiel mit ihm treiben wolle. Und als er nach einer Weile wieder zurückkehrte, fand er nur noch das zertrümmerte Weingefäß am Boden, alles andere, auch das Ungeheuer, war spurlos verschwunden. – Ihr Lächeln ist nicht am Platz, Doktor . . . es wurde später dahin aufgeklärt, daß gerade unter der Stelle, wo er verweilt hatte, sich ein altes Grab befand.«

»Sagte nicht jemand, es könne vielleicht der große Pan selbst gewesen sein?« fragte die kappadozische Dame eifrig, aber der Dichter warf ihr einen strafenden Blick zu und sagte mit großer Bestimmtheit: »Darüber ist mir nichts bekannt.«

»Sollte unser gemeinsamer Freund Delius sich in diesem Falle nicht doch etwas getäuscht haben«, äußerte Gerhard nach einer Pause, und der Dichter entgegnete:

»Ich weiß nicht, wie Sie das meinen – aber es möge sich jeder die Welt der Erscheinungen deuten, wie er will. Das sind für uns nur Symptome seines Wesens.«

Die Kappadozische sah ihn nachdenklich an: »Und sicher gehen wir jetzt einer Zeit entgegen, die es wieder lernen wird, sie im Sinne des Lebens zu deuten.«

Gerhard seufzte ein wenig:

»Ja – ja – das wäre allerdings sehr zu begrüßen, gnädiges Fräulein.«

Wir sind dann zusammen fortgegangen.

Wie oft schon habe ich hier sagen hören: wir gehen Zeiten oder einer Zeit entgegen, die . . .

Es ist nicht lange her, da klang es mir fremd und unverständlich in die Ohren – mich dünkt, ich habe rasch und viel gelernt. Vor einem Monat noch hätte ich wohl ratlos den Philosophen aufgesucht und ihn gefragt: was für

Zeiten denn – und wieso? Jetzt weiß ich, um was es sich handelt, weiß und begreife, daß man von der Wahnmochinger Bewegung eine große Erneuerung des Lebens erhofft und erwartet. Dem Laien mag es fast wie eine Redensart klingen, mit der schon unzählige Bewegungen ihr Programm eröffnet haben, aber für den Wissenden besteht kein Zweifel, daß eben diese Bewegung von Grund aus anders geartet ist. Sie lehnt die ganze Welt des seelenmordenden Fortschritts ohne weiteres ab, will nichts mit ihr zu schaffen haben – sie weist nicht nach vorwärts, sondern zurück auf die mächtigen, urewigen Wurzeln alles wahren Lebens – nein, das stimmt nicht ganz – sondern auf den Urgrund, in dem allein solches Leben zu wurzeln vermag, denn alles Heutige ist ohne Wurzeln.

Wie sagte Hofmann neulich: Es gibt eine Welt, für die es gleichgültig ist, ob ein Schiff liegt oder ob ein Tisch fliegt. Ich schäme mich vor mir selbst, zu gestehen, daß ich diesen Ausspruch im ersten Moment für einen Witz hielt und seine tiefe Bedeutung mir erst später aufging.

Die Welt, in der Schiffe fliegen, ist eben die moderne, instinktlose, völlig maschinell gewordene, die jeden Erfinder eines neuen Mechanismus als Helden und Menschheitserlöser preist. Und die Welt, in der Tische fliegen oder wenigstens fliegen würden, wenn man Wert darauf legte – diese Welt ist unser Stadtteil, ist Wahnmoching. Nur ein Stadtteil; aber wer weiß, ob er nicht dereinst das tote Heute mit neuem Lebensgehalt durchdringen wird.

Das mit den Tischen, die fliegen, hat noch eine besondere Bewandtnis, die einstweilen als tiefes Geheimnis behandelt wird. Übrigens gehört auch das zu der eigentümlichen Atmosphäre unseres Vororts: vieles ist Geheimnis, und noch viel mehr wird als solches angesehen, obwohl alle darum wissen. Die Geheimnisse schwirren gleichsam in der Luft herum, aber sie offenbaren sich nur dem, der sie zu erkennen versteht.

Ich glaubte immer, ein diskreter Mensch zu sein, aber jetzt erst habe ich begriffen, daß es noch eine Hohe Schule der Diskretion gibt – eine wunderbare Technik, Dinge, die vielleicht schon in aller Leute Mund sind, durch plötzliches Verstummen in undurchdringliche Schleier zu hüllen und dadurch als Geheimnis zu kennzeichnen. Wie irrig ist die übliche Anschauung, nur das absolut Verschwiegene sei Geheimnis. Was niemand weiß, ist ein Nichts, ist überhaupt nicht vorhanden; und nur die Art, wie man ein Gewußtes je nachdem offenbart oder wieder verhüllt, macht es zum wahren Geheimnis.

So weiß auch ich, der noch keine Weihen empfangen hat (so nennt man es hier – es sind damit keine äußeren Zeremonien gemeint, sondern ein bestimmter Grad von innerer Beschaffenheit), so weiß auch ich zwei Dinge, die dem Bereich der Wahnmochinger Geheimnisse angehören.

Das eine ist, daß man damit umgeht, eine heidnische Kolonie zu gründen. Ich verstehe sehr gut, warum man diesen Plan geheimhält, vor allem wohl, um nicht mit manchen scheinbar ähnlichen Unternehmungen verwechselt oder auch nur verglichen zu werden. Ich verstehe auch, welche Tragik darin läge, einfach für Weltverbesserer, Religionsstifter oder dergleichen zu gelten, wo es sich doch um viel Tieferes handelt. Man wünscht

deshalb auch nicht, daß sich viele dazu herandrängen, und die Auslese wird aufs strengste gehandhabt. Meine verschwiegene Hoffnung geht dahin, daß unter den Wenigen auch ich für würdig befunden werde.
Und das andere, worauf auch des Professors Wort über die fliegenden Tische hindeutete – dieses andere mag wohl dem gemeinen Menschenverstand unfaßlich klingen. Die geistigen Führer Wahnmochings – Hofmann, Delius und Hallwig – oder sind es in diesem Falle nur Hofmann und Hallwig? – das könnte ich verwechselt haben, kurzum, es verlautet, daß sie Geheimnisse von unabsehbarer Tragweite entdeckt haben und dadurch in der Beherrschung gewisser innerer Kräfte so weit vordringen, daß sie über kurz oder lang in der Lage sein werden, zu zaubern, wirklich und wahrhaftig zu zaubern. Nicht etwa im landläufigen Sinne Magie zu treiben, die sich doch eben nur mit Einzelgeistern beschäftigt – und das ist ein großer Unterschied.
Man erklärte es mir etwa so: gelingt es einem, sich durch ein mystisches Verfahren – ich glaube durch absolute Selbstversenkung in das kosmische Urprinzip – dergestalt zu läutern, daß auch die geringsten Bestandteile von Molochitischem gebannt werden, gelingt es ihm, die kosmische Ursubstanz in sich allmächtig zu machen, so daß sie sein Wesen vollkommen durchdringt – nun, so wird eben er selbst allmächtig, und wer allmächtig ist, kann zaubern. Es gehört noch dazu, daß in seiner Umgebung starke kosmische Substanzen vorhanden sind – und ja keine molochitischen, die eben doch irgendwie auf ihn einwirken und jenes Verfahren beeinträchtigen könnten. – Daher Hallwigs große Zurückhaltung im Verkehr – er will nicht mit Belanglosen in Berührung

kommen. Denn der Belanglose hat keine oder nur geringe kosmische Substanz und ist dem Molochitischen leicht zugänglich.

Anmerkung

Wir sind hier an einem der Punkte angelangt, verehrter Freund, die vielleicht eines Kommentars bedürfen – ob nämlich die Zauberhoffnungen Wahnmochings, beziehungsweise deren Erfüllung, wirklich im Bereich des Möglichen lagen. Sicher wird das Publikum die berechtigte Anforderung erheben, darüber aufgeklärt zu werden. Uns selbst schien es anfangs sehr zweifelhaft, aber als wir zu Ende gelesen hatten, fühlten wir uns doch geneigt, die Frage mit: Ja, oder: Höchstwahrscheinlich – zu beantworten. Sie werden ja auch sehen, daß die bedeutendsten Köpfe jenes Stadtteils einmütig daran glaubten. Trotzdem ziehen wir es vor, unsere Ansicht darüber von der Ihrigen abhängig zu machen.

Ja – da wird es wohl begreiflich, daß so oft von Zeiten gesprochen wird, denen wir entgegengehen. – Zeiten, in welchen es gleichgültig sein wird, ob Schiffe fliegen oder ob Tische fliegen – begreiflich, daß die Atmosphäre unseres Vorortes mit gewaltigen Spannungen geladen ist. Man feiert Feste – man rast und taumelt, man lacht und plaudert, kost mit schönen Frauen, und dazwischen wieder kreisen gewitterschwere Geheimnisse, wehen mystische Erleuchtungen über ›letzte, äußerste, ungeheure Dinge‹. (So sagt man hier.)

Seit dem Hofmannschen Abend hat sich rein persönlich alles mehr zusammengeschlossen, als wolle man dem Rest dieses Karnevals – der noch eine Woche dauert – durch stärkere Gemeinsamkeit eine bedeutsame Note aufprägen. Und ich hörte sagen, der Kreis sei bestrebt, möglichst viele kosmische Elemente um sich zu sammeln – ja, im Zentrum von Wahnmoching hoffe man auf das Zustandekommen einer neuen heidnischen Blutleuchte, die natürlich für die Zauberhoffnungen sehr wesentlich ist und alles ungemein erleichtern würde. (Die letzte ist gewesen, als Hofmann, Delius und Hallwig sich kennenlernten und der Meister sein erstes Buch schrieb – in demselben Jahr hat Maria ihr Baby bekommen, deshalb legt man auch so viel Wert auf die Erhaltung ihrer heidnischen Substanz.) So trifft sich abends alles bei den letzten Festen oder Redouten, und Wahnmochings bacchantisches Toben reißt manchmal auch die Menge mit fort. Und in den müden Tagesstunden findet man sich im Café oder bei Hofmanns und im Eckhaus zusammen.

Der Professor entdeckt unermüdlich wundervolle Menschen und fabelhafte Frauen, die sich zu Mänaden eignen und, wenn er es ihnen sagt, auch sofort zu rasen beginnen. Maria beunruhigt sich um Hallwig, der all dieses Treiben meidet, aber ihre Zinnsoldaten haben gute Tage. Susanna liebt den Mann im Pantherfell – und ich selbst folge ihr nur noch als verurteilter Schatten, der erst viel Blut trinken müßte, um zum Leben zu erwachen. In dieser wilden Zeit gibt man mir ja auch manchmal Blut zu trinken und dann – schweig still, mein Herz.

Aschermittwoch, den 24. Februar

Nur das Datum habe ich hier aufgeschrieben, und seitdem sind schon wieder mehrere Tage vergangen. Aschermittwoch – ein trübseliges Datum, aber wohl nur für den, der seine Besinnung schon wiedergefunden hat.

Uns allen war sie völlig abhanden gekommen, es herrschte nur eine still glückselige Aufgelöstheit, und immer noch tönten uns Nachklänge der verbrausten Feste in die Ohren.

Wir kamen die letzten drei Tage nur flüchtig und besuchsweise heim – ins Eckhaus, denn in dieser Zeit war das Eckhaus unser aller Heimat. Wir wußten längst nicht mehr, wer eigentlich zu uns gehörte und wer ein Fremder war – ob man sich als Freund gegenüberstand oder als Todfeind – und wer sich liebte, haßte oder völlig gleichgültig war.

Und wenn es wirklich das Ziel dieses Stadtteils ist, daß alle Individualität aufhört, jedes Einzelleben sich an eine Allgemeinheit verliert – so konnte es wohl für erreicht gelten.

Als ich Sendt diese Wahrnehmung mitteilte, lächelte er ein wenig und sagte:

»Lassen Sie nur alle erst einmal ausschlafen, dann wollen wir weiter darüber reden.«

Das war in der Nacht vom Dienstag auf Mittwoch, als die letzten Lokale geschlossen wurden und es hieß, der Karneval sei nun zu Ende.

Die meisten gingen denn auch nach Hause – wir nicht, wir standen im Schnee auf der Straße und wollten glücklich bleiben. Dann lud uns jemand, den wir nicht kannten, zum Frühstück ein, das Frühstück ging in ein Souper, das Souper in ein Gelage mit Tanz über, dann wurde alles undeutlich, immer undeutlicher. Man war nicht mehr im Kostüm, war wieder in seiner gewöhnlichen Kleidung und fand sich eines Nachmittags um den Teetisch im Eckhaus versammelt. Die verschiedenen fremden Gesichter waren verschwunden, und der engere vertraute Kreis war wieder unter sich. Nur Susanna fehlte noch – aber man spricht nicht darüber. Orlonsky prüft seine Bergstiefel, jongliert mit den Tellern und tanzt einen scharrenden Niggertanz – lauter Anzeichen, daß er mit irgend etwas nicht einverstanden ist.

28. Februar

Ein paar leere, verschlafene Tage – es ist, als wäre ganz Wahnmoching aus dem bacchantischen Taumel in einen tiefen, todähnlichen Schlaf versunken und das Leben selbst in Stillstand geraten.
So bin ich viel zu Hause geblieben, nur hier und da ein wenig spazierengegangen – dann wieder habe ich in meinen Papieren geblättert und versucht, an meinen Roman zu denken – wann werde ich endlich die innere Sammlung finden, um ernstlich ans Werk zu gehen? – Einmal suchte ich auch den Philosophen auf, aber er war nicht da – dann ging ich am Eckhaus vorbei – sämtliche Läden geschlossen und die Glocken abgestellt, wo sind sie alle?

Gestern, als ich mittags nach Hause kam, fand ich einen Zettel von Susanna auf meinem Schreibtisch:
»Es gibt mich wieder – kommen Sie bald – S.«
Chamotte sitzt in seiner Kammer am Fenster und bläst die Hirtenflöte.
Ich hab' sie ihm geschenkt, weil er so viel Freude daran hatte.
Auch Chamotte ist melancholisch – er macht immer meine Stimmungen mit.
Nachmittags gehe ich hinüber und finde Susanna und Maria allein, unten in dem großen Zimmer am Ofen. Sie scheinen beide ein wenig gedrückt, draußen ist ein trübes, graues Wetter.
»Wie gut, daß Sie kommen«, sagt Maria, »es ist heute so unheimlich – wir sind eben erst aufgestanden – und das ganze Haus ist leer – wir haben keine Ahnung, wo die anderen alle sind.«
Chamotte wird fortgeschickt, um Sekt zu holen, und sie ermunterten sich ein wenig.
»Warum sind Sie denn heute so deprimiert?«
»Ich weiß nicht, es hat eigentlich gar keinen Sinn . . .«, sagt Susanna.
»Doch«, fällt Maria ihr ins Wort, »alle sind böse auf uns – ach, bitte noch ein Glas, es ist wirklich ein Trost, daß Sie gekommen sind.«
»Wenn ich Ihnen nur etwas helfen könnte!«
»Das können Sie nicht – er sagt, meine Seele sei am Erlöschen – Hallwig natürlich – was wollen Sie dabei machen? Und nur wegen dem Karneval.«
»Wie falsch«, sagt Susanna, »nie hat man so viel Seele wie im Karneval.«

»Verschwendet sie aber an unwürdige Subjekte und unechte Räusche«, belehrte Maria.
»Ja, was nennt man denn eigentlich echt?«
»Ach, ich glaube, nur was einem selber Spaß macht – und ihm liegt es nun einmal nicht, sich zu amüsieren – aber wir können es nicht lassen.«
»Nein, das können wir nicht.«

Pause. – Es klingelt.

»Das wird Georg sein, ach, Susanna, schick ihn fort, ich kann ihn heute nicht sehen.«
Als Susanna zurückkommt, frage ich nach dem Panther – es war eine Ideenverbindung, die sich mir unwillkürlich aufdrängte.
»Du lieber Gott, das ist es ja gerade – denken Sie nur, er ist nun auch unter die Enormen gegangen, und sie haben ihn als ›zugehörig‹ akzeptiert, das ist eine Vorstufe«, es klingt wirklich tiefer Schmerz aus ihrer Stimme, »ich hoffte ja so, er wäre belanglos. Aber sie haben entdeckt, es sei irgendeine Substanz ungewöhnlich stark in ihm; wie heißt es doch, Maria?«
»Wikingersubstanz – das solltest du doch eigentlich wissen . . .«
»Ach, wozu? Aber es gefällt ihnen – und nun geht's natürlich auch über mich her. Und Onsky ist aus Zorn über den Panther ins Gebirge – Willy ist wieder böse, weil er fort ist, und haßt deshalb den Panther mit, er kann es nicht ausstehen, wenn unser häuslicher Friede wegen anderer Männer gestört wird. – Sie sehen, es geht uns wirklich schlecht.«
Ja, das sah ich wohl ein.
Maria warf neues Holz in den Ofen, und nun saßen wir alle drei und starrten betrübt in die Flammen.

Dann klingelte es wieder, und sie fuhren nervös zusammen. Chamotte steckte den Kopf in die Tür und fragte, ob Herr Konstantin empfangen würde.

»Ja, er soll nur kommen«, sagte Maria, »der arme Junge wird wohl auch nicht in rosiger Laune sein – zwischen ihm und dem Indianer hat es einen Krach gegeben, von allen Seiten ziehen sich Unwetter zusammen. Und gerade jetzt, wo man noch so müde ist.«

Konstantin kam und mit ihm Willy, der Susanna die Hand küßte und sich versöhnlich zeigte. Ja, und Konstantin schien wirklich nicht bei rosiger Laune, er war ganz verstört und warf sich, ohne zu sprechen, auf eines der Polster nieder.

»Hast du Hallwig gesprochen?« fragte Maria nach einer Weile.

»Nein, nur Petersen – er kam heute in meine Wohnung und kündigte mir die Freundschaft.«

»Warum hast du auch mit der Murra gebuhlt?«

»Gott, nur so – ich mag sie ja eigentlich gar nicht, und das hab' ich ihm auch gesagt. Aber es schien ihn nur noch mehr zu reizen. Er hat ein förmliches Protokoll aufgenommen und wird es wohl Hallwig unterbreiten.«

»Und glaubst du, daß er deshalb . . .«

»Ach, ich weiß nichts«, seufzte der Sonnenknabe, »manchmal mag ich überhaupt nicht mehr. – Früher konnte ich tun, was ich wollte – wenn ich log oder klatschte und ihre Mädchen in mich verliebt waren, fanden sie es nur enorm, und jetzt wird mir alles das plötzlich vorgeworfen.«

»Ist Eifersucht nicht eigentlich unheidnisch?« fragte Susanna nachdenklich.

»Ja, gewiß, nur bei Petersen nicht – bei ihm gehört sie zur Geste, und seine Gesten werden immer respektiert. Aber ich habe diesmal wirklich nicht daran gedacht.«
»Und vor allem, daß es gerade die Murra war«, sagte Maria, »sein Modell – du hättest dich gerade so gut an der Urzeit selbst vergreifen können.«
»So wird es mir wohl auch ausgelegt werden – du sollst sehen, sie werden mich jetzt für molochitisch erklären.«
»Und meine Seele ist am Erlöschen«, murmelte Maria vor sich hin wie eine Lektion.
»Ach, Maria«, sagt Willy sentimental, aber sie hört nicht darauf, sie sieht nur wie erstarrt in die Flammen.
»Aber gerade jetzt – und gerade uns beiden . . .«

Ich vermute, daß sie dabei an die Zauberhoffnungen dachte, von denen wohl ganz Wahnmoching erfüllt ist, und die, wie man weiß, eine strenge Scheidung der Substanzen erfordern. Daß es ihr ungerecht und bitter erscheint, wenn man eben jetzt den Sonnenknaben verwirft und an ihrem Wert zweifelt . . . Es will mir ja auch nicht recht in den Kopf, daß da persönliche Konflikte eine solche Rolle spielen können. Aber ich sehe wohl nicht tief genug, um zu verstehen, warum die Zinnsoldaten ihre Seele auslöschen und warum es molochitisch war, daß Konstantin mit des Indianers Weib buhlte.
Tags darauf sprach ich auch noch mit Willy darüber. Immer von neuem versuche ich, mir ein Bild von diesem Hallwig zu machen, und stets zerrinnt es wieder an Unbegreiflichkeiten. Wie ein zürnender Gott scheint er über Wahnmoching zu walten, aber immer aus der Ferne, immer in Nebel gehüllt.

Und ich, der Belanglose, bin vielleicht verurteilt, ihn niemals kennenzulernen – wenn nicht der Zufall oder eine innere Notwendigkeit es so fügt. Aus eigener Initiative werde ich wohl niemals den ersten Schritt wagen – gerade jetzt, wo selbst die Nächsten sich nicht trauen, seine Zauberkreise zu stören, und ganz Wahnmoching in ahnungsvollem Abwarten verharrrt, wer auserwählt und wer verworfen wird.
Ich fühle heimliche Eifersucht auf den Panther, er ist so groß, blond und gewaltig – das ist wohl die Wikingersubstanz, durch die er Susannas Herz gewonnen und sich bei den Enormen die Zugehörigkeit erworben hat.
Heut morgen war er da, sie sprachen lange zusammen in Susannas Zimmer – in der Küche saßen derweil Konstantin und Maria mit Hofmann, sie klagten ihm ihr Leid, und er schien sehr nachdenklich.
Ich flüchtete mich zu Willy, denn ich war überall im Wege. Auch unsere Unterhaltung drehte sich um Hallwig und die Zauberei. Es ist, wo zwei oder drei Wahnmochinger beisammen sind, von nichts anderem mehr die Rede.
Willy gehört zu den Ungläubigen, er bezweifelt, daß etwas dabei zustande kommt, und hält die ganze Hoffnung für ziemlich illusorisch.
Ja, wenn Delius sich daran beteiligte, meinte er, dann könnten vielleicht wunderbare Dinge geschehen, aber der hält nichts vom Zaubern.
»Warum denn nicht?«
»Ich weiß nicht – vielleicht findet er es überflüssig –, und ob Hallwig und der Professor allein damit reüssieren ...?«

Ich genierte mich, schon wieder zu fragen: warum nicht?, aber ich tat es doch.

»Ja, das ist nicht so einfach zu erklären – Hallwig hat ja gewiß einige Anlagen zum Zaubern. Sie sehen selbst, was für eine starke Suggestion er auf andere ausübt. Aber es scheitert immer wieder daran, daß er sich mit seiner Umgebung brouilliert. Er sucht möglichst viele kosmische Substanzen um sich zu sammeln – kreiert Sonnenknaben, Hetären und Priesterinnen – dann wirft er wieder alles um, wie bei einem Schachbrett die Figuren, und sagt, es sei doch nichts gewesen. Schließlich wird nur noch er selbst übrigbleiben.«

»Und der Professor?«

»Der macht es gerade umgekehrt und bejaht, was nur zu bejahen ist. Er wird vielleicht in einem Atem bejahen, daß Maria und Konstantin doch enorm sind und daß Hallwig in allem, was er tut, recht hat. Wir alle lieben ihn ja gerade deshalb – es ist eine wirklich liebenswürdige Eigenschaft, aber in diesem Falle kann sie ihm verhängnisvoll werden.« – »Wieso?« – »Ach, Sie fragen so viel, und ich hab' noch nicht einmal gefrühstückt. Seit Orlonsky fort ist und die Wahnmochingerei auch unser friedliches Eckhaus verheert, ist es wirklich recht zum Verzweifeln.«

Wir riefen mit vereinten Kräften nach Chamotte.

»Am Ende sitzt er auch irgendwo und spricht über Hallwig«, meinte Willy, »oder er sucht sich über seine Substanz klarzuwerden.«

Nein, er saß unten im Flur und spielte die Flöte. Susanna hatte ihn als Türhüter angestellt, um etwaige lästige Besuche fernzuhalten.

Er brachte uns dann Kaffee, und es wurde gemütlicher.

»Wissen Sie, lieber Freund und Dame«, sagte Willy, »Sie sind etwas zu spät gekommen. Die große Wahnmochinger Bewegung hat sich schon überlebt – noch ehe sie eigentlich das Licht der Welt erblickt hat.«

»Und ich dachte, es sollte gerade erst anfangen«, entgegnete ich trübe.

»Ja, Sie haben, wie mancher andere, das Ende mit dem Anfang verwechselt. Wir alten Eingeborenen können uns darüber nicht täuschen – wir haben auch alle gefühlt, daß dieser berauschte Karneval nur ein Versuch war, wieder zusammenzufügen, was sich innerlich zu zerspalten droht. Sie haben ja selbst gesehen, daß Hallwig nicht daran teilnahm. Das ist ein schlimmes Symptom. Und auch Delius soll gemurrt haben, daß man dem Cäsar Ehren erwies, die nur Göttern zukommen. Aber noch hofft man auf Zeichen und Wunder, und alles wird davon abhängen . . .«

Während der letzten Worte war Susanna ins Zimmer getreten; unten fiel die Haustür dröhnend ins Schloß, der Panther schien sich entfernt zu haben.

»Hört auf, hört um Gottes willen auf«, sagte sie, »wir werden ja allmählich noch alle verrückt. Hofmann ist ganz aufgeregt fortgegangen, Konstantin hat sich aus Verzweiflung schlafen gelegt, Chamotte bläst unentwegt die Flöte, und Maria sitzt in der Küche und weint.«

»Außerdem ist es bald zwei Uhr nachmittags, und wir sitzen hier beim ersten Frühstück«, bemerkte Willy strafend, »wenn Maria in der Küche weint, werden wir wohl schwerlich zu einem Mittagessen kommen.«

Ich schlug vor, wir könnten in die Stadt gehen und nachher den Philosophen besuchen.

»Und an Orlonsky telegraphieren, daß er wiederkommt«, sagte Willy energisch, »es ist Zeit, daß wir wieder eine geordnete Existenz anfangen.«
Und Susanna erklärte sich einverstanden.

14

Eine Woche später im Eckhaus

Wenn Willy recht hätte – wenn ich zu spät gekommen bin – ich komme ja immer zu spät oder zur unrechten Zeit, bei den Frauen, bei allem möglichen.
Es ist kein besonders freundlicher Stern, der über meiner Biographie waltet, das weiß ich längst, und doch erscheint es mir unfaßlich, daß die Götter Wahnmochings Untergang beschlossen haben, nur damit sich meine Biographie vollendet – nur damit ich auch dieses Mal zu spät komme, gerade da, wo mein größtes Erleben – Miterleben – sich erfüllen sollte. Aber auch Willy sagt ja, daß man noch auf Zeichen und Wunder hofft.
Das Zeichen und Wunder eben steht bei Hallwig – ach, ich wiederhole mich beständig und verwirre mich immer mehr, obwohl all mein Streben nur nach Klarheit geht. Ich bin hier geblieben, ich bleibe vielleicht noch lange hier, denn Susanna und Maria haben mich darum gebeten. So hause ich hier unten in dem großen Gastzimmer, und meine Biographie verwächst immer inniger mit der des Eckhauses.
Meine Gegenwart sei ihnen so tröstlich, sagten die Mädchen. Gerade die matte, neutrale Note, die mir eigen ist, und daß mir trotzdem immer das Herz weh tut.

Das haben sie gern, und ich selbst weiß mir wohl nichts Besseres, als um diese Frauen zu sein, die mich milde zu meinem eigentlichen Wesen verurteilen.

Orlonsky ist zurückgekommen, das Interieur wiederhergestellt, nur geht das Leben etwas stiller als vorher – Besuche kommen und gehen – wir selbst kommen und gehen, aber die laute Freude und sorglose Unruhe scheint etwas gedämpft. Und draußen weht Frühlingswind.

10. März

Mit Maria bei Hofmann. Es war kein Jour, und wir trafen nur zwei Gäste dort. Aber diese zwei sind in unserem Stadtteil eine seltene und auffallende Erscheinung – eine junge Polin mit flammend rotem Haar und bleichem, fanatischem Gesicht, sie nennt sich Jadwiga, und ihr Begleiter ist ein Rabbi von der deutschen Ostgrenze. Wir haben sie im Karneval kennengelernt, ich glaube, es war die Kappadozische, die sie entdeckt und in Wahnmoching lanciert hat. Wieso und warum die beiden in das Faschingstreiben gerieten, ist bisher unklar geblieben, denn eigentlich sind sie nur unterwegs, um für den Zionismus Propaganda zu machen. Darüber wurde auch an diesem Nachmittag viel gesprochen, und es war nicht uninteressant, wie Jadwiga von dem Elend der israelitischen Bevölkerung in ihrer Heimat erzählte.
Sie saß auf einem Schemel zu Füßen der Hausfrau und sprach immer weiter von ihrer Kindheit; was sie erzählte, waren zum Teil seltsame, phantastische Erlebnisse, und unleugbar ging ein gewisser Charme von ihr

aus, der die Zuhörer mehr oder minder gefangennahm (der Rabbi lehnte derweil finster und schweigend an der Wand). So schilderte sie einen alten, moosbewachsenen Ziehbrunnen und wie sie als Kind immer in diese runde, grüne Tiefe hineingesehen und dabei förmliche Visionen gehabt habe. Und noch vieles andere – aber bei der Geschichte vom Ziehbrunnen sprang der Professor auf, durchmaß das Zimmer mit großen Schritten und fragte ganz erregt:

»Wissen Sie, daß Brunnen kosmische, dionysische Erlebnisse sind?«

»Ich wußte es nicht«, antwortete sie, und ihr blasses Gesicht strahlte vor Freude. Aber nun kam Delius aus dem Nebenzimmer, er hatte dort schweigend gesessen und in einem Buch geblättert – wir wußten gar nicht, daß er da war.

»Gewiß«, sagte er, »gewiß, Herr Professor, aber es kommt vor allem darauf an, wer sie erlebt.« Gleich darauf verabschiedete er sich, warf noch einen kalten Blick auf den Rabbi und ging.

Es war keine Szene, nicht einmal ein Wortwechsel; es war gar nichts, und doch hatte man das Gefühl, es sei etwas vorgefallen, und gab sich alle Mühe, das peinliche Gefühl wieder zu verwischen.

»Ach, Barmherzigkeit«, sagte Willy, als wir ihm davon erzählten, »ist der Rabbi immer noch da? Bei mir ist er auch schon einmal gewesen, um mich für Zion zu gewinnen, aber es lockt mich nicht – das Eckhaus ist viel sympathischer. Und die Jadwiga ist mir ein Schrecken – sie sieht zum Beispiel immer einen schwarzen Hund, wenn jemand irgendwie abtrünnig wird, solche Leute sind ungemütlich.«

16. März

Ein aufregendes Erlebnis ...
Ich sitze mit Susanna allein in der Küche, vor uns eine Flasche Cherry Brandy, den sie besonders liebt. Es ist sehr spät, die andern schlafen schon. Wir nehmen hier und da ein Gläschen, wir sind etwas sentimental und sprechen von unserem Leben, ich von der Frau, die ich so gerne finden möchte, sie von dem Panther, den sie gefunden hat und der ihr viel Herzeleid bereitet. – Die anderen sind immer noch unzufrieden und eifersüchtig, und er selbst, der Panther, hat eben seine Wikingersubstanz völlig in Hallwigs Dienste gestellt. So hängt nun auch ihr Liebesglück von diesem Beherrscher aller geheimnisvollen Dinge ab. Sie kommt auch hier und da mit den Enormen zusammen, aber ihre Substanz ist noch nicht festgestellt. »Und wenn ich nun als minderwertig befunden werde«, sagte sie, »dann ist es vorbei, dann darf er mich nicht mehr«, und wehmütig erinnern wir uns an den Abend, wo neben seinem bunten Fell sich unsere Hände fanden.
Aber man soll wohl auch kein buntes Fell an die Wand malen, denn während wir noch so sprachen, ertönte unten ein rasendes Klingeln – dreimal – sechsmal – neunmal – wir hörten Chamottes Stimme an der Haustür, gleich darauf wurde aufgemacht, und Konstantin kam die Treppe herauf, in äußerst derangiertem Zustand, ohne Hut, ohne Rock und Weste, ja selbst ohne Kragen. Es dauerte eine Weile, bis er wieder zu Atem kam und uns Aufklärung geben konnte. Er hatte nach Hause gehen wollen, und zwar wie gewöhnlich über die kosmische Wiese (so nennt man eine ausgedehnte Grasfläche an der Grenze von Wahnmoching). Aber kaum daß er

die Wiese betreten hatte, rief ihn jemand beim Namen, er erkannte den Panther und blieb stehen, da er nichts Böses ahnte. Der Panther aber sprach kein Wort weiter, sondern suchte sich seiner zu bemächtigen, und gleichzeitig glaubte er Petersen, die Murra und sogar Hallwig zu bemerken, die sich abwartend in einiger Entfernung hielten. Der arme Junge, es fehlte ihm sicher nicht an Mut, aber er sagte, es habe ihn plötzlich ein Grauen erfaßt, daß irgend etwas Entsetzliches mit ihm vorgenommen werden sollte, und so versuchte er statt aller Gegenwehr sich loszuwinden, wobei er ein Kleidungsstück nach dem anderen einbüßte, denn der Panther packte stets von neuem wieder zu. Schließlich gelang es aber doch, und er war so gerannt, daß der andere ihn nicht einzuholen vermochte, sondern grollend umkehrte.

Wir gaben ihm Cherry Brandy zu trinken, und er erholte sich allmählich. Die anderen waren durch seine geräuschvolle Ankunft aufgeweckt worden und kamen frierend in ihren Nachtgewändern herbei. Die allgemeine Aufregung war groß, und man wußte sich das Vorgefallene nicht recht zu erklären. Konstantin erzählte, Petersen hätte ihm bei ihrer letzten Unterredung befohlen, sich aus dem Weichbild Wahnmochings zu entfernen, aber er habe sich geweigert, und vielleicht wollte man ihn jetzt mit Gewalt dazu zwingen – warum aber dann die Gegenwart der anderen – der Murra?

Maria war völlig konsterniert und dachte angestrengt nach, der sonst so skeptische Willy meinte mit einem leichten Schauder, es gäbe wohl auch heidnische Ritualmorde, vielleicht sollte Konstantin angesichts der

Murra geschlachtet werden, um sie, die sich im Karneval mit ihm vergangen, zu entsühnen – oder man brauche Blut von Sonnenknaben zu Zauberzwecken.

Die späte Nachtstunde trug dazu bei, daß uns sehr unheimlich zumut war. Es fror uns, Orlonsky machte ein großes Feuer im Herd an und stärkte uns mit Kaffee. Dann legte er einen geladenen Revolver auf den Tisch und erklärte, gegen etwaige Überfälle sei man gewappnet – im übrigen halte er jene Leute nur für verrückt.

Mir fiel der Morgen bei Adrian ein – und daß der Professor damals sagte, auf den Verrat kosmischer Geheimnisse stehe der Tod.

Die anderen wollten es nicht glauben, aber Susanna bestätigte, daß sie es ebenfalls gehört hätte. Konstantin wurde blaß: »Habe ich denn kosmische Geheimnisse verraten?« sagte er und sah Maria fragend an. Die zuckte die Achseln: »Das weiß man ja nie.«

Wir saßen um den Tisch, tranken unseren Kaffee, zwischen den Tassen lag der Revolver, und niemand dachte mehr an Schlafengehen.

Als es dann wirklich noch einmal draußen läutete, griff Orlonsky nach der Waffe, aber Susanna hielt ihn zurück. Sie ging selbst ins Nebenzimmer und verhandelte vom Fenster aus mit dem Panther, der draußen stand und Konstantins Herausgabe verlangte.

Er sei nicht hier – was er denn von ihm wolle.

»Das ist meine Sache«, antwortete der Panther lakonisch und drohend. Dann verlangte er ihr Wort darauf, daß Konstantin wirklich nicht im Hause wäre.

Wir horchten gespannt und bewunderten im stillen, wie

standhaft sie log und ihn auch schließlich zum Fortgehen zu bewegen wußte.
»Er glaubt mir alles«, sagte sie nachher, »nur nicht, daß ich lügen kann.«
Willy suchte sie zu beruhigen, daß das Ehrenwort einer Frau immer illusorisch wäre, aber Susanna saß stumm und bleich in einer Ecke und sprach keine Silbe mehr.

15

19. März

Maria hat Petersen und Hallwig aufgesucht. Über den Vorgang auf der kosmischen Wiese bewahren sie hartnäckiges Schweigen. Nur hat man ihr nahegelegt, daß sie jeden ferneren Verkehr mit dem Sonnenknaben zu meiden habe, sonst würde sie demselben Schicksal verfallen, denn unter den Trägern kosmischer Substanzen, die allein an allem Kommenden teilnehmen würden, müsse unbedingte Solidarität herrschen.
Maria ist ein Bild der inneren Zerrissenheit.
»Ich pfeife auf die Substanzen«, sagt sie gequält (und das ist die furchtbarste Lästerung, die man hier aussprechen kann), »aber einen Bruch mit Hallwig überlebe ich nicht.«
»Dann brich mit mir«, schlägt Konstantin wehmütig vor, und statt der Antwort fällt sie ihm um den Hals:
»Ach Unsinn, wie sollten wir das wohl machen? Aber was soll jetzt aus dir werden?«
»Vorläufig können wir ihn hier noch verstecken«, meint Susanna, »nur auf die Länge wird es schwerlich gehen.«

Marias Zorn wendet sich jetzt gegen die Freundin; sie wirft ihr vor, daß sie nur ihren Panther behalten wollte, auch wenn er seinen Blutdurst an ihren besten Freunden zu stillen suchte. Susanna gibt das zu, hält es aber für berechtigt, weil sie ihn liebte – Maria wollte doch auch weder von Konstantin noch von Hallwig lassen. Kurz, es ist kein Ausweg zu finden, wer wen aufgeben soll und was überhaupt dadurch erreicht würde.

Obwohl wir alle geschwiegen haben, ist der Sturz des Sonnenknaben und der nächtliche Überfall schon in ganz Wahnmoching bekannt und hat allgemeine Beunruhigung hervorgerufen. Unwillkürlich drängt sich wohl allen die Frage auf, ob nicht noch weitere unvorhergesehene Geschehnisse eintreten, weitere Opfer gefordert werden können – und ob es dann immer so glücklich abläuft wie in diesem Fall.

23. März

War es Vorahnung, daß ich diese Worte hier niederschrieb, oder beginnt schon unsere erregte Phantasie ihr Spiel mit uns zu treiben? Schon eine ganze Weile hat keiner von uns den Philosophen gesehen, obgleich ich ihn in seiner Wohnung und im Café verschiedentlich aufzufinden suchte. Er pflegt sich auch sonst hier und da im Eckhaus sehen zu lassen.
Ich machte mir schon allerhand Gedanken darüber – sollte er mich meiden, weil ich zuviel frage? Aber das war kaum anzunehmen, denn seine Langmut ist groß, und er hatte uns ja aus freiem Antrieb noch ein theoretisches Souper in Aussicht gestellt.

Da kam nun gestern Adrian ins Eckhaus und berichtete, der Philosoph sei allem Anschein nach wirklich verschwunden.

Er hätte ihn vor zirka zehn Tagen – in ein langes Cape gehüllt, das er sonst niemals trägt – in der Richtung auf die Stadt zu gehen sehen, und Sendt ging ganz gegen seine Gewohnheit so rasch, daß man ihn unmöglich einholen konnte. Aber seitdem habe ihn niemand mehr erblickt.

»Wer weiß«, sagte Adrian achselzuckend, »wer weiß, ob da nicht schon magische Einwirkungen im Spiel sind; das lange Cape war gar zu auffallend, und der Philosoph ist ihnen immer etwas unbequem gewesen. Wir wissen ja doch alle nicht, wann es anfangen soll. Der Professor tut in letzter Zeit ganz besonders geheimnisvoll und will selbst die harmlosesten Fragen nicht mehr beantworten. Er ist öfters mit Hallwig zusammen – vielleicht können sie es schon . . .«, er brach ab und räusperte sich bedeutungsvoll, »übrigens, Monsieur Dame – es hat mich sehr gefreut Sie kennenzulernen, und ich hoffte, wir würden noch häufig zusammenkommen, aber so, wie die Sache liegt«, wieder machte er eine Pause und fuhr dann sehr lebhaft fort, »nein – ich habe eingesehen, daß Wahnmoching doch nicht der rechte Boden für mich ist – wahrscheinlich auch für Sie nicht und für niemanden, der noch irgendwelchen Wert auf seine Individualität legt. Sie wissen doch, daß ich einen Band Gedichte herausgeben wollte – ja? Nun, eben in diesem Gedichtband behandle ich verschiedene Dinge, von denen hier in unserem Vorort viel die Rede ist; jeder weiß von ihnen, alle sprechen darüber. Ich lese also neulich dem Professor daraus vor, zufällig ist auch jener Herr mit der Wikingersubstanz zugegen – wie heißt er doch gleich? – der den armen Sonnenjungen . . .«

»Ich weiß es auch nicht – Sie meinen wohl den Panther?«

»Ja, richtig, eben, dieser Panther war dabei, sagte kein Wort und schien sogar Gefallen daran zu finden. Aber ein paar Tage später erfahre ich, daß man mich beschuldigt, schwerwiegende Geheimnisse profaniert zu haben. Was sagen Sie dazu?« Ich fand es sehr bedauerlich. »Bedauerlich? – ja, das ist das rechte Wort. Glauben Sie mir nur, Monsieur Dame, es haben wohl wenige so schöne, ja verwegene Hoffnungen auf die Bewegung unseres Stadtteils gesetzt wie gerade ich. Mit Freuden wäre ich bereit gewesen, meine Persönlichkeit und mein Talent in ihren Dienst zu stellen, aber in meinem Schaffen, in meiner künstlerischen Individualität will ich unbehelligt bleiben und sie nicht derartigen Verdächtigungen preisgegeben sehen. Zudem fühle ich gar keine Neigung, mich ebenfalls einem Renkontre auf der kosmischen Wiese auszusetzen.«

Er wollte dann noch Susanna adieu sagen, und wir ließen sie rufen. Sie war sehr betroffen und äußerte ihr Bedauern.

»Ja, teure Susanna, wenn Sie es nicht besser verstehen, Ihre Raubtiere zu zähmen.«

»Glauben Sie, daß auch Sendts Verschwinden mit ihm zusammenhängt?« fragte sie schuldbewußt; es bedrückte sie sichtlich, daß hier schon wieder der Panther im Spiel war.

»Gott weiß, vielleicht war es nur sein abgeschiedener Geist, der, in ein Cape gehüllt, davoneilte, und seine Gebeine bleichen auf der kosmischen Wiese.«

Susanne lächelte ungläubig und sagte mit einem Seufzer: »Ach, ich mag bald überhaupt nichts mehr davon hören, hoffentlich gibt es nun endlich wieder Ruhe.«
»Glauben Sie nur das nicht«, erwiderte Adrian leicht mysteriös, »es sollen selbst im inneren Kreise Mißhelligkeiten herrschen. Delius ist seit dem Fest sehr verstimmt – wegen der Lampengeschichte –«
»Lampengeschichte?«
»Aber ich bitte Sie – Sie waren doch selbst dabei, als der erste Umzug beginnen sollte. Delius hatte eine kleine antike Lampe in der Hand.«
»Richtig, ja, und Frau Hofmann beschwor ihn, sie wegzustellen, weil sie tropfte.«
»Das war eben nur ein Vorwand, der Cäsar sollte der einzige sein, der ein Licht trug. Jedenfalls faßte Delius es so auf; ich hörte selbst, wie er leidenschaftlich ausrief: ›Nein – nein, ich lasse sie mir nicht fortnehmen‹, und auch nachher noch ganz empört zu einer Bacchantin äußerte: ›Denken Sie nur, die Lampe haben sie mir nehmen wollen – es scheint, daß in diesem Hause niemand außer dem Cäsar ein Licht tragen darf.‹ Wie ich Delius kenne, wird er das nicht so bald wieder vergessen – aber, Gott sei Dank, mich berührt das alles jetzt nicht weiter, ich gehe nach Berlin. Hoffentlich sehen wir uns dort bei Gelegenheit einmal wieder.«
Damit verabschiedete er sich und eilte froh einer neuen Zukunft entgegen. Wir aber blieben deprimiert zurück.

28. März

Wir fühlen uns ungemütlich . . .
Kein Philosoph mehr, kein Adrian, kein Sonnenknabe – denn auch der hat es vorgezogen, Wahnmoching vorläufig zu verlassen.
Und wir haben mancherlei peinliche Situationen zu überstehen. Der Panther hat eine förmliche Haussuchung abgehalten, da er Konstantin hier vermutete. Maria gab sich keine Mühe, ihren Unwillen zu verbergen, und hetzte die beiden männlichen Hausbewohner gegen ihn auf, so daß es vorher, nachher und währenddem zu sehr unangenehmen Erörterungen kam und Susanna einen schweren Stand hatte.
Am gleichen Tage besuchte uns Hofmann mit der Jadwiga, und eine halbe Stunde darauf stellte sich auch Delius ein. Dies Zusammentreffen war beiden Teilen anscheinend nicht willkommen. Die Polin ist sehr gesprächig, sie erzählte wieder viel aus ihrem früheren Leben, und Delius verfolgte alles, was sie sagte, mit der Aufmerksamkeit eines Detektivs. Wenigstens kam es uns so vor, und der Professor war äußerst nervös.
Willy versuchte manchmal eine scherzhafte Ablenkung und fragte unter anderem, ob sie wieder den schwarzen Hund im Traum gesehen habe.
»Ja, sehr oft«, antwortete sie ernsthaft, worauf Delius sich erkundigte, was es denn mit dem schwarzen Hund auf sich habe. Jadwiga erklärte ihm, sein Erscheinen bedeute Abtrünnigkeit, Unheil und Verwirrung – auch wenn jemand von ihren näheren Bekannten sich selbst untreu werde, pflege er sich einzustellen.
»Oh, das ist ja sehr interessant«, äußerte Delius, »wis-

sen Sie denn auch jedesmal, auf wen der Traum sich beziehen soll, Fräulein Jadwiga?« Er sah sie dabei höflich, aber mit steinernem Blick an, sie wandte ihm ihr bleiches Gesicht mit den brennenden Augen zu und erwiderte langsam:

»Nein, Herr Delius, das stellt sich meistens erst später heraus.«

Hofmann sah, während diese Worte fielen, über alle Anwesenden hinweg zum Fenster hinaus, und Susanna meinte versöhnlich: »Ach, das ist doch einfach ein Aberglaube.«

»Aberglaube – was ist das?« fuhr nun der Professor auf.

»Ich denke, Herr Professor, im allgemeinen bedeutet es wohl einen Gegensatz zum wahren Glauben – aber manchmal hat auch der Aberglaube seine Berechtigung.«

Hofmann entgegnete gereizt, daß ihm darüber nichts bekannt sei, und die Stimmung wurde so frostig, daß wir alle froh waren, als sie aufbrachen.

Delius blieb noch etwas länger und fragte, ob wir bemerkt hätten, daß der Professor neuerdings eine gelbe Krawatte trage. Das habe er früher nie getan, »und es ist eine sehr bedenkliche Farbe«. Maria war an diesem Tage ungewöhnlich reizbar. »Was gehen mich seine Krawatten an«, sagte sie, »meinetwegen soll er sie Jadwigas schwarzem Hund umbinden.« Delius sah sie erstaunt an und äußerte in tiefem Ernst: »Damit haben Sie wohl das Richtige getroffen – aber es bleibt noch abzuwarten, ob es ihm gelingen würde, den schwarzen Hund auch zu erdrosseln.«

Ich habe keine Ahnung, was er damit meinte. Und der Philosoph ist nicht da.

April

Ich ging im Stadtgarten spazieren und begegnete der kappadozischen Dame. Sie war allein, und ich konnte nicht umhin, mich ihr anzuschließen. Anfangs war es mir nicht ganz recht, denn ich wollte ungestört meinen Gedanken nachhängen, aber dann tat es mir ganz wohl, aus meinen Grübeleien herausgerissen zu werden, und sie war sehr gesprächig, war voller Mut und Zuversicht.

Warum ich mich nicht öfter bei Hofmanns sehen lasse, ob ich denn gar nicht wisse, was dort vorgehe? Die Jadwiga – ja, dieses wunderbare Wesen wäre ohne Zweifel dazu bestimmt, außerordentliche Dinge zu vollbringen.

Und freudestrahlend erzählte sie mir, die Zeit, der man so lange schon entgegengehe, wäre nunmehr nahe herangekommen – ganz nahe; und zwar sei es Hofmann, der die Möglichkeit zu einer neuen Blutleuchte entdeckt habe – eine Möglichkeit, an die bisher niemand gedacht.

»Im Karneval?« fragte ich.

»Nein, im Zionismus – aber, Herr Dame«, setzte sie fast erschrocken hinzu, »ich bitte Sie, hierüber strengstes Stillschweigen zu bewahren.«

Des weiteren erfuhr ich, daß selbst Hallwig noch nicht darum wisse. Er ist zur Zeit verreist, um mit einem Kapitalisten über die Gründung der Heidenkolonie zu unterhandeln, der Panther begleitet ihn. (Sollte Susanna deshalb gestern so verweint ausgesehen haben?) Erst bei

seiner Rückkehr gedenke man ihn damit zu überraschen, und dann stehe nichts mehr im Wege, daß alles, selbst das Unerhörteste, sich erfülle.
Sie dachte wohl, daß mich auch ihr persönliches Leben interessiere, denn sie vertraute mir an, auch für sich selbst erhoffe sie neue geheimnisvolle Kräfte und mache zu diesem Behuf eine innere Läuterung durch. Mit Magie – ja, früher habe sie sich wohl mit Magie beschäftigt, aber sie habe längst erkannt, daß es ein Irrweg sei, vor dem man nicht genug warnen könne.
Ja, das wäre es wohl, meinte ich, da ich nichts anderes zu sagen wußte, und nun sah sie mich prüfend an: »Wissen Sie, Herr Dame, daß Sie eigentlich ein sehr interessanter Mensch sind und daß man hier viel von Ihnen spricht? Man vermutet auch allerhand Wesenseigentümlichkeiten bei Ihnen, die wohl zu Ihrer Aufnahme in den internen Kreis führen können, und soweit es in meinen Kräften steht, will ich mich gerne für Sie verwenden.«
Und schließlich gab sie mir noch den Rat, meinen Verkehr im Eckhaus etwas mehr einzuschränken. Die Mädchen dort nähmen es ja doch nicht ernst mit dem Heidentum, sondern es diene ihnen nur als Vorwand, sich in schrankenloser Weise zu vergnügen. Maria – und sie schüttelte bedenklich den Kopf – Maria, die einem Hallwig hätte nahe sein dürfen, die sich aber trotzdem immer mit zweifelhaften Elementen umgebe und dadurch seine Kreise störe . . .

Ach, was sollen mir alle diese Ratschläge? Adrian empfahl mir dringend, so bald wie möglich Wahnmoching zu verlassen; und nun wieder die Kappadozische mit ihrer Warnung vor dem Eckhaus. – Was man guten Rat nennt, geht wohl immer nur darauf hinaus, zu lassen, was man durchaus nicht lassen kann, oder zu tun, wozu man nicht imstande ist, überhaupt den eigentlichen Sinn aus dem Leben wegzunehmen und seinen besten Inhalt zu streichen.

8. April

Die Jadwiga hat Maria ganz besonders in ihr Herz geschlossen. Heute schickte sie ihr einen Blumenstrauß, und dabei stand geschrieben:
Die Heimatlose einer Heimatlosen! – aber Maria wurde darüber so zornig, wie ich sie noch nie gesehen hatte:
»Was geht mich ihre Heimatlosigkeit an – und sie meine? Ich soll sie nur bei Hallwig lancieren, aber so fängt man mich nicht!«
Gleich darauf wird sie wieder weich gestimmt, sieht uns der Reihe nach an:
»Wie kommt sie überhaupt darauf? Bin ich etwa heimatlos? Ich habe doch euch alle und kann immer hier schlafen, wenn ich will.«
»Ja, bleib bei uns, Maria«, bittet Willy.
Darauf sie:
»Oh, schweig nur, du bist ein Vampir, sagt Hallwig.«
Willy zieht sich gekränkt zurück, und die anderen überhäufen sie mit Vorwürfen. Das arme Mädchen – sie ist in einem beständigen Aufruhr, und man sollte nicht hart gegen sie sein.

Die Mitteilungen der kappadozischen Dame lasten schwer auf mir; ich hätte so gerne mit ihnen davon gesprochen, aber ich habe ihre Diskretion gelobt, und es widerstrebt mir, sie zu brechen. Bald genug werden sie es ja auch so erfahren.

24. April

Ich war vierzehn Tage verreist, um mit meinem Stiefvater zusammenzutreffen.

Nun gehe ich wieder durch die wohlbekannten Straßen, und mir ist zumut wie in einem schweren Traum. Die Bäume fangen an grün zu werden, aber es kommt mir so zwecklos – beinah möchte ich sagen, taktlos – vor, daß draußen in der Natur sich alles auf ein neues Leben vorbereitet, während wir Menschen, insbesondere wir Wahnmochinger, durch sinnlose Verhängnisse darum gebracht werden.

Zwischen Hallwig und dem Professor ist es zum Bruch gekommen – zu einem endgültigen und furchtbaren Bruch. Was für eine Welt ist dadurch in Trümmer gegangen, noch ehe sie erstanden war! Und wie widersinnig das klingt; aber nicht widersinniger, als es tatsächlich ist. Wer vermöchte auch jetzt noch in unserem Stadtteil Sinn und Widersinn voneinander zu unterscheiden? Man weiß auch nicht mehr, was Tatsache, was Vermutung ist, denn alles ist Geheimnis, und alle sprechen darüber.

Es heißt, Hofmann sei durch jene beiden – den Rabbi und die Jadwiga – so verblendet worden, daß er ungemein starke kosmische Substanzen in ihnen zu entdekken glaubte und (wie mir ja damals schon die Kappadozische sagte) im Zionismus die Möglichkeit einer großen Blutleuchte, die ja so sehr herbeigesehnt wurde. Der Rabbi hat nun, nachdem er sich eine Zeitlang in Wahnmoching aufgehalten, gemeint, das sei ebensowohl möglich, als daß Luther ein Jude wäre. War Luther ein Jude, so mußte er eben vorwiegend jahwistisch-molochitische Substanzen in sich beherbergen. (Jahwistisch ist wohl noch eine stärkere Nuance für semitisch – ich habe diesen Ausdruck zum erstenmal gehört.) Und nun hat er eine Theorie aufgestellt, nach welcher die Juden unbedingt auch kosmische Kräfte besitzen müssen, und behauptet, daß sie zu retten wären, wenn man ihnen zur Blutleuchte verhelfe. Dazu aber sei die Konzentrierung und Ansiedlung des ganzen Volkes in Palästina, als an seinem Ausgangspunkt, notwendig. Als nun Hallwig bei seiner Rückkehr von alledem erfuhr, war er durchaus nicht einverstanden, sondern beschuldigte Hofmann, daß er durch Anwendung der kosmischen Geheimnisse die Sache der Juden und des Zionismus unterstützen wolle und somit das Heidentum Wahnmochings an den jahwistischen Moloch in eigner Person verraten und ausgeliefert habe. Ja, er könne gar nichts anderes damit beabsichtigen, als auf eigene Hand gewissermaßen eine Filiale des angestrebten kosmischen Reiches zu gründen – nein, keine Filiale, sondern ein direktes Gegenreich – und sich zum Oberpriester desselben zu machen.

Ob wenigstens hierin Hallwig nicht doch zu weit gegangen ist? Es ist wohl kaum anzunehmen, daß Hofmann das wirklich wünscht, wo er doch eine angesehene und auskömmliche Stelle an der hiesigen Universität innehat – eher noch, daß der schlaue Rabbi ihm seine eigenen ehrgeizigen Pläne untergeschoben hat.

Wie dem auch sei, Tatsache, unumstößliche Tatsache ist, daß der Professor schuldig befunden wird, an jenen letzten, äußersten, ungeheuren Dingen Verrat geübt zu haben, daß jede Brücke zwischen beiden Kreisen abgebrochen wurde und Hallwig erklärt hat, die Konsequenzen daraus würden sich schon von selber ergeben.

16

Furchtbare Worte, Briefe und Blicke sollen zwischen den beiden gewechselt worden sein. Aber darüber sind natürlich keine Einzelheiten bekannt, sondern es dringen nur vage Gerüchte an die Öffentlichkeit, auch über Delius' letzten Besuch im Hause Hofmann – kurz darauf habe er in einem zeremoniellen Handschreiben jede weitere Beziehung für gelöst erklärt. Das Schreiben war in altrömischen Lettern auf Pergament gemalt und mit einer purpurnen Schnur umwunden, an welcher ein umfangreiches Wachssiegel hing. Überreicht wurde es durch einen Soldaten, den Delius sich in Ermangelung eines römischen Söldners aus der städtischen Kaserne geholt hatte. Es heißt auch, der Vorfall mit der Lampe sei noch einmal zur Sprache gekommen, die Frau Professor sei zwar bei ihrer Behauptung geblieben, daß sie nur die Ölflecken gefürchtet habe, Delius aber fasse die Sache nach wie vor von kosmischen Gesichtspunkten aus auf.

Ich hörte denn auch sagen, abgesehen von allem anderen wäre die Art, wie dort der Meister geehrt wird, schon lange ein Punkt gewesen, über den man sich nicht eini-

gen konnte. Hallwig und Delius wollten nur Götter und Mysterien so geehrt wissen, nicht aber einen sterblichen Dichter, selbst wenn er noch so würdig sei, bei Festen oder kultischen Handlungen voranzuschreiten – es dürfe sich dennoch keiner vermessen, in Wahnmoching der Erste sein zu wollen. Und auch das soll Hofmann heimlich angestrebt haben, wenn auch nicht für sich, sondern eben für den Meister.
Wer recht, wer unrecht hat, was in diesem Labyrinth von Konflikten billig oder unbillig ist – wer wollte das ergründen? Man hat ja auch, wie mir der Philosoph einmal sagte, in Wahnmoching von jeher das Licht der Vernunft verschmäht und ein mystisches Dunkel vorgezogen.

Die Beunruhigung der Gemüter ist aufs höchste gestiegen. Bleich und verstört sieht man den Professor umhergehen, verängstigt, aber immer noch mit dem fanatischen Blick die Jadwiga, finster den Rabbi und wehklagend die Kappadozierin. Hallwig selbst bleibt wie immer unsichtbar, aber ich begegnete verschiedentlich Delius auf dem Wege nach seiner Wohnung, die jenseits der kosmischen Wiese liegt. Er hüllte sich dicht in seinen Mantel, der immer mehr einer Toga gleicht, und ging verschlossen seiner Wege, als ob er zu einer Verschwörung eilte. Man sagt, daß die beiden jetzt eine letzte und endgültige Auslese träfen, denn das Kapital für die heidnische Kolonie stehe ihnen tatsächlich zur Verfügung. Delius habe eine Liste der in Betracht kommenden Teilnehmer aufgesetzt, aber Hallwig fast alle Namen wieder gestrichen. Denn seit der Zionismus hereingespielt hat, ist er sehr mißtrauisch und hält fast alle für Juden – selbst Heinz, weil dieser sich gegen die Behandlung des Sonnenknaben, als seines Vetters, aufgelehnt hat.

Und auch Maria ist nun gerichtet. Man stellte sie noch einmal vor die Wahl, mit allen zu brechen, die ihre einst gepriesene heidnische Seele gefährden – seien es gewesene Sonnenknaben, Verräter mit zionistischen Tendenzen oder nur friedfertige Vampire (der Vampir steht noch eine Stufe tiefer als der Molochitische, denn ihm fehlt die zersetzende Kraft, dafür nährt er sich von den enormen Substanzen anderer. So gilt zum Beispiel Willy für einen Vampir, warum weiß niemand, und er selbst spricht nicht gern darüber. Deshalb ist auch das ganze Eckhaus mit einbezogen).

Wir waren alle beisammen, als das Schreiben, welches diese Bedingungen enthielt, abgegeben wurde; wir saßen dabei, während Maria es las und Susanna über ihre Schulter mit hineinsah, denn der Panther hatte es abgefaßt. Man hat ihm das Ressort der Katastrophen und Brüche übertragen. Aber Maria hatte ihren großen Moment, sie sagte: nein, das könne sie nicht.

Dann hatten wir ihretwegen noch schwere Stunden zu überstehen. Sie entschloß sich am Abend, noch einmal zu Hallwig zu gehen und ihn zur Rede zu stellen. So kalt und offiziell durch einen Brief von fremder Hand wollte sie nicht mit diesem Teil ihres Lebens abschließen. Äußerlich war sie sehr ruhig, trotzdem fühlte man, daß eine furchtbare Spannung in ihr war, und Chamotte erzählte uns später, sie habe vor dem Fortgehen einen von Orlonskys spanischen Dolchen von der Wand genommen und zu sich gesteckt.

Gegen Mitternacht kam sie zurück, warf den Dolch auf den Tisch und sagte: »Nein – es ist nichts daraus geworden, es war die ganze Zeit jemand im Nebenzimmer. Und überhaupt – man stellt sich das doch anders vor.«

Mehr erfuhren wir nicht über diese letzte Unterredung. Daß wir das alles so selbstverständlich und ohne besondere Verwendung hinnahmen – bei den unheimlichen Gerüchten, die seit der Affäre Konstantin und seit den letzten Ereignissen umgehen, haben selbst die nüchternsten Köpfe sich gewöhnt, nichts mehr für unmöglich oder untunlich zu halten.

So kam dieser Tage Hofmann zu mir, wir machten einen längeren Spaziergang, und er sprach auch über dieses Thema. Ich wunderte mich erst darüber, aber er sagte, man halte mich für durchaus vertrauenswürdig – er selbst habe von Anfang an dieses Gefühl gehabt.

Und seine Mitteilungen – nun, er vermutet, und mit ihm seine nächsten Freunde, daß von Hallwigs Seite Entsetzliches gegen ihn geplant war: man werde ihn vielleicht auf mysteriöse Weise verschwinden lassen, seinen Geist verwirren oder ihn ums Leben bringen.

»Aber lieber Professor, das ist doch nicht so einfach«, wandte ich ein. Er sah mich von der Seite an:

»Einfacher vielleicht, als Sie glauben, Herr Dame – wissen Sie, daß jener Petersen kürzlich geäußert haben soll, er wisse siebenundzwanzig Arten, wie man einen Menschen unbemerkt aus der Welt schaffen könne? Und denken Sie nur an den Fall Konstantin: sicher wurde auch dabei ähnliches beabsichtigt. Es *gibt* heidnische Ritualmorde, die vor allem an Verrätern vollzogen werden – und man hält mich ja dort für einen Verräter

– mich«, lachte er bitter auf, »mich, der für unsere Sache freudig sein rotestes Herzblut hingegeben hätte!«
»Davon sind wir alle überzeugt«, sagte ich tröstend.
»Wer – wir?«
»Nun, ich, die Mädchen im Eckhaus und ...«
Hofmann sah mich warm an: »Ich danke Ihnen – es sind wundervolle Frauen, die beiden.«
Dann zeigte er mir seinen Spazierstock – einen schönen Stock mit silbernem Griff und eingelegten Topasen. »Sehen Sie, lieber Dame, ich kann Ihnen nicht sagen, warum, aber ein erfahrener Freund hat mir dringend angeraten, mich dieses Stockes zu entledigen – es spielt da eine symbolische Bedeutung mit. Ich habe ihn eigens deshalb heute mitgenommen, raten Sie mir nun, wie ich ihn beseitigen soll, aber so, daß er nicht wieder aufgefunden wird.«
Wir gingen gerade hinter dem Stadtgarten an einem schmalen Flüßchen entlang, und ich schlug vor, ihn ins Wasser zu werfen. Das leuchtete ihm auch ein, wir blieben stehen, Hofmann schwang den Stock ein paarmal um sich selbst, schleuderte ihn dann aber, wie uns beiden schien, zu weit, denn wir sahen ihn nicht fallen und mußten annehmen, daß er jenseits des schmalen Flusses in einem der drüben gelegenen Privatgärten gelandet sei.
Bestürzt sahen wir uns an: »Das ist ein böses Omen«, stammelte Hofmann; er war einen Moment ganz außer Fassung.
Ich erbot mich, in der Villa drüben anzufragen, aber er sagte, nein, auf keinen Fall, er wolle ihn nicht noch einmal in Händen haben. Noch schlimmer sei es allerdings, wenn er in den Besitz von jemandem gelange, der ihm

übelwolle. Dieser Gedanke schien ihm sehr viel Sorge zu machen. – In beklommener Stimmung traten wir den Heimweg an, und ein diesmal wirklich rätselhafter Zufall wollte es, daß wir dicht bei Hofmanns Wohnung Petersen begegneten. Er ging auf der anderen Seite der Straße, warf einen scharfen Blick herüber und ging ohne zu grüßen weiter. Hofmann hatte ihn glücklicherweise nicht gesehen, aber ich kann nicht leugnen, daß ich mir meine Gedanken darüber machte, und diese Gedanken waren düsterer Natur.

Es liegt nicht in meiner Art, irgend etwas leicht zu nehmen, aber jetzt habe ich manchmal ein Gefühl, als ob alle diese Dinge doch noch viel ernster und furchtbarer seien, als ich bisher ahnte. Ich bin auch nicht feige, aber Petersens Blick ging mir durch Mark und Bein. Er wird jetzt wohl denken, daß ich ganz auf Hofmanns Seite stehe. Und wenn ich es täte, wenn ich ihm wie an diesem Morgen mit Rat und Tat beistehe – wird man dann nicht auch mich mit in sein Schicksal verwickeln?

Und noch andere bange Fragen bestürmen mich – ich habe viel persönliche Sympathie für ihn. Ob er wirklich Verrat geübt hat, weiß ich nicht zu beurteilen, und dennoch möchte ich nicht zu denen gehören, die in dieser vielleicht noch für spätere Jahrhunderte bedeutsamen Angelegenheit eine zweifelhafte Rolle spielen.

Selbst wenn meine eigenen Hoffnungen bei diesen letzten Katastrophen wohl mit untergegangen sind . . .

Ja – das Kapital für die Heidenkolonie soll jetzt da sein. Aber wo sind die Heiden? Allgemein wird die Vermutung laut, daß zuletzt nur Hallwig und Delius übrigbleiben und den Rest ihres Lebens an einsamen Altären vertrauern werden.

Mein Roman – ich fürchte, er wird nie geschrieben werden. Es bedürfte wohl einer geübteren Hand als der meinen, um aus dem, was ich hier erlebte und erleben sah, eine nur halbwegs zusammenhängende Handlung zu gestalten. Und selbst, wenn ich es könnte – es kommt mir vor, als ob der Leser sich um den Höhepunkt der Handlung, den er doch dazu mit gutem Recht erwartet, betrogen fühlen würde. Denn ebendieser Höhepunkt ist nie gekommen – es war alles schon vorher zu Ende.
Der Höhepunkt würde fehlen, und die letzten Kapitel würden ihn schmerzlich anmuten. Ich weiß ja selbst noch nicht, wie ich sie überstehen soll.

Alle gehen fort – auch die Eckhausbewohner gedenken Wahnmoching auf unbestimmte Zeit zu verlassen. Sie luden mich aufs herzlichste ein, mitzukommen, aber ich fühle nicht mehr die Kraft dazu.
Ich weiß jetzt auch, daß Susanna mich niemals lieben wird – ihr Herz wird immer irgendeinem anderen gehören. Jetzt blutet es noch um den Panther, der sie schnöde verlassen hat; aber als ich seiner neulich Erwähnung tat, fand sie ihr altes frohes Lächeln wieder, das ich so sehr an ihr liebte, und sagte zuversichtlich: »Oh, der kommt schon wieder.«
Sendt ist wieder da, unversehrt, wohlbehalten und mit dem heiteren Lächeln des Weisen stand er plötzlich vor uns.
Wir saßen gerade im Garten des Eckhauses um die Maibowle, die Orlonsky mit kundiger Hand bereitet. Wir feiern alle Tage Abschied, denn keiner weiß, wann er

wirklich abreisen wird, und jeder Tag kann der letzte sein.

Orlonsky stellte wie jeden Abend die Bedingung, daß von den Wahnmochinger Ereignissen nicht mehr geredet würde, aber kaum hatten wir die ersten Gläser getrunken, so sprachen wir von nichts anderem.

Maria sah leidend aus, ihre Augen lagen tief in den Höhlen.

»Und doch«, sagte sie, »und doch – ich werde mich niemals damit abfinden, daß alles das vorbei ist.«

Susanna faßte schwesterlich ihre Hand: »Wenn wir wieder hier sind, wohnst du ganz bei uns.«

»Ja – und dann?«

»Oh – einfach vergessen«, sagt Susanna, »man hat uns übel mitgespielt, und es wird besser sein, wir halten uns in Zukunft nur noch an Zinnsoldaten.«

In diesem Moment wurde die Glocke gezogen. Wir fuhren in die Höhe – sollte der Panther – sollte unser letzter Abend – sollte . . .

Aber es war der Philosoph, und er begriff nicht gleich, weshalb man ihn umringte, begrüßte und mit Fragen überhäufte wie einen Totgeglaubten. Es stellte sich dann heraus, daß er nur eine Frühlingsreise gemacht und nicht mehr die Zeit gefunden hatte, sich zu verabschieden.

10. Mai

Ich habe mich entschlossen, eine weite Auslandsfahrt anzutreten. Was sollte mich hier jetzt noch zurückhalten? Im Gegenteil – manchmal beschleicht mich eine Ahnung, als ob auch meiner irgendein grauenvolles

Schicksal harrt, wenn ich bleibe. Ich war noch oft mit Hofmann zusammen, und wenn ich an den Blick denke, den Petersen mir damals zuwarf . . . Es heißt wohl, daß niemand seinem Geschick zu entrinnen vermag, aber man kann es doch wenigstens versuchen. Chamotte schicke ich in seine Heimat zurück – ich will ganz allein sein und nichts aus der Vergangenheit mit hinübernehmen. Er weinte bittere Tränen, als ich ihm das mitteilte.

»Sei ein Mann, Chamotte, und denke an deine Zukunft«, sagte ich, und mir war elend zumut. Könnte ich auch mir dasselbe zurufen, oder täte es ein anderer – aber in beiden Fällen wäre es ja doch nur grotesk und überflüssig. Und meine Zukunft? – Ich habe keine Zukunft, ich habe nur eine Biographie, und verurteilt, wie ich kam, gehe ich von dannen; wozu? – das wissen nur die Götter.

In wenigen Tagen ist alles bereit. Susanna und ihre beiden Gefährten sind schon fort. Auch Maria wird nicht lange mehr bleiben.

Sie hat in den letzten Tagen ein Faible für mich gefaßt, aber wir wissen beide, daß es jetzt zu spät ist.

Manchmal kommt sie zu mir herauf, dann sitzt sie auf einer von den halbvollen Bücherkisten und erzählt von alledem, was sie nicht vergessen kann. Und wir sprechen von den vielen frohen und unfrohen Stunden, die uns gemeinsam beschieden waren.

Heute abend denke ich abzufahren.

Und gestern . . .

Sendt kam noch, um mir Lebewohl zu sagen. Er war sehr in Eile und wollte sich nicht erst niederlassen. Wir schüttelten uns herzlich die Hand, und er wünschte mir alles Gute. An der Tür wandte er sich noch einmal um und sagte: »Übrigens, wissen Sie, was ich eben im Café hörte – man hat Hofmann heute vormittag ins Krankenhaus gebracht, er soll auf der Treppe ausgeglitten sein und sich mit einem scharfen spanischen Dolch, den er in der Tasche trug, ziemlich schwer verletzt haben. – Aber, liebe Maria, deshalb brauchen Sie doch nicht so zu erschrecken, es ist, soviel ich weiß, nicht lebensgefährlich.«

Maria hatte sich von ihrer Bücherkiste erhoben und sah ihn ganz entsetzt an.

»Der Dolch«, sagte sie dann mit stockender Stimme, »den Dolch hab' ich ihm doch zum Abschied geschenkt – es war derselbe, den ich damals mitnahm, um Hallwig ...«

Ich verstand wohl, was sie meinte, und Sendt schien es auch zu ahnen, denn er zog die Augenbrauen in die Höhe und sah nachdenklich drein. Ein leises Grausen faßte mich, und unwillkürlich sprach ich aus, was mir – und vielleicht auch den anderen – in diesem Augenblick durch den Sinn fuhr:

»Um Gottes willen – sollte Hallwig am Ende doch schon der Zauberei mächtig sein ...«

»Mirobuk!« sagte der Philosoph und lächelte eigentümlich. Und ehe wir uns noch recht besonnen hatten, war er gegangen.